不道德教育講座

三島由紀夫
MISHIMA YUKIO

邱振瑞 譯

目次

應當和陌生男人一起去酒吧 9
應當打從心底瞧不起老師 15
應當盡量說謊 21
在自殺前，應當盡量製造麻煩 26
偷盜的奇功妙效 32
處女是道德的嗎？ 38
處女與否，根本不是問題所在 43
盡早甩開處男的包袱吧 49
應當從女人身上榨取錢財 54
應當盡量多管閒事 60
應當利用醜聞 66
應當背叛朋友 71

應當欺侮弱者 76
盡量自戀吧 82
應當追隨流行 87
應當在相親時騙吃騙喝 92
絕對不要遵守諾言 97
應當高喊「幹掉他」 102
應該由文弱陰柔當道 108
喝湯時，應當發出聲音 113
應當嫁禍於人 118
應當利用貌美如花的妹妹 123
應當以暴力對待女人 129
應當在教室裡威脅教師 134
應當欣然接受色狼的騷擾 139
應當要忘恩 145
應當對別人的不幸暗自竊喜 150

應當盡量做出不道德的行為 155
應當炫耀自己逞勇的光榮事蹟 160
應當要逢迎拍馬 166
下毒後的佳音 171
妻子的「意亂情迷」 176
恐怖的「0」 181
不講道德的國度 186
應當在人死後說他的壞話 191
對電影圈的嚮往 196
應當以慳吝為本 201
以賣弄廣告詞為時尚的小姐 207
批評與惡言 212
士俗不可醫 217
切莫自白 223
切勿履行承諾 228

應當稱讚日本與日本人 234
應該取笑別人的醜態 239
誰曉得 244
不必尊敬小說家 249
Oh Yes! 255
桃色的定義 260
性欲的神經衰弱 265
服務精神 270
自由與恐懼 275
應當盡量設法被人抓住「尾巴」 280
刀刃三昧 285
妖怪的季節 290
肉體的無常 296
應當讓人等待 301
切莫以人為鑑 306

受到催眠的社會 311
惡毒的話語 316
應當隱匿結婚生子的身分 321
應當發牢騷 326
何謂「吃得開」 331
從假牙到「我」 336
痴呆症和紅襯衫 341
贋品橫行的時代 346
「作風」與「作樣」 351
年輕和青春 356
應當交換情人 362
虎頭蛇尾則前功盡棄 367

應當和陌生男人一起去酒吧

十八世紀的著名小說家井原西鶴[1]曾經寫過一部《本朝二十不孝》的小說。作品內容是仿中國知名的「二十四孝」，可裡面講述的全是些不孝的故事。大體說來，那些老掉牙的孝行美談，不僅讀來無趣，又多半矯情浮誇，讓人感覺彆扭；因此，一旦出現大逆不孝的誇張故事，反倒倍感閱讀的趣味。此外，更可讓原本覺得自己不孝的讀者發現，書中人物的不孝行徑自己根本望塵莫及，於是便激發出「咦，原來不孝子居然人外有人、技高一籌咧」的奇妙感受。相較之下，自己就顯得對父母十分孝順了。

所謂孝順之始，應由子女由衷發自內心。從此角度看來，這樣的書也算功德無量了。我之所以仿照時下倡導的「道德教育」，大膽開設這個「不道德教育講座」，也是想參照井原西鶴的大膽嘗試，來個東施效顰。

以上是無聊的開場白，咱們言歸正傳吧。

1 井原西鶴（1642-1693），日本江戶時代的小說家。

近來呢，我曾在某個週末傍晚，和工作上認識的朋友一同走在銀座巷弄裡。

這時，迎面而來三個相當引人側目的女孩。她們穿著同款式的白色長袖運動衫與緊身長褲，頭頂形狀各異的流行髮型，頸子和手腕還戴著各色項鍊與手鍊……至於年紀，看起來約莫十七、八歲，身材都差不多高，臉上的妝容極具都會時尚感。但她們不像壞孩子，全都是活力充沛且風格獨特的美少女，也難怪會惹得行人們頻頻轉頭多看幾眼，我也不例外，難忍好奇地盯著她們猛看，脖子隨著她們的背影轉了一百八十度。碰巧此時，她們也回過頭來，又驚又喜地喊出我的名字。

我在大飽眼福以後，便又邁步往前走去，可她們卻興奮地跟了上來。

由於要和朋友一同用餐，我在抵達餐廳大門後便停下腳步，向少女們說「再見」。她們不滿地嘟囔著：「就這樣哦，好無聊喔！」

但我們就這樣道別了。

用餐時，我仍頗覺惋惜，嘴上不停嘀咕著剛才的艷遇。朋友安慰我，「別擔心，在銀座這種地方呀，只要曾經邂逅，必定會再次相逢的啦。」

他說的果真沒錯。

晚餐結束後，我們要前往松坂屋，正要過十字路口時，偏巧又遇上了那三個女孩。

「嘿，我們又遇到了呢！」

「你們要去哪裡呀？」

「鄉村搖滾樂咖啡廳[2]呀，妳們要不要一起來？」

「好呀、好呀！」

三個女孩蹦蹦跳跳跟在我們後面。她們的天真無邪，讓我不由得有些飄飄然。我最喜歡個性純真的人，至於長相如何，那不重要。我們彼此做了自我介紹。A子的長相和以前的女星志賀曉子[3]有些相似，她連下眼眶也勾勒了眼線，雖然五官分明，卻不時流露超齡的慵懶神情。C子有張成熟的鵝蛋臉。至於B子，是三人之中長得最可愛的，很像我的初戀情人，看起來有些傻氣。她什麼也不懂，只會拚命模仿另兩個損友的一舉一動。這三個女孩都是高中二年級的學生。

咖啡廳那天沒有安排鄉村搖滾樂的節目，而是由一位知名鼓手率領爵士樂團演出，讓我們有些失望。我告訴這幾個女孩，那個鼓手是某位當紅女星的男朋友。

「就憑那種不起眼的長相？沒想到N（女星的名字）的品味這麼差。」

「那麼，妳喜歡哪種類型的男生呢？」

「當然是長得帥的呀！」

「男人重要的不是長相，而是內在。」

「哎喲，男人還得必備另一種『長處』呢！」

2 現場演奏鄉村搖滾樂（rock-a-billy）的咖啡廳。類似台灣曾流行過的民歌西餐廳。

3 本名為竹久悅子（1910-1990），日本昭和時代的電影女星。

A子意有所指地頂了一下C子，兩人同聲尖叫噴笑，B子也不明所以跟著笑了起來。我有些吃驚，不禁和朋友面面相覷。

由於我們這桌大聲喧嘩，音量幾乎蓋過樂團的演奏，因此在樂曲間歇時，餐廳特地廣播提醒：「有些客人的聲量過大，演奏中請保持安靜。」

B子聽到以後，不高興地嘟起可愛的小嘴說：

「哎唷，真掃興，來這種地方就是想鬆放一下的嘛，哪來那麼多規定呀？」

前座的幾個大學男生聽到以後，立刻不屑地嘲笑道：

「哈！她居然說鬆放？」

原來是B子把「放鬆」兩字說反了。

B子立刻羞得滿臉通紅。那模樣真是可愛極了。

「妳們方才和我分開以後，去做了些什麼呢？」我問道。

「我們走在路上，還得花好大勁揮趕那些如蒼蠅般擾人的搭訕男子呢。」

在隨意閒聊之際，A子忽然對從我袖口露出的手毛感到興趣，嘴裡念著：「你的毛還真濃密呀！」便逕自揪扯起我的手毛。B子和C子見狀，也爭相伸手捏扯起來。她們這種好奇而直接的舉措，讓我感到新鮮又有趣，根本不在意這樣有失禮儀。

離開咖啡廳以後，我邀她們同去三多利酒吧，她們毫無異議地跟著我走。這時不巧下起雨來，三個女孩慌張地用手護住頭髮，深怕費心吹整的髮型走樣了。到了酒吧，我們沿著吧台依序坐下。A子和C子很自然地抽起菸、喝起酒來，而B子既不會抽菸，也不能喝酒。

「妳們有男朋友嗎？」

「才沒有呢！」

不過，就我的觀察，A子和C子應該不像初看的那般清純。察覺這點以後，我突然感到一股莫名的失望。我並不覺得她們有什麼壞心眼，只是十七、八歲的花樣年華，那雙勾畫眼線的眼睛，卻透出一抹倦怠。她們有時活力充沛挺胸邁步，有時卻又露出困乏的疲態，一切是如此不協調。我看著她們啜飲雞尾酒、吸吐菸氣時的早熟側臉，一股憐憫不捨之情油然而生。成年人並非向來只會羨慕青春年華，青春年華的悲哀與苦澀，也逃不過我們這些過來人的眼睛。

過了一會兒，A子開始嘗試新奇的抽菸方式。她拿起兩支菸接頭續尾，把第二支菸點燃，嘴巴就著第一支菸的濾嘴使勁吸了起來，可是遲遲無法吸到菸氣。B子和C子在一旁專注屏息地為她打氣。不久，第二支菸的菸灰搖搖墜墜，幾乎要抖落了。

「哎呀，討厭死了，這傢伙真不中用。我看是縱欲過度了吧！」A子不滿地抱怨。聽起來，她像是從撐挺不住的香菸，聯想到性事上了。C子才聽完便笑得花枝亂顫，B子雖然一臉茫然，也迎合似地堆起笑臉。

這一刻，我的失望也到達了頂點。

我面前的年輕酒保也板起臉孔一臉不屑，明顯表示輕蔑，即使向他點用飲料也不太搭理。我心裡愈來愈同情這三個少女了。

走出三多利酒吧，在細斜紛飛的雨中，我向她們三人分別握手道別。

「不需要送妳們回去嗎？」

「我們沒問題啦！」

沒想到，在握手的時候，不曉得是A子還是C子，竟然伸出食指在我的掌心撓了撓，並且自以為是地笑得花枝亂顫。此舉，嚇了我一大跳。這可不得了！只有品行不端的女人，才會做出這種舉動。就算開玩笑，也絕不能這麼做！這已經不是玩笑，而是「跟我上床」的暗示了。

當天晚上，我回到家以後，依然有些魂不守舍。

感覺今晚，自己被愚弄了，難不成，最愚蠢又最不經世事的，其實是我嗎？

或者，她們雖然努力賣弄蹩腳的演技，事實上仍只是三個淘氣搗蛋的清純少女？

出於成年人的不願面對現實，我由衷歡喜地接受了這種解釋。

應當打從心底瞧不起老師

我敢斷定，假如中小學生沒有打從心底瞧不起學校的老師，這種學生長大以後絕不會有什麼出息；假如大學生沒有打從心底瞧不起學校的教授，這種學生也絕不會有啥卓越的成就。不過，請各位仔細琢磨其中的「心底」一詞。區區這兩個字，其蘊含的意義可抵千鈞之重。

近來很流行「抵抗成人社會」這個說法，也時常聽到「齷齪的大人」、「不能相信大人」或是「別被大人騙了」的講法。這種論調，是知名的石原慎太郎[1]率先提出的，之後被社會大眾拿來普遍運用。自從他那作風狂放不羈的弟弟——石原裕次郎[2]成為年輕世代的偶像以後，連成年人也折服於裕次郎的魅力，不敢再端出倚老托大的架子了。而十來歲的年輕族群，似乎乘著這場百萬雄師的裕次郎旋風，得以擺脫大人的束縛了。……然而在這種時候，有些貌似溫厚純篤的大人反倒把握機會韜光養晦，開始展現實力。請各位睜大眼睛看清楚，通常出現在裕次郎電影裡的大人，多半是懦

1 石原慎太郎（1932-），日本小說家與政治家，曾任東京都知事、日本眾議院議員。
2 石原裕次郎（1934-1987），日本演員與歌手。

弱無能的；而那些「真正的大人」，根本不會在鏡頭前現身——電影公司的董事們，才是真正的大人。換言之，成為裕次郎的後盾並且大賺一筆的，其實不是你們這些年輕人，而是那些大人們。

我在第二場講座中，希望闡述「打從心底瞧不起老師之必要」的不道德訓示，以及教導各位該如何對付大人。因為，絕大多數的教師都是大人。各位盡可把學校的老師，都當成守舊過時之人。在我們年少時，教師多半是老古板，他們思維陳腐，簡直讓人不敢領教；至於另一群所謂開明派、趕時髦的老師，更是令人厭惡作嘔，莫怪我們會打從心底瞧不起老師了。

有一回，學校那位生性嚴謹的中等科長（亦即中學校長，這是私立學習院中學特有的稱謂）[3]一本正經地走在校園裡，突然，從樹蔭下伸出了一柄可怕的槍管，

「砰！」

槍口倏然冒出火花，中等科長慌張地拔腿狂奔。這時，另一個方位的櫟樹下，也挺出泛著青光的槍口，再次發出一聲，

「砰！」

中等科長嚇得抱頭鼠竄。可惜的是，就在他以為終於突破火網，成功脫逃的剎那，卻猛然一腳踩空，摔進學生費心挖掘的坑洞裡。

這其實是一場精心的策畫，最終目的就是誘導他掉入陷阱。中等科長看似受到槍

枝狙擊，其實那是學生兩兩一組躲在樹蔭下，由一個人持著沒有填裝子彈的空氣槍扣下扳機，而另一個人同時用力踩破甩炮罷了。

幾年前，上映過一部引發社會輿論的電影《黑板森林》[4]，其中有一幕鏡頭是學生把棒球使勁擲向黑板，拍得十分震撼。其實，在我們那個年代，曾經發生過學生朝老師背部旁邊的黑板使勁擲小刀的事件，著實令人咋舌。原來，在講壇上執教鞭，早在很久以前就是一份「賣命」的工作了。

我還要講另一件調皮的惡作劇。

在我班上有位K同學，個性有些傻氣。每逢音樂課，老師轉身在黑板勾畫長長的五線譜時，坐在他隔壁的M同學，就會利用這段時間盡情捉弄K。M先將手插進口袋裡，比出手槍的形狀，接著朝K附耳，以威脅的語氣強迫他：

「喂，如果你不脫掉外套的話，我可要開槍啦！」

「哇！我脫我脫！我馬上就脫！」

「快脫！」

「啊，別那麼快開槍呀，饒我一命吧……」

---

3 由「學校法人學習院」設置從幼稚園至大學的各級學校。日本皇族的許多子弟就讀此學校。

4 可能是指一九五五年上映的美國電影 Blackboard Jungle。電影裡出現大量的校園暴力鏡頭。

於是K脫去了外套。接著，M又逼他：

「喂，把襯衫也脫掉啊！」

「好好好，我脫、我脫！」

「順便把長褲脫掉，要不然就要開槍啦！」

「哇！我脫就是了，等一等呀！」

等到老師好整以暇把樂譜畫完，撢了撢滿手的白色粉筆灰，轉過身來，便赫然驚見在全班穿制服的學生中，居然出現一個渾身上下只剩一條丁字內褲的學生，冷得直打哆嗦。

這，就是M的捉弄詭計。

殘酷是少年的特徵。看似多愁善感的少年，也有無情的殘酷一面。少女也很殘酷。關懷體貼的秉性，是在成長的過程中，和大人特有的狡猾心眼一起發展出來的。

我似乎有點離題了。

身為學生，非超越學校裡的老師不可。老師並不是上知天文、下通地理的全才。而且最麻煩的是，老師已經離自己的青春期很遙遠，早把當年的苦澀煩惱忘了大半，若要他重拾彼時的心境，實在很困難。

關於青春期的種種，各位的體會遠比老師透澈得多。人生就是靠著不斷的遺忘，才比較容易活得下去。如果真有某位老師，陪著各位一起認真煩惱，想必那位老師會陷入成人與少年的矛盾糾葛之中，逼得他最後只能走上絕路。

據我自身的經驗，人生的道路該如何走下去，這問題應該由自己去面對。這個問題必須透過閱讀、自我思考，才能想出答案。而這方面，老師幾乎沒傳授過我什麼。

學生若期望老師能完全理解自己的想法，那可是懦弱的表現。老師們只須施予教育、給予訓誡，傳授知識，並且試著了解學生，就算完成了他們的工作職掌。

所以，倘若各位期望別人來了解你們，或因認為反正不會有任何人了解你們，而就此鬧彆扭或搞叛逆，都只是出於懦弱的驕縱罷了。我想說的是，首先，必須有這樣的想法：「哼，就憑那些老師，怎能了解我呢？」接下來，還應擁有這樣的氣魄：「哼，我雖然會用功讀書，可不會輕易讓你們了解我呢！」

從老師們身上，隱約可嗅到成人世界裡的悲情和可憐、生活的艱辛與困苦。若有老師身上絲毫嗅不出這種氛圍的，他很可能是富家子弟。教書先生們的西裝袖口，多半是起了毛邊且沾滿粉筆灰的。你們大可打從心底瞧不起他們：「哎，真寒酸！」一蔑視人生與真實生活樣貌，正是少年的專屬特權。

你們可以盡量對老師投以同情；你們更可以對收入微薄的老師寄予無限憐憫。老師這個族群，是你們這輩子會遇見的大人當中，最容易應付的對手。在往後的人生中，你們要遇到的其他成年人，通通都比最惡質的教師還要難纏好幾萬倍。你們可務必將這段訓誡牢記在心。

有了這番體認以後，往後面對老師時，你大可在心裡瞧不起他，只要盡量汲取他所傳授的知識就夠了。你要知道，不論小孩或大人，都一樣得耗費完全相同的氣力來各自解決人生的難題。

實際上，唯有充滿鬥志的少年能對老師感到不屑。因為他已經預知，自己未來要搏鬥的敵人，將比眼前的老師更為棘手難纏。這是成為偉大人物的先決條件。

假如有少年誤以為，這世上最了不起、無所不知、完美無瑕的人，就是老師，那我可要為他捏把冷汗了。話說回來，可別誤解了我的意思喔。若有毛躁莽撞的少年人，不僅心裡瞧不起老師，甚至以言行舉止冒犯老師，那就只是個懦弱驕縱的傢伙罷了。

應當盡量說謊

想必各位都聽過華盛頓和櫻桃樹的故事。故事的大意是，華盛頓在小時候誤砍了櫻桃樹，惹得父親勃然大怒，但他仍舊誠實坦白是自己砍掉樹的，反而贏得父親的讚美。我總覺得這個故事過於完美，顯得矯揉造作。華盛頓能有這麼好的父親，簡直可說是非常僥倖的幸運兒了。換成是性格粗暴的一般父親，十之八九大概會怒斥小孩：「原來是你幹的好事！」而且連話都沒說完，就會對兒子飽以老拳。畢竟，父親也只是平凡人，總不可能無時無刻都像個道德楷模吧。

這則故事最令我感到存疑的是，為了宣揚「誠實」的美德，刻意引用極為罕見的美談，卻希望大眾能夠從中領略到誠實的好處。然而，在現實生活中，老實人多半是吃虧的。

相較之下，比起「瞞騙」這個陰鬱的字眼，我喜歡的當然是「誠實」。這個語詞就像是剛從洗衣店拿回來的乾淨襯衫般，散發出白燦燦的光澤。況且，基於自戀和虛榮，我雖自認誠實耿直，卻也和世俗一般人相同，不願意吃虧。

一個人若是太過誠實，有時甚至可能招來死亡的厄運。二戰結束之後，國內糧食嚴重缺乏，有一位法官堅持絕對不吃從黑市買來的食物，最後落得營養失調致死的下場。不過，那樁悲劇並未引起太多人的同情。因為他的「直接死因」竟是由「堅守誠正」所造成的，這實在讓大家覺得很不舒服。

相較於那個時代，這幾年出現不少認為自己個性剛正不阿，宣稱自己「這輩子不曾說謊，而且最討厭取巧逢迎」的人。原因之一是，近來的糧食豐富，守誠的人已無餓死之虞了。況且人類是善忘的，對自己做過的欺瞞等有損形象之事，通常選擇遺忘。

柳田國男[1]先生曾在著作《不幸的藝術》中，闡述過文學中的「欺騙」，並且為其大力辯護。他在書中提到，欺騙可分成兩種：具有趣味性、不屬於犯罪的欺騙，以及應該受到憎惡的欺騙。由於武士階層對於操守的要求格外嚴格，連同前者一併唾棄，把所有的欺騙行為全都視為惡行，使得「現在說小謊，以後當小偷」和「說謊的人死後會下拔舌地獄」等俗諺廣為流傳。除此以外，他還做了以下的論述：

「只要觀察兒童，即可明白『欺騙』的本質是純真的。會說謊的小孩，對於事物的感受比較敏銳，處事游刃有餘，而且充滿積極進取的活力。這樣的孩子非常罕見，在學校各年級裡未必能找到一個。當然，每回欺瞞成功以後，會更強化他們曲直不分的觀念，使其誑騙技巧益發精進。即便如此，他們欺騙的出發點仍是純潔的。」

我就讀小學時，有個同學說他家的院子裡「有兒童專用的火車行駛，甚至設置了火車站」。能夠扯出這等虛榮大謊的他，在班上可是個資優生。

你不妨試著說個小謊，緊接著就會發現，你必須製造另一個謊言來圓謊。倘若一不留神，恐怕會脫口吐實，這下子就前後兜不攏了。為了要讓前後說詞環環相扣，必須擁有超強的記憶力，牢牢記住自己說過的每一句話。因此，大傻瓜可沒有說謊的能耐。社會上時常聽聞以結婚為幌子、行騙詐財的案例。這些騙子不僅誆稱會與對方結婚，甚至還真的舉行結婚典禮，最後才趁機捲款潛逃。說謊相當耗費腦力與心力，非得要具備強健體力，並且思慮縝密的人，才能應付得來，那些怕麻煩的傢伙是沒辦法說謊的。一般人由於怕麻煩，乾脆秉實行事；也就是因為嫌麻煩，才有那麼多人老是吃虧。所以，說謊是非常有效的腦力鍛鍊法。

我們再回到華盛頓的故事。假設當父親責問的時候，他的回答是：

「櫻桃樹不是我砍的。」

這時，華盛頓由於說了謊，而會暗暗責備自己懦弱，這比起坦承招認還要難受。或許，華盛頓那幼小的心靈已經明白說謊以後將會承受痛苦的煎熬，才選擇了據實以答吧。選擇採取勇敢行動的人，多半是基於對其他事物的恐懼。無所懼的人，根本無從產生勇氣，反而會做出毫無道理可言的荒唐行徑。

1 柳田國男（1875-1962），日本民俗學者與思想家。

若有人時常欺騙情人，到頭來一定會遭到情人的討厭，於是引以為戒，不敢在情人面前說謊。但是沉醉在熱戀中的人，必然希望展現出自己最美好的一面，這時即便有所欺瞞，也感受不到良心的譴責。這麼說來，欺騙與否，完全存乎一心。有時候，這麼做不僅是為了自己，更是為了維護自己在對方心中的形象，可說是出於關懷體貼的心態，才會欺瞞對方。有一部很久以前的電影《黃昏之戀》[2]，女主角奧黛麗·赫本在劇裡編造的謊言，就是屬於這一類。

我之所以為「欺騙」如此極力辯護，是因為當人們從青少年轉變為成年人的這段期間，會遇到的最根本問題正是欺騙。青少年總是吶喊著「大人全是騙子！絕不能原諒大人！」他們無法原諒其他人的心術不正。以我的人生經驗來說，再也沒有像青少年時期那般極力表現誠實，卻又欺騙自己的矛盾階段了。分明沒有自信，偏又逞強稱能，這是一種欺騙；分明心裡喜歡，偏又佯裝厭惡，這也是一種欺騙。直到長大成人以後，欺騙自己的狀況才逐漸減少，取而代之的是，對別人、對社會的欺瞞謊騙。甚至可以說，這兩個階段做出的欺騙，其分量是完全均等的。只是，十幾歲的年輕人不願意承認這點而已。在性事的主題上，青少年們以為自己是完全依隨肉體上的性欲，而採取行動的太陽族[3]，其實卻是出自精神層面上對愛情的飢渴。這，也是一種欺騙。

你們既然已經謊騙連連，到現在才說要回歸誠實，其實不太可能，反而要盡量說謊才好。儘管說謊欺騙別人算不上好事，但在真實的人生中，心懷騙念的人往往落得受騙的結局——「欺人者亦將被欺」，這種例子實在不勝枚舉。

「你對父母謊稱自己每天上學，其實天天都泡在電影院和溜冰場裡。你不覺得愧對父母嗎？」

你們這些青少年時常被這樣訓誡。假若你有心要扯更大的謊，要不要試試宣稱自己每天都去看電影和溜冰，其實都是去上學呢？

每件欺騙都是獨創一格的，必須具有超越他人、塑造出自我獨特風格的騙術，才能辦到。那些變成不良少年、甚或犯下罪行的傢伙，儘管欺騙的手段看似高明，其實都不脫老調俗套，比方「騙稱去上學，其實是去溜冰場」或者「謊稱學費漲了一倍，向爸媽訛詐金錢」等等，頂多再扣上些冠冕堂皇的理由，結果謊騙的內容破綻百出，最後淪為罪犯，沒個好下場。若要編造真正的騙局，就該捨棄無謂的面子，勇於迎擊人生的挑戰，換句話說，也就是必須成為一個不受既定體制框束的誠實者才行！

---

2 Love in the Afternoon，一九五七年的美國電影。

3 一九五五年，石原慎太郎的小說《太陽的季節》造成轟動而熱賣暢銷，使得「太陽族」一詞蔚為流行。該詞用以指稱不受既定規範束縛，行為隨心所欲的年輕族群。

在自殺前，應當盡量製造麻煩

我是個小說家，自然會招來各種麻煩。可若有人拿「我要自殺了」來嚇唬我，那還真是天大的麻煩。即便曉得只是口頭上的威脅，仍讓人感覺很不舒服。

很久以前，我曾收過某個年輕人寄來這樣的一封信：

三島由紀夫君（哎，你這筆名真是迎合女學生的喜好呀）：

我和她已經決定要一起殉情。我們可說是人間難得的愛侶。

某天傍晚，我帶著一疊你的作品，正在喝咖啡時，她走上前來對我說，「把那些書全都賣給舊書店吧！我才剛去賣了他的文選，每一冊值一百五十圓呢。」

很不可思議地，我在那個當下就徹底懂了她的一切。她那自甘墮落而懶散的姿態，簡直就是悅子（拙作《愛的渴望》裡的女主角）的化身。

我賣了書，和她進去一家啤酒屋，首先舉杯互祝彼此的死亡。

她已經寫了多達八百頁的稿紙，我卻連一件作品也沒有；不過，我可是個藝術家呢！從十三歲到二十歲之間，我每一天都努力創作不懈。

我敢斷定，自己很可能會在意識的狂喜瞬間猝死離世。我在三歲時就試過手淫的滋味、四歲時就曉得該如何自瀆，這都該怪我那邪惡的奶媽。極度早熟與過度晚熟在我的體內奇妙地混雜……我已經累了。我宛如走在鋼索上卻一腳踩空，頭下腳上垂直墜落呀。我害怕歲月增長對身軀的復仇呀。在現實生活裡，再也沒有任何東西能夠支撐我活下去了。

我要給你一個忠告。像你這樣名聞天下，想必很受女人歡迎吧。縱使你個性偏執乖僻，也不會被女人厭惡。別再寫小說啦！別再闡述什麼川端論[1]之類的為自己辯護啦！啥都別再寫了。

我不知道她為什麼想死。肯定是因為我們都是你小說裡的主角。在你的小說中，只要出現了一對俊男美女，最後的結局必然是雙雙殉情。現在，既然小說裡的男女主角要尋死，總該向作者打聲招呼吧。

此刻，我和她都沉醉在一股奇妙的狂喜之中，只要四目交望，就會嗤嗤傻笑，食欲也十分旺盛。她提議，

「在踏上黃泉路之前，先去和三島由紀夫君見個面吧……」

1 三島由紀夫曾寫過許多篇評論川端康成（1899-1972）的文章。

這封古怪的信，就到這裡戛然而止。莫名其妙地被一個素未謀面的二十歲青年劈頭就冒失地稱呼「〇〇君」，用字遣詞不但粗魯又沒規矩，若換做平常人，收到這種信恐怕會大為吃驚吧。可我這個搖筆桿的，早已習慣收到陌生讀者們的來信，甚至還曾在新年賀喜的時節，收過寫著「謹賀新年。你這混帳東西，快些翹辮子吧！」的賀年卡。所以這封信不至讓我瞠目結舌。

不過，被人告知要尋死，實在是件困擾的事。而且對方還留下遺言，交代我「別再寫小說啦」，這更是多管閒事。更何況，他還說什麼在死前要來見我一面。我又不是義大利的拿波里，長相也無法媲美拿波里——號稱「這輩子非得看過拿波里才能死得瞑目」[2]那般俊美呀。

話說回來，這封信真令人拍案叫絕！儘管語氣颯爽，可是行文粗莽還擺架子，甚至大放厥詞到難以置信的程度。而且，我最感興趣的是，他信中提到的那位「女朋友」，真可稱得上是女中豪傑。來信的青年會有尋死的念頭，想必受了她莫大的影響。那位「女朋友」一定是個愛好文學的少女，絕不是泛泛之輩。

好了，這封信或許只是餘興聊談的趣聞，卻引發了我的遐想連篇……

時序入夏，萬物閃著耀眼的光芒。在某家陰暗的咖啡廳裡，初次見面的少年與少女兩人格外投緣，邊舔著冰淇淋邊聊天。這是城市裡隨處可見的場景，沒什麼稀奇的。

少女突然脫口說道，

「好想死喔，我真想死。」這也是年輕人常有的念頭。

「為什麼想死呢？為何要死呢？」即使如此逼問她，恐怕也說不出個理由吧。頂多這樣回答，

「剛從外面飛進一隻蛾，牠身上的鱗粉灑到我的水杯裡了。看到那些銀色的亮粉，我突然想死。」

又或者說，「我最近大腿變粗了。我和朋友一起量腿圍，結果我的大腿粗了五公分。照這樣下去，我一定會胖得不能見人，所以想在容貌仍然亮麗的時候死去。」

抑或是，「今天早上忽然察覺到，我的房間裡到處布滿自己的指紋。凡是被我碰觸過的物體，全都沾上了指紋。哎，人類真是汙穢！想到這裡，真恨不得盡快死掉！」想必只會得到這類莫名其妙的答覆吧。

至於另一個少年，也會突然冒出想死的念頭，就像旁人打了噴嚏或呵欠，自己也會跟著鼻癢或感染到睏意一樣。「我們去死吧」這句話，就和說出「我們出國吧」或「我們買架飛機吧」的效果相同，原本腦子裡很清楚那是不可能的，說著說著，竟然愈來愈覺得應當可行。光是開始起心動念，整個世界就彷彿大放光明。原本愁眉不展的

2 義大利俗諺。意指若是一個人不曾賞覽過拿波里的風光便死去，形同虛度了人生，以此形容拿波里的絕佳美景。

兩人，逐漸變得開朗而充滿活力。當他們走出咖啡廳並肩而行時，只要一想到不久後就要殉情，便沒來由地驟然湧升一股優越感。在他們眼裡，來往的行人全都成了比他們低等的笨蛋。

不僅如此，橫豎要死，就要死得轟轟烈烈！想到自己現在才只有二十來歲，也沒做過什麼罪大惡極的壞事，與其往後還須仰靠社會的力量活上三、四十年，不如現在來大鬧一場。比方住進高級旅館，幹出自殺爆炸事件，把旁邊才剛蓋好的新館當作陪葬品，這樣也不賴。

就在這樣聯想時，兩個人的思考方向逐漸從個人觀點，轉到了他人與社會面向。原本單純的殉情或自殺，漸次變成對社會的呼籲與訴求。也就是說，愈發趨向為非作歹了。

「在死前，去瞧瞧我們喜歡的小說家的長相吧！」

「在死前，挪用店裡的公款，豪邁揮霍掉一百萬吧！」

「在死前，把那家可惡的水果店放火燒掉吧！」

「要死的時候，殺個五、六個人一起陪葬吧！」

就這樣，把自身的死亡當成自我辯護的強力盾牌。自殺原本是一種自我實現，但如果想到死亡將造成別人的困擾，自殺的意義就逐漸消失，而社會性行為反而愈趨顯著。光是這樣想像，便開始對於付諸實行有所躊躇遲疑。

若到了這個地步，仍有遲鈍的少年少女不知天高地厚，果真在自殺前挪用了店裡的公款或是殺了人，這時候，自殺已不再是出於純粹的動機，即便他們真的動手自殺，也僅是為了逃避良心的苛責，只好畏縮地草率自殺了事。

所以，假若真的打算尋死，不如想些聲勢浩大的死法，盡可能大張旗鼓以製造別人的困擾。這就是我建議的防止自殺妙計。

偷盜的奇功妙效

古希臘的斯巴達城邦，非常鼓勵未成年人偷竊。眾所周知，斯巴達是個崇尚武力的國家，偷竊是他們用來訓練士兵，藉以強化敏捷反應的方法。既然他們不惜發動戰爭也要竊占其他國家，當然也對個人的偷竊行為表示贊同了。如此看來，希臘人的思維確實具有一貫的脈絡。

根據某位偉大學者提出的理論，自古以來，各民族道德觀的主要根源，可以分為兩大流派：罪疚和羞恥。前者以基督教的道德觀為代表，其道德意識出於良心與自責，而非表現於外的行為；後者以希臘的道德觀為代表（日本的道德觀即徹底屬於希臘的類型），重視的是講求體面與羞愧感，只要舉止不致遭人蔑視就可以了。即便以偷竊來說，依照希臘人的思維，亦須做得乾淨俐落，不可被對方發現，也不能搞砸。這就是他們認為應當具備的道德要素。

有一則「斯巴達少年與狐狸」的英雄故事，可以充分佐證上述論點。有個斯巴達少年為了逞英雄而溜去農家偷狐狸，卻失風被失主緊追不捨，最後還是被逮住了，他趕緊把狐狸藏進衣服裡。失主責問少年：

「是你偷了狐狸吧？」

「我沒偷！」

「分明就是你偷的，還說謊？」

「我沒偷！」

就在少年斷然否認之際，狐狸猛然咬了他的肚子。但少年依然咬緊牙關、忍著疼痛堅決否認：

「我說沒偷就是沒偷！」

這時，狐狸已經咬破了少年的肚子，疼得他冷汗直冒，但他依然強忍劇痛，矢口否認「我沒偷！」最後，終於因為流血過多而倒地死去。

區區小偷竟有如此的毅力，不得不令人欽佩。日後，人們便將這位堅忍的少年，尊奉為心目中的英雄。

從現代的眼光來看這則故事，雖然有些滑稽，但若真要當小偷，可就非要成為這種了不起的竊賊才行。法國有位聲名鵲起的小偷作家尚．惹內[1]，擅長書寫以偷取生涯為主題的告白，行文有如詩歌般優美的作品。在他聲名大噪以後，受邀到其他文人朋友家作客時，依然無法戒掉順手取走貴重物品的習性。這種將自身沉溺於偷盜的惡

1 Jean Genet（1910-1986），法國詩人、小說家與劇作家。

習轉化為寫作動機，繼而把這種舉措予以昇華的作家，沙特[2]甚至讚譽他，給他「聖惹內」的雅號。我國的親鸞上人[3]也在教誨中提到，比起那些半吊子的道德家，反倒是徹底的惡徒還存有一絲救贖的生機。

我雖然將此系列講座命名為「不道德教育講座」，但也並非鼓勵各位去當小偷。要成為善人很不容易，可要變成竊賊也不簡單。比起日本這種三等國家的總理大臣，諸如偷狐狸的斯巴達少年、尚・惹內、石川五右衛門[4]那樣的小偷，更需具備必要時捨身就義的天賦。若沒有那種決心、也沒有那種天賦的小偷，絕對無法成為偉大的盜賊，頂多淪為報紙社會版上充版面的報導罷了。並非任何人都能成為大作曲家或江洋大盜。日本的商品經常剽竊外國的設計，這種醜聞也等於把了不起的偷盜精神踐踏在地。日本的政府向來對竊盜這件事很不在行，根本沒辦法闖出像世界第一大盜英國那樣，把整個印度偷到手的偉大功績。

在我所聽過的所有竊取事件中，最讓我忍不住拍案叫絕的是台灣的揩糖小偷。聽說有養蜂人家把蜂場設在離製糖廠倉庫不遠的地方，如此一來，根本不必自掏腰包買糖就能採集到蜂蜜。況且，派蜜蜂至倉庫偷搬糖粒，任誰都無從指責起。

近來的「盜道」可說是每況愈下！事實上，幹盜賊必須擁有高超的智慧，但許多小偷卻不願動腦筋就想撈到好處。此外，若是講求效率的小偷，必定會錙銖必較付出代價與到手的金額，二者是否划算，可是大盜根本不會計較那些枝微末節，這正是他了不起之處。就這層意義上來說，最差勁的偷兒是汽車搶匪，這種人會為了區區三百圓而不惜殺人，真是不像話。這種小偷委實令人唾棄。

現今有些大教授們振臂疾呼要重建道德教育，但我認為在建立良善的規範之前，應該要先建立怙惡的規範。目前社會上的危機，都是根源於沒有妥善建立起怙惡的規範。往昔的流氓，根本不會糾纏恐嚇一般民眾，可現在的流氓卻不分青紅皂白隨意殺人；往昔的小偷，根本不會為蠅頭小錢而殺人，可瞧瞧現在的汽車搶匪，行徑有多麼囂張！

我認為，應當重新恢復像斯巴達少年那樣的訓練，由政府設置國立偷盜學校、國立殺人學校、國立流氓學校等等，竭盡努力傳授怙惡的規範，並且嚴格把關，把腦筋不好的傢伙們全都淘汰掉。這麼一來，目前在社會上流竄的偷賊們，大概每一百個之中，幾乎有九十九個都會遭到退學。他們被退學以後，想必會自暴自棄，也就只能淪為善良的民眾了。於是，善良民眾的人數，想必會暴增成現在的好幾倍吧。

說到這裡，我也曾經當過一次不足為道的小偷。雖說是不足為道，並非順手摸走咖啡廳菸灰缸那種登不上檯面的小偷喔，我拿走的可是如假包換的純金派克鋼筆呢。

2 Jean-Paul Sartre（1905-1980），法國思想家，存在主義大師。
3 親鸞上人（1173-1262），日本鎌倉時代初期的僧侶，擁有廣大的農民信徒。
4 十六世紀的日本知名盜賊。

反正已經是五、六年前的往事了，我就在這裡全盤招認了吧。那一天，我在某家電影院的走廊上，碰巧遇見一位相識的電影女星，兩人便聊了起來。由於正值散場時分，要離場的觀眾從放映廳裡湧了出來。其中一個女孩眼尖，發現了這位電影女星，欣喜地大喊：

「哎呀，這可不是〇〇子小姐嘛！」

女孩趕忙掏出記事本遞了過來索討簽名。於此同時，旁邊也迅即圍上來四、五個影迷，都想請女星簽名。不巧，女星身上沒帶鋼筆，便說道：

「不好意思，我身上沒帶筆。」

這其實是女星婉拒簽名的藉口。沒想到，其中一個影迷立刻遞上一支貨真價實的純金派克鋼筆，並對她說：「請用。」

在我的印象中，原本只聚集了四、五個影迷，在不知不覺中，竟然增加到十五、六人左右。女星忙得不可開交，手持那支純金鋼筆簽了一個又一個名字，而領到簽名的女孩們，便開開心心逐一離開了。等到人潮終於散去，只剩下孤伶伶的女星，手裡還握著那支鋼筆。

「咦，這筆是誰的呢？」

女星環顧周遭，可根本沒有半條人影了。這時，我突然動了賊念頭：

「那就給我吧！」

我接過了她手中的鋼筆，順手擱進口袋裡，下一秒便把這事忘得一乾二淨了。過了一個小時左右，我和這位女星以及其他朋友們，到一家夜總會狂歡。忽然間，我覺得口袋裡似乎有什麼東西沉甸甸的，伸手一摸，原來是方才的鋼筆。

我於是將那支鋼筆高高舉起，向大家說明了來龍去脈，驕傲地宣示了所有權。那天順手牽羊的行為，讓我一整日都感受到無比的滿足與幸福。不過，如果有人讀到這一段，前來找我索回鋼筆的話，我才不要還給妳哩！

處女是道德的嗎？

我曾經聽過這樣的故事。在戰爭開始前，社會上已有許多年輕的太陽族。有一群富家千金，在盛夏假期，邀請男性友人們到避暑聖地的旅館享樂狂歡。其中一個還是處女的千金小姐，就成了「大野狼們」覬覦的目標。一天晚上，酒量極差的她，被灌大量的酒液以後，就在旅館裡的一室，慘遭其中一個年輕男子蹂躪了。

到這裡為止，可說是司空見慣的情形。不過，那個男子或許是太年輕了，沒能完成真正的交媾，便草草收兵了。但是，那位千金小姐不曉得實情，隔天早晨醒過來時，斬釘截鐵認定自己已經失身了。不久之後，那位千金小姐和別的男人定下婚約，即將敲響幸福的鐘聲，唯一讓她擔憂的，便是自己已不是處女了。這件事讓她日夜煩惱，精神幾乎崩潰，險些要去尋死。終於，新婚之夜來臨了。結果完全出乎千金小姐的意外，新郎非常感動她的守身如玉，並將這份感動告訴了她，頓時讓她錯愕傻眼。

事情發展到這裡，探討她在肉體上與生理上是否仍是處女，已不再有任何意義。事實上，她可以說是兩度失身：第一次是心理性的，第二次是生理性的。而且在她第二次的生理性失身時，不僅早就不是心理上的處女，而且她甚至不曉得，自己還是個處女。

以前曾有一度流行過「半處女」這個名詞，指的是儘管在肉體上還是處女，但在精神層面卻是深諳男女性事、不知廉恥的女人。

人類同時具有肉體與精神兩種面向，構造上既複雜又麻煩。方才那段千金小姐的故事，也是出於對於肉體和精神的同時誤解。人類這種生物，若不是對自己的肉體有誤會，就是對精神層面有誤會，反之亦然。因此，所謂「處女」這個詞彙，是個徹底的生理學用語，只在肉體層面上具有意義。倘若硬要把這個語詞，套用到道德價值裡面，就會發生左支右絀的彆扭情形。因此，我絕不會說出「她已經不是處女了，所以是個不道德的女人」這種話。

至於，對於肉體完全沒有誤解，但在精神上卻充斥著誤會的實例，那就是妓女。她們非常清楚自己的身體是可以用金錢換取得到的，於此同時，她們又把自己侷束在「妓女」的刻板框架裡，囿限其作為人類的自主性。

相反的情形則發生在處女身上。剛才提到的千金小姐，就是個很好的例子。對肉體層面的誤解，正是處女的特質。自己究竟是或不是處女？自己的處女膜到底是或不是完整的？倘若要她仔細深究，只會覺得愈來愈麻煩，實在不懂自己的肉體到底代表什麼樣的意義。即便讀了書、請教了別人，還是弄不懂。話說回來，對於自己的精神層面，卻絕對沒有誤解。無論是任何一個處女，不分美醜，全都信誓旦旦地認定自己擁有光明的美好前程。

換個話題，來說說在古老的時代，處女與妓女二者密不可分的關係。

根據希臘史學家希羅多德（Herodotus）的記載，西元前五世紀時是女神崇拜的時代，所有的女子在一生中，都必須前去奉祀巴比倫的維納斯女神的米麗塔[1]寺院參拜一次，並且必定要和第一個將硬幣投擲到她膝上的陌生男子交合。這時，不論擲出的喜捨金多麼微薄，女子都不能拒絕，而且這個錢是捐獻給寺院的。當女子獻身給那個男子以後，便完成供奉米麗塔的使命，可以回家了。而在往後的一輩子，她都必須謹守貞節。

在希臘的科林多城的維納斯神殿，也曾有過上述的風俗習慣。

關於處女，在其他地方還有以下這樣的習俗。

古代斯拉夫民族的女子，雖然在婚後必須為其丈夫堅守貞操，但是在出嫁以前，可以盡情和中意的男子歡愛享樂。在這樣的社會習俗之下，有個男子和一個女子結婚了。當他發現妻子還是處子之身時，非常生氣地說：

「只要你還有一丁點可取之處，就必定能吸引其他男子的仰慕。這樣看來，想必妳是個一無是處的女人！」

說完，他立刻將新婚妻子掃地出門，和她離婚了。

相反地，某些原始民族具有極為強烈的貞節觀念，比方在大溪地島上的原住民，不僅會保護結婚前的所有少女，嚴格監督其品行，以防她們不慎失足、鑄下大錯，甚至連男子在結婚前，也必須在短期間內禁欲守身。他們深信唯有如此，方能在死後立刻前往極樂淨土。

其實，處女情結源自於基督教文化。基督教不僅有處女情結，而且憎惡人類的所有情欲。既然他們將處女崇敬為純潔至高的，便須把一切性欲視為不潔之物且鄙視唾棄。就這個層面來說，基督教的思維有其連貫性。

當基督教的禁欲主義發揮到極致時，簡直像誇張的漫畫般可笑。在七世紀中葉，有位著名的英國主教聖亞浩[2]，構思出了一種宛如漫畫情節般的方法，用來消解情欲。

當聖亞浩感到肉欲焚身時，便會找來女子陪坐與侍睡在自己的身旁，直到自己再次拾得心靈的平靜為止。他並宣稱這種方法具有靈效。因為，當惡魔見到這種情狀時，會認為「這傢伙竟已懶得親近女色了」，於是不再施計誘惑他。這就是聖亞浩想出來的妙方。

有關處女的奇譚珍聞，實在是不可勝數。

---

1 Mylita，美索不達米亞宗教所崇奉的女神伊絲塔（Ishtar）的別名。在巴比倫以其作為金星的代表，不僅是地母神，亦是軍神、光明神、美神等。

2 St. Aldhelm（639-709），薛邦尼主教，被尊稱為域撒斯大使徒。

此外，所謂的初夜權，通常是由酋長或君王行使這項權利，據聞甚至直到十九世紀，還有俄羅斯的地主主張擁有女子的初夜權。

由君王或祭司行使的初夜權，是基於處女尊崇、處女崇拜的思想；相對地，在各民族間，也有另一種處女禁忌的思維。例如在印度的果阿（Goa）與朋迪榭里（Pondicherry）等地，流傳著使用神體或器具施行女子的破身儀式，其意義和男子的割禮相同。有的民族認為假如男子不慎與處女交合了，即便天候寒冷，也要趕緊跳進海裡淨身，否則將會染病而亡。還有，澳洲中央地帶的原住民在傳統上，丈夫在將新婚的妻子帶回自家前，必須先拿棍子為她破身，否則將會大難臨頭。

我會從各種書籍裡，摘錄出這些奇聞供各位賞覽，是希望大家能夠了解，即便是單一的「處女」議題，在不同的時代裡、各種民族間，也會有各樣迥異的思維，是我們現代人的社會常識所難以想像的。

那麼，在下一次講座中，我將從現代的處女價值觀點，探索不道德教育的目標。因為，想必對這次講座的內容，大家還是無所適從，不知道到底該對這個議題抱持什麼樣的觀點才好吧。

處女與否，根本不是問題所在

近來，有關處女啦、純潔啦之類的詞彙，似乎經常出現在各種言論裡。比方在飲酒作樂的場合之中，也常聽到風塵女郎的玩笑話：「今晚的我還是處女唷」。

聽說在某些時髦少女之間，也流傳著一種令人難解的想法：要是和討厭的男人睡過一次，就不再是處女了；倘若是與心愛的男人幾度纏綿，仍可當做保有完璧之身。依照這樣的推論，「處女」這個詞彙，其實等同於「自由意志」。換言之，她們秉持著果敢的精神主義，認為「只要自由意志沒遭到踐踏，就能永遠保有純潔。肉體是處女與否，根本不是問題」。

很久以前有一首民謠，其中有兩句歌詞是這樣的：

露水說他和蒲葦相擁而眠了，

蒲葦說她沒和露水睡在一起[1]。

1 據傳，這首日本民謠小調是從一八五四年間開始流行的。

也就是說，和討厭的男人交合，實在沒什麼好拿來說嘴的。就字面上而言，這與「所有的女性都是處女」的論調亦頗相似。

在希臘的《達夫尼與克羅伊》[2]的故事中，當處男達夫尼與處女克羅伊，終於能夠共枕同衾的時刻，由於兩人都不知道該怎麼做，始終無法順利合而為一而感到十分失望。其後，達夫尼在某位年長的女性指導下，終於習得了交歡的方法。我也曾在日本的小說中，讀到某個片段，描述夏夜裡的一對情侶，得以同在一頂蚊帳裡甜蜜共眠，卻因兩人都還是處女與處男，任憑如何嘗試都無法真正歡愛。

就現代社會來說，有許多夫妻由於對性的無知，提出了許多就科學角度來看實在荒唐無稽的理由，因而早早離婚。像這樣的事例，通常夫妻雙方在結婚時，多半都還是童貞男女。時至今日，還經常聽聞有些無知的丈夫，在娶到處女為妻的時候，竟還擔心對方是否患有隱疾呢。

在美國，由於相擁親吻和親密愛撫不是什麼新鮮事，因而比起失身，美國女孩更害怕的是懷孕。在美國的多數州，人工流產仍屬於違法的醫療行為，因此常聽到十幾歲青少年的早婚，也都是因為「先上車後補票」。而且多半是女方強迫男方結婚，往往也因此埋下日後雙方失和的禍根。在電影《蘭閨春怨》[3]中，對這種狀況有很清楚的描述。其中有一段劇情是，在美國學校的女生宿舍裡，有個女學生毫不避諱交了男朋友，卻因為害怕自己懷孕而擔心得徹夜未眠，還把朋友們也鬧得雞犬不寧。而當她確定自己沒有懷孕以後，便高興得把枕頭拋向天花板，甚至狂喜亂舞。

所謂的女人，從剛出生的女嬰，直到成為一腳踏進棺材的老太婆，分屬於人生中的各個不同階段。當我們在討論「非處女」這個主題時，指的到底是那些不小心曾犯下一次「過錯」的生理性非處女，抑或是那些已經閱歷過上百個男人的心理性非處女，這兩者可有天壤之別。倘若將處女看作是神聖的，並且只將處女本身認定為神聖的代言人，那可就大錯特錯了。因為女性在不同的人生階段中，都代表著不同的神聖意涵。

我從前寫過一部《薔薇與海盜》的劇本。劇中的女主角只因慘遭一次強暴就懷了孩子，之後便再也不肯接受任何男人了。很多人似乎覺得這個女主角的想法古怪，可身為作者的我覺得沒有任何詭異之處，毋寧說女主角的想法既符合邏輯，又具有科學性。

最近有份黃色小報，報導了某女子的一則告白。該女子曾經失身於某電影男星後被始亂終棄，她便和許多男人濫交以示報復，但心底仍舊對他懷有強烈的恨意。在我看來，那位女子真是笨透了，反倒是遭她怨恨的電影男星，可說是平白惹來一身腥。

我的看法是，她雖然失去了生理上的處女膜，但同時，卻也自己主動放棄心理上的處女膜。就算失去前者，根本沒必要連後者也一併捨棄。就像《薔薇與海盜》裡的

2 古希臘詩人朗高斯（Longus）寫的長詩。
3 美國電影 Come Back Little Sheba，一九五二年發行。

女主角儘管失去了前者，但她下定決心，憑著自己的自由意志，始終沒有拋棄後者，維持精神上的貞潔。

失去前者，通常只像一場意外事件；但是失去後者，歸根究柢來說，則是自己的心志輸給了社會上的卑劣常識。一般大眾總認為「失去完璧之身，就成了汙穢的女人」，而當事人也對於這種低級的想法認命屈從了。

所以，如果有女性因為自己不再是完璧而垂頭喪氣的話，我要在此提出忠告：「別再愁眉不展了，快把這事拋到腦後，莫讓低俗的黃色小報上的生理學專欄，諸如〈女性的悲嘆：妳的身體忘不了第一次獻身的男人〉之類的文章給欺騙了。妳必須認定自己依舊保有精神上的處女膜，只要在結婚前慎行守節，也絕對不要把那件事告訴丈夫或其他人，一輩子守口如瓶，這樣就行了。」

老天爺在造人時經過精心設計，使得處女無論是在肉體上或精神上，都是難攻難破的。除非不幸遇上強姦之類的犯罪行為，處女膜很少會在其他狀況下破裂。

最近，又聽到這樣一件事。有個男人愛上某個不到二十歲的女服務生。某一天，他等店鋪打烊以後，邀請女服務生到夜總會跳舞。到了深夜時分，他藉口「妳肚子餓了吧？我們去吃茶泡飯」，便帶著她進入一家日式旅館。女服務生不疑有他，臉上也沒露出困擾的表情，一派輕鬆跟著去了。

雖說女孩出身貧寒，可身上穿著式樣簡單的襯衫，以及略帶成熟的窄裙，凹凸有致的身材顯露無遺。男人之所以對她動情，就是因為她在酒吧的大鏡子前跳舞時，一面盯著映在鏡中的身影，擺弄出與男人過從甚密的動作，一面千嬌百媚地扭動著腰肢露出蕩婦般自戀的媚態。

等到兩人獨處時，男人吻了她，但沒有得到任何回應。接吻後她立刻將頭撇向一旁說道：

「哇，我肚子好餓！」

「別急嘛，等下就叫人把茶泡飯送過來了。」

「可是人家真的餓扁了嘛！」

當男人伸手環抱到她背後，想要解開她衣服上的鉤釦時，她突然像隻動物般憤怒地跳開，並且斷然拒絕：

「我討厭你的這種舉動！」

正當男人以為惹她生氣了，下一瞬間她又變得若無其事。

於是，男人彷彿吃下了定心丸，重新又伸手想要脫去她的裙子，沒料到她竟又瞬間爆燃出熊熊烈火，臉蛋脹得通紅，義正辭嚴地吼道：

「不要這樣！」

可她的情緒來得急也去得快。上一剎那還極度憤怒，下一秒鐘又像沒事人似的，輕快地哼起了爵士樂。

接下來，男人試著邀她一起旅行，她燦笑如花地答應：

「好高興喔！好開心喔！我還沒去過箱根呢。我會找個好理由瞞騙家人，一定會跟你去旅行的！」

由於女孩充滿防禦的舉動實在太過本能，可她滿不在乎跟著來到旅館的態度又實在太過自然，使得男人根本不知該如何出招，只好斷念死心打道回府了。

「那女孩一定還是處女！」

遇到這種情況，所有男人必定把原因歸咎於此，彷彿以這句話對女孩致上最高敬意。順帶一提，在生物界中，也只有人類和鼴鼠才有處女膜這種莫名其妙的東西。

盡早甩開處男的包袱吧

某人曾經請教過上一代的幸四郎[1]這樣的問題：

「您是在幾歲時失去童貞的呢？」

「哎，和別人比起來，我實在太晚熟了，真不好意思說呢。」幸四郎遲遲不肯回答。

「就算晚熟也不打緊，大約是在什麼時候呢？」

即使窮追猛打，幸四郎依舊不願意露口風地含糊帶過，

「哎呀，實在是不好意思說呀。」

到最後，他實在被逼急了，只得搔著頭，滿臉難為情地回答：

「我就老實說吧，是在十三歲的那年。」

這個回答簡直令人咋舌，可當時的歌舞伎演員，多半受到年長女性戲迷的百般疼愛，不少人是在更小的年紀就已失去童貞。時下的青少年，喜歡拿自己已經初嘗禁果

1 歌舞伎演員的承襲名號，全名為松本幸四郎，目前已經沿襲至第九代。

來炫耀，但在這些歌舞伎演員們面前，只怕也得甘拜下風吧。

川端康成的小說，曾經描述過一段美麗的場景。有個少年對自己仍是童男感到是種沉重的負擔，他便朝著月亮吶喊：「我要把童貞獻給您！」彷彿早早扔掉它比較省事。

在青少年雜誌中的「私密專欄」裡，不時可以看見標題為〈不再是童男〉，並將女方稱為魔女的文章，這實在是大錯特錯。這些女性其實是菩薩的化身。就這方面來說，法國不愧是民風開放，甚至拍攝了《青苗》[2]這樣一部描述偷取童貞的優美電影。

談到失去童貞的機會，在以往，男大學生們幾乎都會到妓院裡光顧一下，但如今紅燈區已經廢除，每個人跨出這一步的機率可就各不相同了。往後，在男性的人生道路上，其魅力的多寡，恐怕要比美醜的影響更為深遠，這才是名副其實的天賜良機。若是有人拿「我要將童貞獻給妳」當作泡妞的殺手鐧，絕對是天大的謊言。我曾經聽過，有位舊皇室[3]殿下，已經與某位公主訂下婚約。他在邀集了大批朋友與那位公主的慶祝派對上，公然聲明「我還是處男」，這句宣言使得熟知殿下素行的同學們險些鬨堂噴笑，個個無不竭力強忍笑意。因為，那位殿下早已「閱女」無數了。

不過，這件軼聞發生的時代比較早，時至今日，即使是貴為公主，也不至於把自己的未婚夫必須仍是處男，列為覓婿的必備條件了。到了今天，處男簡直成了不值錢的古幣（不過，處女還是在市場上流通的貨幣）。尼采也曾經在《查拉圖斯特拉如是說》裡提出：

難以保有純潔的人，儘管放棄純潔吧。若是勉強保有純潔，將使其變成通往地獄之路。與其讓純潔化為靈魂的泥土與淫欲之路，不如拋開它吧。

這實在是擲地有聲的至理名言。當男子仍是處男的時候，滿腦子裝的都是猥褻的幻想，根本無法保有透明純淨的心靈。

可是，失去童貞的年紀，還真是百人百樣。有位在二十九歲才要結婚的同學央託我：

「說出來不怕丟人。其實，我還沒和女人上過床。你教教我該怎麼做吧！」

我當時十分吃驚，沒想到他竟是如此潔身自愛的好男人。話說回來，或許我自己也沒什麼魅力，所以很晚才成為真正的男人，這成了我人生中的一大憾事。仔細想想，我似乎不曾因為仍是處男，而嘗過什麼甜頭。

實際上，男人一生中最大的悲劇就是，誤解了女人的本質。愈早捨棄童貞，就能愈早解開這場誤會。對男人來說，這是確立人生觀的第一步。若在此時沒有認真建立起正確的人生觀，將會導致日後的人格扭曲。

在紅燈區已廢除的今日，處男要找對象破其童貞是不太方便，但仍請盡量把處女

2 Le Blé en herbe，法國電影，一九五四年發行。
3 泛指於一九四七年脫離皇籍的十一家皇室成員。

從選擇對象中排除。這世上再也沒有比處男和處女更無聊的組合了。這兩種人既不能協助對方啟蒙性事，彼此也無法從中得到任何好處。不過，這個世界還真奇妙，在已嘗過禁果的年長女性中，有一種稱為「啃嫩草」的族群，特別寶貝童男。現在，這群女人挺身奮起的時刻已經到來。希望她們能夠化身為人間菩薩，以一擋百、甚至以一擋兩百，勇於發揮無私的精神，以解救天下童男眾生。

但是，我必須先警告這群女人，請千萬不要忘記，男性的性欲不是只為了滿足女人的自戀，而是為了滿足他們的自尊所存在的。

我要給女子「挺身隊」[4]的訓示是：「仍是童男的少年，其自尊心比起仍是處女的女孩，還要容易受傷」，並且一定要將這條訓示，確實轉告每一個成員知道才行。當妳們和童男少年在一起時，請務必維護他們的自尊，以賢明、親切、熟練、冷靜、沉著的態度應對，絕對不可口出侮辱字眼戲弄他們。要知道，諸位姊姊的隻字片語，將會決定一個男人這輩子的女性觀與人生觀，請妳們務必懷著菩薩心腸，實踐菩薩之道。

接下來，我要敬告處男諸兄請務必小心，這世上也有許多假冒的「啃嫩草」族群，這些女人才是真正的魔女。她們絕不會幫你們破身，而是會使出渾身解數誘惑你們，直到即將合為一體的前一刻猛然煞車，拒絕進一步的親密，造成你們心靈受創、精神衰弱，她們藉此享受這種極為殘酷的刺激，並且保護自己不至身陷醜聞。這種人出乎意料的多。要是迷上了這種看似願意纏綿、卻又拒絕歡好的女人，奉勸童男諸君即使已經垂涎三尺，也得立刻拔腿逃命為上。我要說的是，在城市裡，像這樣將玩弄童男的精神虐待，轉化為快樂泉源的女妖多不勝數。事實上，我確實曉得有個年輕人，就是受到這種女人的勾引，最後因為精神耗弱而自殺了。

現在，青少年具有性暴力傾向的性欲，引發了各種問題。我認為這一切肇因於，在社會這所性愛學校裡，缺乏專業的女教師。在法國，有許多中年婦女稱職地揮執性愛教鞭，使社會在這方面得以和諧安寧，日本也該向他們看齊才是。其實，日本在《源氏物語》的時代，也盛行這樣的風潮，因此當時的文明發展比現今還要進步。那些優雅的文辭，本質上可以看作是性意識的成熟表現。

在我看來，那些「啃嫩草」的女人，多數是自戀與自卑的混合體，還加上了對年齡的自卑感。對方若是童男，由於無從拿其他的女性做比較，於是在他們眼中，這些女人立刻變成所有女性的代表，頓時升級為女神，化身成維納斯。

可惜的是，世上沒那麼稱心如意的事。當處男失去童貞以後，就成為一個男人了。除非他是多愁善感的少年，否則必定會驀地發現眼前的世界無限寬廣開闊起來。不過，等到他垂垂老矣，這位少年仍舊會回想起最初的那個女人，並且對她永遠心存感念。

4 太平洋戰爭期間，由未滿二十五歲女子，依照居住地與工作地點所組成的勞動動員組織。

應當從女人身上榨取錢財

我是從某位計程車司機那裡聽來這段故事的。某天的深夜時分，在池袋車站附近，一位年輕男子攔下了這輛小型計程車。乍看之下，這個年輕人文質彬彬，可他攔下車子以後，卻扭扭捏捏地不肯上車。

「這位先生，您怎麼不上車呀？」

「嗯，因為我現在身上沒帶錢，可否載我回到家以後，再付你車資呢？」

司機對這個青年如此坦白感到驚訝。因為深夜搭車的乘客，多的是身上沒有半毛錢，卻大模大樣上車，等抵達目的地後，再衝進家裡拿錢付車資的。因此，像這年輕人事先坦白告知，實在罕見。況且，他看起來雖然無精打采，但穿著打扮並不差。司機對他很有好感，便連聲招呼他：

「來來來，快上車吧、快上車吧！」

當年輕人上車後，告知司機開到中野。就距離來判斷，應該不是坐霸王車的客人。不過，在車子駛向目的地之際，年輕人陷入沉思，因此他們並沒有任何交談。

車子經過了深夜時分的中野車站，又一番右彎左拐之後，終於在一戶人家前面停了下來。計程表上顯示的是三百三十圓。
「我去拿錢出來。」
青年敲了敲玄關大門。大門從裡推開，出現一位怒氣沖沖的年輕女子。
「死鬼！你到底上哪兒鬼混去啦？」
「幫我出計程車錢，總共是三百三十圓。」
「我才不會幫你出那種錢呢！你吃喝玩樂到這麼晚，還敢奢侈地搭計程車回來，我絕對不會出這筆車資的！」
「可是這樣對司機先生說不過去呀！」
「總而言之，我絕對不會給你錢！」
他垂頭喪氣地回到車邊，不知所措地坐進車裡。目睹事情經過的司機，非常同情年輕人，不曉得該怎麼安慰他才好。這時候，青年突然說道：
「請開到鶯谷。」
「咦？」司機先生很是吃驚，「你身上不是沒錢嗎？為什麼還要去鶯谷呢？」
「你開車就是了。到了那裡，就有辦法付錢給你。」
「為什麼？」
「因為，我老媽住在鶯谷。」年輕人低聲回答。
聽到這裡，司機也不禁傻眼了。司機心想，既然這位顧客這麼懦弱，只好由他親自出馬交涉了。

「交給我來辦吧！」

於是司機扔下這句話後，下了車，直接找上那位潑悍的太太談判。

「這位太太，話不能這樣說呀。我也有我的立場，請您付車資吧。」

「我說不付就是不付！」

「您別這麼說嘛，請幫幫忙呀。」

「你這人真煩耶！他沒先向我報備一聲，膽敢擅自搭計程車回來，為什麼我還得幫他出錢不可呢？」

儘管司機和這位太太來回交涉，對方仍是抵死不付。司機終於投降了。不過，這司機頗有人情味，他要年輕人下車，並把自己的名片遞給他。

「聽好囉，我是相信乘客您的人品，也明白您有苦衷，所以才特別給個方便。這是我們計程車行的地址，明天早上十一點至下午一點之間，我都在公司，請務必來付車資。」

「好的。」青年有氣無力地應答。

到了隔天，沒想到年輕人果真帶著三百三十圓，於司機指定的時段裡前來付款，並且千謝萬謝一番以後才回去了。

各位，您不覺得這個故事讓人聞之鼻酸嗎？

這簡直教男性的威嚴掃地！不過是區區三百三十圓，讓男人的面子往哪裡擺呢？我認為這三百三十圓的車資，非常具有象徵意義。若是換算成美金，根本不到一美元。也就是說，現代的日本女性，只為了一美元，就足以罔顧男人的面子了。

在現代社會中，男性到底扮演什麼樣的角色呢？照這麼看來，光憑筋肉碩實的堂堂六尺男兒，根本沒有用處；在這種情況下，恐怕是身上帶有三百三十圓的男人，才能夠抬頭挺胸吧。

依我的推測，在前述故事裡，應該是由那位年輕人負擔一家之計，以他的薪資支應家庭的開銷吧。如果是由太太賺錢養家，就不可能擺出那種態度。又或者，那位年輕人掙來的錢還無法滿足太太對物質生活的夢想，可他偏又膽敢奢侈地搭計程車回家，難怪會惹太太生氣。這正是現今大多數日本男性的真實生活樣貌。

我覺得這種現狀值得商榷。

換做是靠女人吃軟飯的不良青年，想必會更加理直氣壯地要錢，等女人掏出來便一把搶走，揚長而去。同時掌控經濟與性事的主權，雖是男人永遠不變的夢想，可這種想法果真是正確的嗎？自己分明沒有這樣的資格，卻妄想全盤掌控，也難怪會被女人瞧不起。事實上，男人想在性事上征服女人，無啻於痴人說夢。除非男人具備特殊的條件，否則女人絕不會屈從於那種妄想之下。總的來說，關鍵就在於，男人必須創造出獨特的優點才行。

絕大多數的現代女性，在面對無法掌控經濟大權的男性時，即便從他們身上能夠獲得性愛的滿足，也多半並非打從心底認可他們擁有性事的主導權。倘若男性無法確切把握這兩項，卻又試圖一把抓，恐怕就會像方才那位年輕人那樣，慘遭女性的羞辱了。

但是，吃軟飯的傢伙可就不一樣。吃軟飯的男人根本把經濟大權看做是屁，不僅沒想過要掌控，更認為金錢本就該由女人賺來供他花用。當女人看到男人不但完全釋出經濟大權，甚至對其嗤之以鼻，必然會產生崇敬之意，並且喜不自禁地獻上性事的主控權。對女性來說，這種人代表的是性事與男性的體現。當這種男人耀武揚威地回來索錢時，女人會覺得自己彷彿被征服了。這是因為，他們在主控權上的界定明晰，沒有模糊地帶。

女人對於曖昧的事物非常敏感。一旦被她們嗅出無法掌控全局的氣息，立刻會認定對方是蠢貨。現代的多數年輕男性，不僅在經濟大權上界定不清，向來也被當成無法確切握有性事的主導權。這正是男性的極大危機。

古巴首都哈瓦那的青年們，只要一看到從美國來旅行的老處女們，就會猛吹口哨吸引她們注意，讓女士帶去旅館過夜，到隔天早晨拿了錢之後，再得意洋洋地回到伙伴之中。聽說某位打字小姐就是這樣，每天晚上都換不同的年輕男子過夜，整整一個月和三十個男人上床以後才回國。我想，等這位打字小姐回到美國以後，恐怕多半會找和她一樣同是受薪階級的男性結婚。但幾乎可以肯定的是，終其一生，她應該都不會認為自己的丈夫握有性事的主控權，而是將強力的性事主導權，寄託在哈瓦那青年們的身上。因為在美國，她必須仰賴丈夫微薄的薪水過日子，但在哈瓦那，豪氣付錢的可是她自己呢！

在今天的講座裡，我要給大家的平凡啟示是：一輩子都沒指望能賺大錢的年輕人，最好找個擁有經濟基礎，又是賺錢高手的女人結婚。這樣的話，至少還能確保自己在性事上的主控權，以及維護男性的尊嚴。

應當盡量多管閒事

以下這封信是在約莫四年前，某位讀者寄給我新婚妻子的一封匿名信。我想，雖是私人信件，但既然沒有署名，在此公開應當無妨，便放上來請各位過目了。這真是一封充滿美麗愛意的信札！

您好：

我是個平凡的家庭主婦，從刊載於《主婦週刊》和各週刊雜誌的文章，對您十分仰慕，也由衷為您與三島先生的結婚感到欣喜。此次突然提筆致信打擾，望請見諒。

不知道您是否已經看過《明星週刊》的創刊號了呢？撰寫〈不道德教育講座〉的專欄作者，正是三島先生。我只是一個外人，原本不好多說些什麼，可身為同性的仰慕者，心中的憤怒實在難以用筆墨形容！即便那只是三島先生工作的一部分，可他已經和您這樣完美女性結婚了，竟然膽敢在婚後不到短短數月，便忝不知恥地寫下那樣的文章——那種標題為〈應當和陌生男人一起去酒吧〉的文章！

若是您覺得自己過得很幸福，自然無所謂。但是，不論三島先生的作品有多麼精湛，從世人的眼光看來，他簡直是個浪蕩子。因此，當您們突然宣布婚事時，我實在為您感到不值。

以您的條件來說，應當可以找到更有誠意的好男人結為終生伴侶，而不該和這種風流男子虛度一生。我勸您還是重新考量並且盡快下定決心，如此方能得到女人真正的幸福。

明知擅自提出這樣的建議十分失禮，但一想到正值青春年華的您，我實在無法置身度外，雖知多事，仍舊提筆為文。儘管知道以您的聰慧，根本無須我多嘴，還是忍不住致函提醒，敬請原諒我的無禮。匆草如上。順祝

安康

一位不具名的朋友　敬上

信末的那句「還是忍不住」，焦切的真情完全表露無遺，實在是一封立意良善的佳信。

不論哪所學校，總會出現幾個喜歡多管閒事的學生。他們好管閒事，什麼都要插上一腳，就算飽受白眼，可他們為了別人好，「還是忍不住」掏心掏肺，頗有「鞠躬盡瘁，死而後已」的抱負。來信者想必在學生時代，也曾被人喚過「管家婆」吧。這樣的人，總是由衷獻上無盡美好的心意作為免費禮物。忠告，也是免費的。可是寄

信，還得花上十圓，可只要是為了別人好，區區十圓又算得上什麼！

這些人的人生是瑰麗繽紛的。因為，他們從不攬鏡自觀，只顧著端詳別人的臉。而這正是擁有幸福人生的祕訣。

比方某一天，她出門蹓躂去。啊，美好的世上根本沒有孤獨，世人都在引頸盼望她來管閒事呢，她也樂意隨時待命出擊。

沒多久，她便發現小孩子在馬路中央玩傳接球。

「哎呀，太危險了！在那種地方玩傳接球，要是受傷了可怎麼辦呀！」

她立刻出聲阻止。可是，小孩當作沒聽到，依然故我。她終於忍不住衝到小孩身邊，一把抓住他的手，拉走帶開。

「真是的，這孩子的父母到底上哪兒閒晃去了！」

被抓住手的小孩生氣大叫。一個橫眉豎目的老爸，突然從她眼前的圍牆邊探出頭來。

「喂喂喂，別亂抓別人家小孩的手！妳說的那個去閒晃的老爸就在這兒！」

她只好滿臉慍色地離開了。世人不僅沒有公德心，更誤解了她的一番好意，真是太過分了！不過，她的人生依舊充滿浪漫的瑰麗，因為可以管的閒事實在是太多了。

接著，她去搭電車。一位背著偌大包袱的老婆婆，握著吊環站在車廂裡。座位上全坐滿了人。老婆婆的面前，就坐著一個沒帶任何行李的大學生，正專心地讀閱著八卦雜誌。（哎，這勾起我的一段往事回憶。在二次大戰期間，日本國內曾經發起過「讓座運動」。如果大學生坐在車上時，看到老人或小孩靠近，一定要立刻站起來讓座。有一回，我和同學四個大學生橫坐一排，恰巧一位老人家來到我們跟前。他直瞪著我們瞧，露出要我們快些讓座的眼神。我們四個人交互緊緊揪住身旁同學的外套衣角，以免有人受不了壓力而起身。最後，我們終於堅持成功了。）

這個學生的自私，立刻惹惱了她。

「怎麼搞的！你還是個年輕學生，沒看到眼前有位背著沉重包袱的老人家嗎？還不快點站起來讓座！」

沒想到，出乎意料，出聲反駁她的竟是老婆婆。

「請別多事。我還沒那麼老，況且，這包袱裡裝的是棉花呀！」

車廂裡的所有乘客頓時鬨堂大笑。她只好悄悄地在下一站換搭其他車班。不過，她仍然懷抱希望。

下車出站以後，她走到一處公園。大白天的，樹蔭下的一條條長椅上，坐著一雙雙沉醉愛河的情侶。這景象真是不堪入目更又不道德呀！那些女孩全是受騙的小綿羊，真讓人同情呢。

這些情侶之中，又以坐在其中一條長椅上的兩人組最悲慘了。女孩看似好人家的小姐，文靜可人；但她身旁那個男的不僅眼神凶惡，還頂著美國大兵光頭，活像個不良少年。她實在看不下去了，於是勇敢地挺身而出，湊向前去：

「這位小姐，這男的可是不良分子呀。妳得小心自愛，否則將會鑄下無法挽回的大錯，留下人生的汙點呢。」

語聲方落，年輕人瞅著她，露出奸笑說道：

「嘿，臭老太婆，別教壞了我的馬子呀！」

這個年輕人外表雖然凶狠，沒想到心胸還挺寬大的。

女孩冷冰冰地瞥她一眼，轉頭對男孩說：

「想必是老處女缺乏性生活，到處找碴發洩。」

「我才不是老處女，我可是不折不扣的家庭主婦呢！」

「既然是家庭主婦，那就扛著妳的飯杓好好走路吧！」

這下子，她又只好綳著臉離開了。沒被那個年輕人揍上一頓，已經是萬幸了。這她就不懂了，好心忠告怎會挨揍呢？

多管閒事是養生的妙法之一。而且，有些時候我們還必須不顧他人的想法，堅持管閒事。比方在公司裡，主管對下屬提出種種忠告，而下屬聽完以後，再去向學校裡的學弟妹提出種種忠告。就連小孩子也時常會對小貓小狗耳提面命。儘管這麼做根本毫無助益，也派不上用場，可是，多管閒事有項好處，那就是能夠「享受惹人討厭的樂趣」。況且，還有古今皆然的正義大旗作為後盾，得以理直氣壯直言不諱。隨時隨地惹人厭惡，自己又不受半點傷害，這種人的人生永遠都是幸福美滿的。因為，多管閒事和給人忠告，都是世上最反道德的快樂之一。

應當利用醜聞

現代的光榮事蹟，幾乎都是以醜聞作為養分的；現代的英雄，幾乎都是因醜聞而出名的。那種清廉無瑕、品格高尚、不沾塵埃的人，似乎多半機遇欠佳。連政治家都是如此，其他人更可想而知了。我查了手邊的英文字典，翻到記載scandal（醜聞）的那一頁，出現了以下的翻譯解釋：

「（對於行為不端與道德敗壞而引起）世人的反感、譴責、恥辱、醜聞、冤獄、誹謗、抨擊、在背後說壞話」。不過，對於首句「世人的反感」，似乎是誤譯了。怎麼說呢？因為世人對於醜聞，應該是「非常喜愛」的。

我在年少時非常羨慕鬧出醜聞的朋友，自己還絞盡腦汁試圖捏造出醜聞來。無奈我生性膽小，身旁人也早就看穿我根本沒那個膽，所以終究沒能編出什麼醜聞，就無疾而終了。

不過，醜聞這東西說也奇妙，有些人壞事做盡卻風平浪靜，也有人沒做什麼壞事卻惹出滿城風雨。

這世上還有一種人是表裡完全不一的。表面上看起來溫文和善、總是受騙的好男人，骨子裡其實是拈花惹草的風流鬼；又或者外貌是個精力旺盛、連魑魅魍魎都要退避三舍的大壯漢，而內心其實是個極愛面子的膽小鬼。每當發生了犯罪案件，凶嫌的長相多半和我們想像的全然迥異。

不過，鬧醜聞並不算犯罪。鬧出這種醜事的人不是犯人，只是個嫌犯。既然是嫌犯，至少也得具備「看起來挺像有那麼回事」的條件才行。一樁醜聞要鬧到人盡皆知，就必須在大家認為「看起來挺像有那麼回事」的部分有憑有據，而石原裕次郎正是掌握了這個關鍵，搖身成為大眾的偶像。

很久以前發生過電影女星志賀曉子[1]的墮胎事件，她因此從當紅巨星立刻被打入冷宮。最近也有一則某當紅歌手的墮胎報導，鬧得沸沸揚揚，儘管對當事人打擊很大，但一般人只當成笑話一樁。又比方以往有許多人因通姦而丟官或自殺的，但近來這類消息繁不勝數，再也沒人覺得稀奇。這其中的關鍵就在於，直指或暗示該事件是犯罪行為的醜聞，與一般單純的醜聞，二者是有差異的。在墮胎罪與通姦罪均已除罪化的今天，即便部分黃色小報佯裝正義之聲，譴責電影明星的不道德行為，社會大眾也不會予以搭理。因此，可說現在已沒有嚴重到殺人放火程度的醜聞了。相對地，所有的醜聞幾乎都帶著無罪的遊戲性質了，所以就算利用醜聞，也不必擔心遭到反噬。

1（參見第11頁注3）曾因墮胎遭到起訴，被判有罪。

名揚四海的捷徑，就是捲進醜聞的漩渦。也因為這樣，每次只要發生凶殺案件，必定會出現假凶手打電話去報社假冒頂替，這種人可以被稱為出名狂或醜聞狂。

那種如瓷器般純白無瑕的名聲，大眾不太會認可；宛如纖纖玉手掬起的清澈淨水般的名聲，他們也不大喜歡。事實上，道德與名聲的性質，根本是南轅北轍的。新興宗教之所以能興旺盛行，其吸引力就在於似假若真的道德論述。況且，一般人最喜歡的不道德行為，正是極盡所能地批評名聲響亮的人。打個比方，若有一位廣受歡迎的電影明星，擅長演出流氓與幫派分子的角色，觀眾也是因為他在螢幕上那股流氓性格與幫派邪氣，才會喜愛他。某一回，他被披露曾在私底下耍流氓，影迷的態度便驟然不變，紛紛指責他：

「我喜歡的是螢幕上的流氓，可不是真實生活裡的幫派分子呀。」

於是，他立刻收斂霸氣，表現出低頭喪氣的反省模樣，向社會大眾道歉。結果，這次影迷們又覺得：

「咦？原來他竟是這般沒骨氣的傢伙呀！」

觀眾心目中的梟雄形象從此蕩然無存，對他再也不屑一顧。

巧妙運用醜聞的竅門在於，一旦做了，就要貫徹到底。在這點上，前首相吉田茂[2]委實令人佩服。

他是反動勢力的大老、親美派的巨擘，個性桀驁不馴又我行我素，幾乎不把人當人看，甚至曾經拿水杯潑向攝影記者，這位話題人物成為各類漫畫的最佳素材。可他始終不曾表現出懦弱的一面，也沒有不小心流露出知識人的良心。這些屬於個人層面的醜聞，反倒為他樹立起一貫性的信用招牌，並且讓他在從政生涯之中，從未涉入政治醜聞。吉田茂非常清楚，身為政治家，唯一致命性的打擊就是政治醜聞，只要不觸及這個範疇，個人的醜聞根本是個屁；不僅如此，還能夠將世人的注目焦點，引向自己最無關緊要的部分上。社會大眾總是喜歡把位高權重的人物，拿來當成茶餘飯後的聊談話題，加以嘲諷調侃。為了滿足社會大眾的口味，不如使出幾招抽菸捲、穿白襪套以及潑灑茶杯水之類的小把戲，拿來唬人了事。

曾經有一位攝影家，請全裸的模特兒站在清晨的街頭，拍下許多震撼人心的照片，因而引發輿論的撻伐攻擊。他成功打造出與犯罪僅一線之隔的醜聞，在媒體競相採訪之前，他的攝影展早已人滿為患。雖說拍攝時間是在清晨時分，可畢竟街頭仍屬於公共場所，他能突發奇想地將之與私密的裸體做連結，強烈的對比充滿了刺激震撼。這位攝影家的腦筋果真不同凡響。在寢室裡拍裸照已經是老掉牙的構圖了，在意外的地點出現裸體，才算走在時代尖端的新潮情色。比方說，各位去觀賞歌舞伎時，發現座席上坐著一位全身赤裸的女性觀眾，只在膝上擱著一只皮包，若無其事地欣賞

2 吉田茂（1878-1967），日本政治家，於二戰結束後曾任內閣總理大臣。

表演。當你目睹這一幕時，想必十分吃驚且感覺格外新鮮吧？

醜聞絕對不具有任何實質內容。對政治家而言，沒有實質內容的浮泛空論，最是求之不得；但對藝術家來說，不涉及實質內容是很困難的。前述的攝影家，扎實地運用了十九世紀風格的銀行建築，與柔軟的裸體兩相對比，作品透過裸體使銀行具有藝術性，也藉由銀行將裸體昇華為藝術品。即使在大醜聞的推波助瀾之下，前衛藝術的真正意涵，恐怕還是不太容易讓人理解吧。不過，比起只有十個人來觀看，不如匯集到上千人來觀看，這將大大提高找到知音的機率。

也因此，若要成功打造出醜聞，就必須盡量增加機率。這就像淘金，不能將全部運氣都只賭在一粒沙子上；應該先舀起一大筐沙子，慢慢搖晃篩選，最後若能淘出一粒甚或兩粒沙金，那就太好了。沙金才是被認定具有真正價值的成果。不過，這種按部就班的方法，經常得繞一大圈，才能抵達終點……。

應當背叛朋友

無論如何我就是不相信，人世間果真存在「年輕人之間的美好友誼」這檔子事。兒童在他們的社會裡表現得最為誠實，但也同樣會面臨嚴峻的背叛危機。在一群小孩裡面，總會出現想當個「好孩子」的兒童。他自己分明在開始時也有參與惡作劇的計畫，可是玩到半途，卻突然改變心意，逕自跑去向媽媽或老師告狀了。

就這個面向來說，女性社會（假設所有女性自成一個社會組織）和兒童社會十分相似，遠比男性青年的社會，表現得更加誠實。如果有個異性突然進入一群女性之中，這時，女人彼此間必定會發生層出不窮的背叛與算計。這遠比男性青年的社會，更接近我們一般社會的正常生活模式。很遺憾地，比起男性青年充滿友誼的理想社會，女性社會和兒童社會，才是貼近現實社會的真正樣貌。

可是，在大人的社會中，很少看到像兒童或女性那樣誠實的背叛，通常充斥著玲瓏討好、想辦法維持友誼的假象。拉羅什富科[1]曾直言不諱地說：

1 François VI, duc de La Rochefoucauld（1613-1680），法國散文作家，其名著為《箴言集》。

「一般大眾所謂的友情，其實只不過是社交和欲望的權謀算計，也只是待人親切的相互回報而已。到頭來，自愛總是淪為各有所圖的交易。」

不過，在方才提到的前提之下，成年人之間的友情會產生特殊的親密情感、熟悉感與好感，如同空氣般輕鬆自在，就好比夫妻間雖會相互瞞騙，日子倒也快樂幸福。也多虧如此，這個世界才不至變成煎熬的地獄。但是，年輕的男性實難體會這些細膩的情感，相較之下，女性則要成熟世故多了。比方說：

「哇，您穿的套裝真好看！在哪裡買的呢？」

「是在一家叫做N……的店家買的呀。不過，雖然這衣服剪裁俐落，可惜我卻長得這副身材。若是穿在您身上，一定更加美麗動人！」

「哪兒的話呀！您那雙美腿就跟外國人一樣，又直又細，我哪能比得上呢！」

比方有兩位女性做了上述交談，但是，很可能她們在背地裡都恨透了對方，無時無刻皆虎視眈眈伺機要打敗對方。不過，若是有人問起了她們對另一個人的感覺如何時，她們肯定是這樣答覆的：

「噢，您是問S小姐嗎？我們已經是多年的老朋友囉。她人很好呀。」

至於，為了不背叛朋友所做的努力，到底是什麼樣的努力呢？

譬如，某人看到自己的朋友偷竊，他也是唯一的目擊者。由於他堅決袒護朋友，致使案情陷入膠著。於是，那個當小偷的朋友，得以大搖大擺過著好日子，可卻苦了袒護他的人，反倒良心惶惶不安——我當時的袒護是正確的嗎？說不定就長遠來看，儘管勇於指證看似背叛，但為了他的將來著想，也為了整體社會著想，我當時是否應該挺身而出呢？……滿腦子紛亂的思緒，害他沮喪極了。就因為一念之仁沒有背叛朋友，搞得簡直像他自己做賊似的，難受得很。

在封建社會、共產主義社會，乃至於納粹社會，告密行為受到極大的褒獎，政府還會給予告密者獎勵。凡秉持社會正義而採取果敢行動的人，通常就是好人，像告密出賣朋友這種小惡，根本沒什麼大不了的。雖說這種告密制度恐將導致人性卑劣，但於此同時，也使得懦弱的人心得到抒發的管道，就像喝下瀉藥那般通暢解鬱。對告密者來說，至少自己的良心是暫寄給政府保管的，所以放心得很。他們也因此得以別過頭去，囂張地扔下一句：「那才不關我的事呢！」

人類，至少男人精神方面的成長，是透過對朋友的一次次背叛，才換得的。這不是指告密那樣的惡劣行為，而是單指精神上的背叛而已。昨天我有個朋友講了這麼一段話：

「人生就好比一輛汽車。雖然它是安全的交通工具，但是停車時挺占地方的；不過，一旦駕駛上路時，又難保下一刻會不會輾死人。」

聽他說完以後，我非常佩服地心想：「嗯，真不愧是見識犀利的傢伙！」可到了今天，我卻覺得：「什麼嘛，這傢伙每次都只會說些詞藻華麗的格言，根本腦袋空空、沒什麼思想嘛！」就在這個瞬間，我其實已經在精神上背叛了朋友，從而得到了精神層面的自我成長。

每次與老友久別重逢時，首先總會懷念地大力互拍肩頭，再一起重溫陳年往事，接著就沒了話題，陷入尷尬的靜默。光是往昔的交誼，是無法將人永遠留駐在原地不再前進的。近來，常可看到當年的軍人同袍們，在全新的戰場上又並肩作戰[2]。但是，堂堂大男人，絕不會只靠著懷念之意或思念之情維繫友誼，這種友誼的性質，恐怕正如拉羅什富科所描述的那樣吧。

這世上就是有些人偏愛作怪，老是橫刀奪愛。每當朋友交了新女友，他便忍不住想占為己有，到最後總是搶了過來。這分明是對朋友的背叛，可在他看來，只不過是由於發生在朋友之間，別人才這樣大驚小怪。他對那些女人原本沒什麼興趣，卻因為她們是至交的女友，便立刻散發出致命的吸引力。

朋友之間的相處，若沒發生背叛，通常就是變成跟班。那些號稱永恆不變的美好友情，倘若仔細深究兩人的關係，多半一方是主子，另一方則是臣子。以主子自居的那個總是聰明伶俐，不論是對待跟班朋友，或是在其他人面前，從不會擺出尊主的架勢，總是展現出平等相處的態度，其實二者在精神上已是徹底的主從關係。至於當臣子的那個，雖然矢志效忠服從，但也利用主子的才能或力量狐假虎威，而主子也樂於讓臣子利用自己的權勢。在這種頤指氣使的關係中，儘管無法產生真正的友情，可是人際關係的本質，原就具有「大欺小、小服大」的動物性，因此這種相處方式反而更為自然。只要沒有人背叛，即可長久維持下去。

一般在社會上拍胸脯說：「他可是我的換帖兄弟！」像這樣的交情，裡面大半是未曾背叛的主僕關係！並且有許多人，生來就喜歡當個隨從跟班。

你若不信，不妨讀一讀偉人傳記。有多少偉人都是在即將成為大人物的得力助手之際，霍然欺主反叛，繼而小心翼翼與之抗衡，並且伺機壯大自己的。

國際情勢也是如此。許多時候，表面上彼此以友邦相稱，暗地裡根本是主子和臣子的關係。若是臣子（附庸國）一味效忠順從，將來很可能在不知不覺中淪為殖民地。

背叛是友情的辛香料，就像胡椒或芥末一般。當各位開始覺得，沒有暗藏背叛危機的友誼味如嚼蠟的時候，代表你們已經從多愁善感的青年，脫胎換骨為獨當一面的大人了。

2 意指許多軍人在二戰結束之後，投身於商界成為貿易戰士。

應當欺侮弱者

不論看起來多麼強悍的人，既然生而為人，必然具有弱點，只要鎖定那處弱點，就能將他一拳擊斃。但是，我這裡所說的「弱者」，指的是那些弱不禁風，把弱點當成人格特質的那些人。這類型的代表人物就是小說家太宰治。他把文弱當成自己的最大利器，引誘柔弱的青年男女們產生共鳴。在這種負面影響下，使人誤以為「強者是不好的」而感到自卑，導致太宰的弟子田中英光，也是個性和善、體格壯碩的前奧運選手，錯把自己的肉體強壯，與缺乏文學才能劃上等號，於是在太宰治自殺之後，也跟著尋死了。這正是弱者欺侮強者，最終甚至殺了他的最恐怖實例。

不過，我認為這種頹廢的案例，是違反生物界法則的。

此外，也有這樣的例子。某些人徹底遵奉「幫助弱者、打擊強者」的格言，於是只要遇上強者必定無端挑釁，莫名其妙地罵架惹鬥；可對待弱者卻擺出一副老大哥的架勢，闊綽地賞給大筆零花，自以為是疼惜愛護而不顧對方的困擾，反而遭到所有人的討厭。這種裝模作態的頹廢做法，同樣違反了生物界的法則。舉例來說，二戰結束後的美國，就是個很好的範例。格雷安．葛林[1]曾在《沉靜的美國人》這部小說中，將這種美國性格揶揄得入木三分。

在生物界裡，強者對待弱者的態度只有一種，那就是「弱肉強食」，比較文雅的講法就是「欺侮弱者」。小孩子是最誠實的，他們總是滿不在乎地輕蔑與調侃身心障礙者和病人。

我這裡有個小例子。美國由於有清教徒主義的禁令，因此電影裡不能出現侏儒，或至少不曾起用侏儒擔任主角。但是，法國電影界就沒有這項顧忌了。比方在考克多[2]的電影裡，就由侏儒演員出任悲情的角色。這是因為在法國，迄今仍然保有延續自中世紀以來的殘酷觀念——把侏儒當成玩物。

至於那些身心障礙者以及病人，因為他們並非刻意佯裝軟弱，而是很不幸只能以弱者的身分活下去的可憐人，所以不在我們的討論範圍之內。我在這裡想要談論的對象是那些根本沒有身心障礙，身體也沒有病痛，卻拚命裝出一副「我是弱者，我是可憐蟲，請不要欺負我」的人。

各位，這樣的弱者，才是我們該積極欺負的目標！來吧，讓我們譏笑、蔑視、徹

---

1 Graham Greene（1904-1991），英國小說家。其著作《沉靜的美國人》（*The Quiet American*）內容具有濃厚的反美色彩。

2 Jean Cocteau（1889-1963），法國詩人與劇作家。電影代表作為《美女與野獸》（*Beauty and Beast/ La Belle et la Bete*，1946）。

底欺侮這些傢伙吧！嘲笑弱者，正是最健康的態度表現。

假設各位有個朋友想要自殺。某一天，他一臉煞白、步履蹣跚地來找你。

「怎麼？你又要自殺啦？」

「是的，我再也無法忍受如此嚴苛的生活了。」

「混帳東西！要死的話就快點去死吧！」

「如果那麼容易死得成，我也就不必苦惱了。」

「快去死、快去死！不然，乾脆在我面前服毒吧。我還沒親眼看過服毒自殺的情景，正好可以在這裡邊喝點小酒，慢慢欣賞一番。」

「你根本不懂我的心情！」

「那你幹嘛要跑來找個不懂的傢伙訴苦呢？」

不久以後，你才恍然大悟，原來這傢伙只是渴望受到欺負，才會來找你的。於是你火冒三丈地賞了他一巴掌，說道：

「我才沒那個閒工夫陪你這種吃飽撐著的傢伙殺時間！給我滾出去！別再出現在我的面前！」並且把他趕了出去。

不過，儘管放心。那種成天嚷嚷著想死、想死的傢伙，幾乎沒聽過真去尋死的。他撿回了一命，而你也享受到欺侮弱者的樂趣，真是一舉兩得。不過，倘若真的遇上了這種情況，我們恐怕沒辦法那麼豪氣干雲，多半忍不住對他同情憐憫，反而助長了他的自怨自艾，當他的情緒到達最高點時，說不定果真去自殺了，結果害你萬分內疚，落到兩敗俱傷的下場。

在社會上經常可以看到一種濫情成性的男人。這種人喜歡讀誦抒情詩，也會寫些蹩腳的抒情詩，而且經常失戀，還時常找人訴苦他失戀的痛苦，露出愁眉不展的樣子。他不時說些矯揉造作的台詞，即便在說玩笑話也讓人覺得陰鬱，總是以「我似乎很懦弱」希望博取同情，知道自己沒出息偏又自恃甚高。他在觀賞悲情電影時淚如雨下，還經常叨絮著往昔的哀傷回憶。他分明嫉妒別人又佯裝親切，而那無微不至的體貼幾乎令人動容……。想必各位的身邊，或多或少總有幾個這種類型的懦弱男子吧。欺侮這種人，正是人生最大的樂趣之一。

「咦，你又失戀啦？活該！」

「不要這樣挖苦我嘛。」

「別在你鈕釦孔裡那個像是鼻屎的東西，是什麼鬼呀？」

「那是我女友去年送給我的紫羅蘭呢。」

「無聊！真噁心，快丟掉啦！」

於是，你伸手拈下那朵乾枯的紫羅蘭，扔到地上，還朝它吐了口水。

「啊！你怎麼可以這樣？」

「不爽的話揍我啊！」

「我怎會打你呢。我很明白，你是基於友情才會這樣做的，你希望將我從回憶的牢籠裡解救出來，才會故意把花兒扔到地上踩。謝謝你！（說著說著，他竟嚎啕大哭起來）」

「混帳東西，你在講什麼鬼啦！」

你分明在欺辱他，竟被誤解成是友誼，實在叫人氣結，於是你握緊拳頭朝他揮了過去。

「啊！好痛！」

「再一拳！碰！」

「啊！好痛好痛！……（邊哭邊說）不過，我還是要謝謝你……」

「哪有人被揍了還道謝的，你是蠢蛋啊？」

「不，我非常清楚，這是你友情的鐵拳……你為了讓我振作起來，只好咬牙打我，可你心裡在淌血，我完全能夠體會你心情。我也知道自己應該重新站起來了……」

你已經氣得快要眼冒金星，但儘管感覺糟透了，卻又沒有感受到欺負弱者的那股快感。既然揍他也沒用，乾脆改用言語凌辱。

「像你這種沒用的傢伙，不管你愛上多少個女人，肯定只會被甩掉的啦！你自己照照鏡子仔細瞧瞧吧，老是如喪考妣的痴臉呆樣。如果身上還有幾個銀兩那倒還好，可偏只是個領死薪水的窮小子，每天中午都只能吃拉麵填飽肚子。就憑這種條件，還擺出一副高級知識分子的嘴臉，分明比較喜歡看週刊雜誌，卻在懷裡揣著根本看不懂的原文書走來走去。像你這種人渣，快點含著瓦斯管自殺升天，這才算得上是功德一件！」

「可是，（他邊說邊抽噎）如果已經被說成這樣了，可我對她還是沒辦法死心的話，那就表示的確是真愛吧？」

各位讀者，這場比賽進行到這裡，請問究竟誰才是贏家呢？

盡量自戀吧

假如這世上少了自戀，大概就沒什麼樂趣了吧。只要自認為是瀟灑倜儻的日本第一美男子，想必每天都幸福得宛如身在仙境；只要自認為是國色天香的日本第一美女，想必每天都滿懷雀躍的喜悅吧。每個人都擁有一面自戀的魔鏡。以我身為小說家的經驗來說，只要在小說裡安排一個曠世帥男登場，就會有平凡的男子，認為那個角色是以他為雛形的；只要在小說裡安排一個絕世美女登場，必定會有普通的女子，認定那個角色是為她量身打造的。若是對於長相有自知之明的人，就會把自戀的目標，轉移到聰明的頭腦或響亮的名聲等等其他形式上。即使是病人，也有其特有的自戀想法，比方在療養院裡，最大牌的就是重症病患了。還有，罪犯也是自戀狂，犯下重大案件的罪犯，在展現懺悔的絕佳演技時，其背後必然隱藏著自戀的因素。

以前的人非常了解自戀帶來的效果，也很清楚該如何運用自戀。有一本艱澀難讀的武士道著名論述《葉隱》[1]，書中就寫著：

「若是提到武勇，放眼日本，沒人能贏得了我！」

還有這樣的字句，

「身為武士，必須具備武勇與狂傲的特質，此外，視死如歸的決心亦極為重要！」謙遜通常不會有什麼好結果，況且那些被稱讚為謙遜之人，多半都是偽善者。某位大學教授在文章中，總喜歡形容自己是「區區一介老書生」，或是「可悲的語學教師」，但有誰會把他的自謙當真呢？

有句虛偽的格言是這樣說的：「結得愈飽滿的稻穗，愈會往下垂。」稻穗結得愈豐碩，穗尖就會因重量而下垂，這是天經地義的事，所以，這句話應該改成這樣才對：「因為稻穗結得很飽滿，所以才會往下垂。」因此，當一個人滿足於自己的崇高地位時，就能夠放心裝出謙遜的模樣。

自戀是一種有趣的幻想，而且是為了活下去所產生的幻想，所以根本不必講究其實質內容。這完全是主觀問題，無須在意別人的評價。當然，若能博得他人讚許，更能成為支持自戀的佐證，那是再好不過了。

在自戀狂看來，其他人存在的價值，只是用來引導出他的自戀、襯托他的完美而已。

一段的甜蜜戀情，若從中抽掉自戀的成分，那會變得多乏味呀！拉羅什富科曾經說過：「情侶們在一起時從不覺得無聊，正是因為他們總是忙著在講自己的事。」這

1 成書於一七一六年左右的江戶時代中期，山本常朝口述，田代陣基記述整理，是一部武士修養書，並稱之為「武士道」。

段話真是太有道理了！那些得意炫耀如果不是告訴情人，而是講給其他人聽，絕對會被嫌囉唆煩人的。而且，所有的情侶都自認是羅密歐與茱麗葉，再怎麼樣也絕不會承認自己是「王八配綠豆」。

自戀狂的優點在於，他們不像愛面子的人那般可悲。比方說，愛面子的人總是謊言連篇：分明只有小學畢業，但臉上卻掛著從慶應大學畢業似的傲慢、根本沒有別墅還向人炫耀自家豪宅有多氣派、沒買車還假裝自己有轎車等等。這些謊話一下子就會被拆穿，遭到拆穿時的難堪更是分外可悲。歸根究柢說來，愛面子的人過於在意自己不足的部分，因而裝模作樣，假裝自己高人一等，結果反倒扭扭捏捏，不像自戀狂那般豪氣。

相較之下，自戀狂深信自己擁有全世界，態度非常積極。那些令人瞠目的自戀狂，不僅不惹人討厭，甚至讓人覺得快意。自戀狂並不是騙徒，相反地，那些謙遜的人通常是大騙子。

幾年前過世的某位知名影星，直到死前都還將這句口頭禪掛在嘴邊：「我這演技實在是獻醜了。當演員的必須一輩子砥礪精進才行。」又如某位著名的女明星，明知自己早已紅透半邊天，可每當在公開場合自我介紹時，還是像個鄉下小學的女老師似的，總是細聲說道：「敝姓○○，現在仍在學習新劇[2]的表演方式。」我很討厭這種隱性的自戀狂。最近文壇上最令人拍案叫好的豪邁自戀狂，首推石原慎太郎先生！他的自戀充滿了令人愉快的要素。岡本太郎[3]先生也有相同的特質。不論在任何公開場合，岡本先生總是毫不客氣地宣稱：「我是比畢卡索更厲害的畫家！」

不過，眾多沒水準的人們，依舊深為謙遜者們裝出來的風範所折服。若是有位影壇女星，不管在何處都不忘說出以下這些謙詞，保證能在電影界人氣不墜，甚至還會贏得讚譽說她年紀輕輕，竟如此懂得應對進退呢：

「我還是個新手，敬請諸位前輩不吝傳授，望請多多指教。真的辛苦各位了，辛苦大家了。像我這樣沒有任何長處的人，得以站在舞台上成為明星，一切都要歸功於各位的教導。我每天真的都在心中向各位鞠躬致謝，晚上也從不敢將腳朝向各位的方位睡覺。（我想，這世上可沒人希望別人的臭腳丫朝向自己睡覺吧）還請多多指教、多多指教。」

至於民意代表所面對的選民，絕大多數都是沒水準的傢伙，所以也得佯裝謙遜，到處向人鞠躬哈腰。但是，同樣是鞠躬道謝，當然絕對不如影壇女星來得賞心悅目囉。

不過，這裡要說的，不是這種處世技巧。我想強調的是，從精神衛生層面看來，人們若能擁有某方面的自戀，就不容易生病。

2 相對於日本歌舞伎等傳統戲劇，自明治時代後期，在近代西歐戲劇的影響下，逐漸發展出新興的戲劇類型。

3 岡本太郎（1911-1996），日本藝術家。

女性最常被氣出病的情況，多半是在街上發現陌生女性和自己穿著一模一樣的衣服，而且對方穿起來比自己更合身亮眼，長相又比自己美麗動人。要是女性連續兩三回遇上這種窘境，包管會氣到臥病在床。假如在這狀況下能打從心底自戀地覺得，「什麼嘛！根本是在學我，這身衣服她穿起來難看死了。」如果可以如此驕傲自信，保證每天都是活力充沛。

而男性的病因，通常都是來自於職場上的自卑。比方他暗自估忖：這傢伙的能力確實比我強，看來會比我早出人頭地，肯定比我先當上科長等等。這些心裡的不舒坦，實在有害肝臟健康。要是真的可以自戀地認為，

「就憑那種傢伙？還搆不上我一根小指頭呢！」心裡就不會有疙瘩了。

這不是教大家不要有自信。而是在產生自信之前，必須先具備真材實料，而這個門檻可就不太容易達到了。雖非每個人都能擁有真正的自信；不過，若只是自戀，只要心念一轉，就能立即擁有了。

與其不滿地覺得，「我的鼻子怎麼這麼塌呀？」

不如換個想法，「我的鼻子長得真是太可愛了！在美國，很多有鷹勾鼻的人，都去找整型醫師削扁一些呢！」

可是，這種自戀仍舊需要別人的吹捧作為佐證。這也正是其他人和這個社會，對我們不可或缺的原因所在。

應當追隨流行

日文裡有個詞彙寫成「時花」，意思就是「流行」。流行確實是時代之花，流行是石原裕次郎、是保羅・安卡[1]、是布袋裝……以及其他各形各款的花朵。既然是花，總有一天會凋謝。正因為人們非常清楚流行的短暫薄命，才會趁它還沒枯萎的時刻，爭先恐後地摘下那朵鮮花。

不須講究原則的事物，就該跟隨流行的腳步前進，因為流行本來就是「不講原則的東西」。但是，可別因為這樣就小看它，因為就連與流行幾乎無緣的男裝，例如四、五年前特地訂製的長褲，現在看起來簡直像燈籠褲，根本不敢穿它出門。

只從流行之中擷取適合自己的元素，乍看是聰明的做法，可流行這玩意根本不是為你量身打造的。所謂的流行，就如同那則著名的古希臘神話《普洛克拉斯提之床》。故事裡的惡魔強盜設計了一張床，任何人一旦落入他的魔掌，便會被綁上那張床丈量，只要身體有超出床幅的部分，就毫不留情用斧頭砍斷。回想幾年前夏天蔚為

1 Paul Albert Anka（1941-），加拿大的重量級西洋流行音樂創作者與演唱者。

流行的布袋裝，實在令人不敢恭維，多數人穿起來都是慘不忍睹。

不管是否適合自己，都應該跟隨流行。流行會是你最棒的隱身衣，甚至可以說，唯有時下流行的衣裝，正是用來隱藏思想的最佳武器。假如你是共產黨組織的成員，又不能暴露身分，這時你最好穿上當下流行的緊身褲，跟著大家聽鄉村搖滾音樂。這麼一來，絕不會有人看穿你是共產黨人。又比方你雖是勞工抗爭運動的幹部，但穿起了斑斕顯眼的夏威夷衫，模仿石原裕次郎的口吻對大公司的總經理說：

「嘿，老總，你今天穿得挺炫的嘛！要是你答應幫大家加薪個兩千塊，嘿，大家不就可以心情happy回家去了嗎？」

而套著一條緊身褲的大公司總經理聽完後，也以東北腔抵死不從：

「啥麼炫不炫的，吹捧俺也沒用啦！俺說不能加薪，就是不能加薪啦！」

於是，勞運的幹部們紛紛拿起吉他，開始彈起震耳欲聾的鄉村搖滾風的工會會歌，而且一同扯著喉嚨大聲合唱。由於他們的音量吵得總經理受不了，最後終於投降，答應加薪。我老覺得，那些勞工歌曲和抗爭歌曲只充滿了群體的感傷，卻絲毫沒表現出激情狂熱。那種歌應該呈現真實的情感，由大家一起以鄉村搖滾的曲風編曲才對。更讓我訝異的是，時至今日，不論資方或勞方都尚未發覺，就算鬼吼鬼叫的流行歌曲，也能發揮鎮定社會的作用。反觀美國，不僅已將勞工運動視為爵士化了，甚至拍出了像《普天同慶艷霓裳》[2]那樣出類拔萃的歌舞劇，日本實在令人汗顏。

在此稍微岔開話題。社會上有些目光短淺的族群，把流行看成洪水猛獸。這些人對鄉村搖滾音樂的批評是「低俗不入流、吵死人啦」；如果向他們提到石原裕次郎，會得到的不屑回應「那個大暴牙，到底憑什麼紅透半邊天呢」；而他們喜歡的是聆賞蕭邦古典樂，在演奏會結束後心滿意足地回家。

每個人各有所好，旁人也沒有置喙的餘地，可要對這些人做個精神分析，恐怕大多患有「嫉妒現代流行」的疾病：倘若自己走在流行的尖端上，就能接受這種潮流；反之，則抵死不從。這種反抗精神雖然值得敬佩，但這些人的心底深處總覺得，流行、現代、以及象徵現代的諸般事物不斷向前進展，唯獨自己像棄兒般被遠拋在後。甚至可以說，對流行抱有既定成見的，正是這群人。

這些人暗自嫉妒著時尚流行，儘管嘴上念叨著「她竟敢穿布袋裝？真有勇氣吶，我可不穿那鬼東西」，而心底卻暗自發癢，躍躍欲試。

話雖如此，可我自身即便經歷了二戰後，一時蔚為風潮的冒牌存在主義時代、以及粗製濫造文化的時代，卻從未想過要趕上風潮。那種所謂的「文化流行」，在我們這些同行看來，只會當成耍弄花招而不敢苟同。愈是純潔真誠、愈是「不去思考本質」的流行，才是真正的流行；愈是白痴、愚蠢的流行，在回顧歷史時，才會顯現出當代

2 The Pajama Game，又譯為《睡衣仙舞》，美國電影，一九五七年上映。內容描述受到壓榨的睡衣工廠勞工，向資方爭取加薪的過程，並且穿插了分屬對立階層的男女主角的愛情故事。

之美。或許現代人在欣賞歌舞伎《助六》戲碼，那種集結當時最時髦的風俗與流行用語的炫美演出時，會懷疑真的流行過那些事物嗎？但那就是流行。

一般認為，淺薄的思想如同過眼雲煙，輕佻的文化就像水流花謝。流行的事物，正因為其膚淺才會普及，正因為其膚淺才會迅即消逝。這個觀點完全正確。然而，在它沒落多年以後，留在我們回憶裡的美好，反而是這些膚淺的事物。

比如，曾經風靡一時鹿鳴館[3]式的歐化風潮即為最佳的例子。當時的膚淺雖只是一味模仿外來文化，但是到了今天，當我們回顧同屬明治時代的潮流，比起沉重的征韓論，反倒是膚淺的鹿鳴館文化，更成了美好的回憶片段。那些沉重僵硬的事物，乍看似乎不像流行那般容易隨浪潮退去，事實上，或許比流行還要短命。膚淺的流行，在結束短暫的生命以後，下次又會以全新的樣貌復活重生。很不可思議地，輕佻膚淺的事物通常擁有如九命怪貓般的強韌生命力。這，就是隱藏在流行的生命力背後的祕密。

很少有深奧的事物會蔚為流行。上等的手織布料、高級的久留米染布，歷久彌新不會一下子就退流行。所以，像那些勤儉儲蓄類型的人，或者說是品味質樸的人，格外喜歡這類愈陳愈醇的事物，也喜歡讓自己沉浸在這種醇美的事物中。這也可以稱為雅商精神。從對古董茶器的愛不釋手，到各形各樣的嗜尚，都可以看到這種雅商精神。

這樣的人，不會去買呼風喚雨、漲幅可觀的主流股，他們只買風險不高的資產股。其結果就是，這些人無法獲得流行帶來的龐大利益，反而白白讓披著喬裝外衣的大好機會從眼前溜走。他們把全副寶貴的精力，都用在反對那些無關緊要的流行現象上，反倒被各階段的不同流行搞得團團轉，以致於根本沒有氣力花在自己身上了。最後，他們在別人腦海裡的印象，只是一個穿著手織布料或久留米染布的人而已。我就認識很多像這樣優雅又可悲的紳士們。

不過，流行有時也會要人命。

當歌德那部《少年維特的煩惱》躍升為暢銷小說時，德國的青年們紛紛競相模仿主角維特，穿上黃色的背心去尋死自殺。流行文化是非常危險的東西，我提倡的「追隨流行」，並非要大家跟隨這種流行，而是那種無關緊要的膚淺流行。

像公務員那樣頭腦僵化的人種，只會穿著過時的衣服，待在灰撲撲的樓房裡，根本不曉得如何跟隨流行。至於像學校老師的人種，也只會跟隨學校教育的流行制度，一輩子都與對世間無害的膚淺流行無緣。這些都是可憐的人種，實在令人同情。

3 一八八三年建於東京日比谷的歐式建築，日本與西洋的上流階級經常在此舉辦舞會，成為明治時代的歐化主義象徵。

應當在相親時騙吃騙喝

各位曉得有種詐欺手法叫做「相親詐騙」嗎？這和騙婚不同，完全沒有違法之嫌，聽說是一些腦筋轉得快的勢利年輕人，近來慣用的詐欺手法。

這些年輕人只要逮到相親的機會，即便根本無意結婚，也會趕緊出門去見面。既然打從一開始就決定拒絕，所以他們根本連對方的長相都沒正眼瞧過，只顧著享用大餐，人家勸酒時便大模大樣地乾杯，說幾句場面話應付了事以後就走人了，簡直把對方當成冤大頭。當然，要敢用這種手法訛詐，他自己也得具備當個良婿的資格才行。這種年輕人雖然惡意利用對方想要找姻緣的心理，但其目的只是為了吃頓霸王餐，也沒犯下罪大惡極的勾當，除了說他腦筋動得快，其寒酸小氣的性格也顯露無遺。我建議應當提倡把相親的花費改由雙方對半付帳，讓這種人不敢再白吃白喝才行。

光是從「相親詐騙」這個名詞，就明顯可看出現在的年輕人藉由因循社會上的習俗，只想從中詐取好處，然後拍拍屁股溜之大吉，完全不負起相對責任的心態。這實在太不像話！太不道德了！——不過，即使相親幾十次還是沒找到喜歡的對象，這也是無可奈何的事，所以從表面看來，這些年輕人做的事也沒什麼不合理的。端上桌的美酒佳餚，如果沒吃反而有失禮儀，應當盡情享用暢飲，這才符合禮儀。因此，不論從任何層面說來，都是一樁無從究責的完美犯罪。

往昔年輕人直率反傳統、舊習與陳腐權威的時代已經遠去，現在的年輕人變得愈來愈取巧、喜歡耍弄小聰明。他們也更懂得戴上馴從的假面具，佯裝落敗、貌似臣服，背地裡拚命搜刮好處。他們似乎是從「孫子兵法」裡學會這套的。

而現在的大學生敲詐學長的功夫，也是二戰前的學生難以望其項背的。現在的大學生，請客的學長像個老大哥般得意洋洋，而被請客的學弟也得到金錢上口腹之欲的滿足，雙方一個願打、一個願挨，彼此不感到誰欠誰的人情。現今大學生對學長諂媚奉承的功力，令人佩服得五體投地。以前的學生可辦不到。

時下年輕人的外表乍看之下像個流氓，眼神凶惡、個性乖張，其實用情專一、善良體貼，擁有純潔的心靈……。倘若追本溯源，其始作俑者正是《天倫夢覺》的主角詹姆斯．迪恩[1]。這類型的年輕人，似乎最能誘發女人心底的母性。例如，連著名的影評家K．K女士在聽到迪恩的死訊時，亦放聲嚎啕大哭，茶飯不思；在迪恩逝世一週年那天，還分送上面烙印了J．D縮寫的葬儀糕餅給親友們作為悼念。當她遇到我的時候，立刻緊抓著我逼問：

1 James Dean（1931-1955），美國影星。儘管只拍了三部電影（其中一部即為《天倫夢覺》East of Eden）便因車禍驟逝，但其叛逆與浪漫兼具的形象，使他成為影壇上歷久不衰的巨星。

「你說過，你在紐約時，曾去過迪恩時常光顧的餐廳、坐在迪恩慣坐的老位子上吃飯。你當時穿的是哪一條褲子呢？」

「我哪記得呀。」

「你把那條褲子送給我吧！就是曾經和迪恩坐過同一個座位的那條褲子！」

她的要求，真把我給嚇了一跳。不久之前，聽說她前往美國，為的就是去迪恩的墳墓憑弔一番。我原本以為這位女士還是單身，當我聽聞她竟已嫁為人妻的時候，一股莫名的感觸油然而生，心裡頓時冒出的念頭是：「如果是這種『移情別戀』，就算再投入，她先生也大可放心。」

詹姆斯．迪恩所代表的年輕人形象，到了日本便由石原裕次郎取而代之。實際上，這類年輕人早已屢見不鮮。只要是年輕人，其內心深處多半隱藏著生活的艱辛，就算腦筋機靈的現代青年，不論看起來多麼自鳴得意、任性隨便、八面玲瓏，但身為年輕族群，必定會深切感受到生活之苦。他們趁著相親的機會騙一頓吃喝，自導自演一齣長袖善舞的喜劇，說穿了只是苦肉計，因此，即便對方的千金小姐得知遇到「詐騙相親」，也不至於氣得橫眉豎眼吧。

有一天，我一如往常走在銀座街頭上，突然有個未曾謀面的年輕人叫住了我問道：

「大作家，請問M先生現在人在東京嗎？」

「我也不知道啊，可能已經回去了吧。」我不假思索地回答。他跟了上來，喋喋不休叨絮著自己曾向M導演學過戲劇表演、並看過兩次我的戲劇、M先生的導演手法非常了不起、他目前在S公司的戲劇研究所等等。當我們走到某個拐角，我正要往右轉的時候，他丟下一句：「那麼，我在這裡失陪了。」就逕自朝其他方向走去了。

我心想，這傢伙還真是孤獨吶。我沒有被他的隨便和強勢給嚇著。現在的年輕人，多少都具有這種程度的隨便和強勢，就和身上戴的帽子或領帶差不多，他們是無法趕走那份孤寂的。

若想在短時間內掙離那份孤寂，所需要的就是錢。在資本主義社會之中，只要能豪氣地大灑銀兩，就能排解鬱悶，可惜年輕人通常沒有那種財力。不過呢，年輕人身上揣著大把鈔票也頗為詭異，我就曾對這樣的年輕人敲過竹槓。

很久之前，我認識了一群年輕人組成的新劇劇團。其中有個擔任劇團經紀人的微胖青年，總是穿著一件緊身的西裝外套。某天，我們談完了戲劇，正要回家時，他突然對我說：

「可以陪我去個地方嗎？」

接著，出現了一個開著豪華轎車的傢伙，把我們載到銀座的一家大酒廊，他很老練地點了五六個相熟的陪酒女郎，還點了一大盤豐盛的開胃點心，開了一瓶又一瓶的酒，等到吃喝得差不多了，便猛地轉頭很不客氣地叫來服務生，掏出一大疊鈔票付了帳。這一連串過程看得我呆若木雞。那個大公司老闆的兒子長得很老氣，我本以為他約莫二十七、八歲，沒想到竟然只有二十一歲，這又讓我再吃了一驚。

讓人請客雖然感覺很好，可到了我這把年紀，逐漸不能享受這種樂趣了。不過，問題在於誰看起來比較體面，帳單就自然會送到比較體面的人手上，這可不是我能控制的。

我在紐約的時候，曾與石井好子[2]小姐不期而遇。當天罩著一件毛皮披肩、身形福泰的好子小姐請我吃午餐。我們回到我住的旅館的餐廳，對坐享用了餐食。可悲的是，那裡分明是我住宿的旅館，但餐廳領班卻把帳單恭恭敬敬地遞給好子小姐。在美國，唯有同行的男性一臉窮樣，才會把帳單送到女性手上。我連忙將帳單搶了過來，鳳心大悅的好子小姐笑著調侃了我一句：

「看來，你被當成我的小白臉囉！」

2 石井好子（1922-2010），日本的香頌歌手。

絕對不要遵守諾言

大致上，我是個遵守諾言的人，不過這似乎沒什麼好自豪的。因為，受到諾言的囿限拘束，正是一個人氣量狹小的證據，也足證他只能當社會上的一顆小齒輪罷了。

關於對女性做出許諾，古羅馬詩人奧維德[1]曾經在其建構的「戀愛論」裡提到：

「要許下諾言，就得大方氣派才行。諾言可以贏得女人的芳心。在說出諾言的時候，要在神明面前宣誓，任何一位神明都好，請祂成為你的證人。在天上的邱比特，會嘲笑陷入愛河者的虛偽誓言；那些沒有實現的諾言，便會隨著埃俄羅斯[2]的風兒捲走。邱比特雖然為凡間作證，卻也時常對妻子朱諾許下虛假的誓言。（中略）其實，男人對欺瞞自己的女子信守承諾，本身就是一種恥辱。」

不遵守諾言的人，反而能在愛情的戰役中獲勝，這是千古不變的定律。當一個男人被女伴放鴿子，在咖啡廳裡焦躁地喝了好幾杯咖啡，抽完的菸蒂把菸灰缸都塞滿了，這位「遵守約定的男人」，就注定是慘敗的一方。

1 Publius Ovidius Naso（43BC-17），古羅馬詩人。代表作《變形記》、《愛的藝術》和《愛情三論》。

2 希臘神話中的風神。

聽說在巴西，通常「和男性約好碰面的話，要等候三十分鐘；若是和女性約會的話，要等候一個小時。這樣才有禮貌。」

這比日本人還有耐性，真令我吃驚。巴西那個國家的人，個性閒適悠哉，即使讓人久等也不當一回事。比方一對男女相約去看電影，先到達電影院的男子只買自己的門票，先進去大廳朝外張望等待，即使等上一、兩個小時，依然一派悠閒。這麼一來，當女伴前來會合時，就不必出錢幫她買票了。巴西還真是個好地方呀！

至於美國的紐約，每個人看似過著分秒必爭、嚴守約定的生活，可我有位紐約朋友是個電視製作人，這傢伙卻是個超級樂天派，沒有人相信他答應的事，他即使不遵守約定，也沒有任何人會生他的氣。到了那種程度，他就更無往不利了。他經常在和我們聊談得興高采烈時，突然看一下手錶，大大地嘆了一聲「哎——」，接著抬頭仰望天花板，半晌，旋即斷念般甩了甩頭，又像個沒事人似地接續方才的話題。每逢這種時刻，我們就知道，他必定是猛然想起在同一時刻和其他人有約了。不過，當他想起來時，通常早已超過約定時間一個鐘頭以上了。

這世上的約定分成兩種：做得到的和做不到的。比方小說的截稿日期，本屬於不一定做得到的範疇，雜誌社卻仍舊只能根據和作家之間的口頭約定，構思出編輯企畫案。

聽說，人體細胞每隔幾年就會全部新陳代謝。所以，如果這樣說似乎也言之成理：

「在我答應你以後，全身的細胞都更新過了，所以當時和你約定的人，不是現在的這個我。」

因為，在這種動盪不安的時代裡，說不定明天原子彈製造廠就會發生爆炸，將大城市炸得灰飛湮滅，哪怕你和別人早有約定：

「明天五點，在服部和光[3]前面碰面喔。」

但講完話一分鐘以後，命運如何發展，也只有老天爺知道，說不定當天晚上就被汽車撞死，一命嗚呼囉。

上田秋成[4]寫了一部名為《菊花之約》的小說，描述某位同性戀男子和情人許下他日相逢的盟約，可到了當天，他實在無法及時趕到，忽然想到靈魂必然比肉體移動的速度更快的定律，於是自殺化為幽靈，奔向情人與他相會。就算有人平常總是拍胸脯保證「我是一言九鼎的男子漢」，恐怕也沒辦法做到這個地步吧。更何況世界大國簽署的停止原子彈試爆公約，更是絕不可信。

倘若仔細深思，世上根本沒有任何方法能夠保證諾言實踐。就算出具證明文件或是提起訴訟，那也是毀約後的補救措施了。「遵守約定」的想法，只是人類社會恆久

---

3 位於銀座最熱鬧路口的鐘錶店，為知名的地標。

4 上田秋成（1734-1809），日本江戶時代中期的小說家與國學家。

描繪出來的美夢。社會的歷史巨輪，便是循著這個理想目標向前滾動的，單憑一個人不遵守諾言，不會阻止巨輪的滾動；但若幾百萬人同時背棄了約定，社會的齒輪當下便會卡住絞裂。倘若大型銀行違約，必將引發擠兌的經濟風暴。相對地，若是效法室町時代的德政，公布施行「屯田抵債制度」[5]，政府不花一毛錢就能廣受人民愛戴。換句話說，所謂的「遵守約定」，可以讓社會維持在健康的警戒狀態之中，而「背棄約定」，則是在社會生死交關之際的一帖劇毒猛藥。若像現今政府老是翻臉不認前約的話，到了緊要關頭，可沒回魂丹能救命了。

如果某一天，你有三個約會：

第一：上午十點，和M君見面，歸還上回向他借的錢。

第二：下午兩點，代理課長出席企畫會議。

第三：傍晚六點，和S子小姐約在銀座的X堂碰面。

上午十點的約會可以不必在意。當然，和M君見面是該做的事，但想必他會難以啟齒要你「把錢還來」，所以你當作忘了這回事就好。假如M君勇氣可嘉，當真提及：「你不是講好要還我一千圓嗎？」你盡可一派輕鬆地回答：「噢，我忘了。明天再還你吧！」萬一M君因為沒把錢討回來而不高興，到處說你的壞話洩憤：

「千萬別借錢給那傢伙，他根本不會還錢！」

這麼一來，反而更加突顯你豪邁的男子氣概，而M君愈發像個鼠肚雞腸的小人物，這一仗你贏得漂亮極了！

接著是下午兩點的會議，也可以不必參加。這可是你出人頭地的絕佳機會！因為，身為代理人的你沒有出席，課長成了無故不到，因而被總經理列入黑名單遭到革職，或許你就有機會繼任榮升囉！

至於傍晚六點的約會，不要赴約對你才有利。她發現被放了鴿子，起初怒火中燒，隨著時間一久，她開始擔心你是否遇上車禍，急著打電話給各地警察局查詢，直到隔了幾天以後，確認你平安無恙，這才總算放下心來。到那時，她早已被你迷得神魂顛倒了。不過，如果她是個趾高氣昂的女人，我勸你最好準時六點抵達，趕快說清楚和她分手，這才是上策。

好了，你今天由於沒有遵守三項約定，不僅得到更高的聲譽，還獲得升遷的機會，更贏得了佳人的芳心。那麼，沒去赴約而多出來的時間，該做什麼好呢？我建議去打打小鋼珠吧，說不定你手氣大旺，機台裡的小鋼珠有如洩洪般滾滾而出呢！

5 只要人民加入屯田兵制度，其借款即可一筆勾消。

應當高喊「幹掉他」

今天我去看了拳擊比賽。雖然賽事很精采，可更有意思的是從觀眾席發出的喊叫和對話。

「幹掉啊！快幹掉他啊！」

「宰了他、宰了他！」

在一片殺氣騰騰的吶喊聲中，突然冒出了這句話：

「太可惡了，怎麼老是在一旁納涼啊？混帳東西，你憑啥不出拳啊！」

在話裡被罵的人，是個體格剽悍、挺得住千刀萬剮的新進選手。所以，當我聽到那句「你憑啥不出拳啊」時，不禁莞爾噴笑。

「又不是在鬥雞，認真點啦！」

「你這隻黑毛雞，給我好好打呀！」

那名被喚作黑毛雞的是穿著黑短褲的選手，和他對打的紅短褲選手，這下子可變成紅毛雞了。

觀賞歌舞伎時，觀眾在精采時適時喊叫，不僅不會打斷演出，甚至還能幫台上的演員錦上添花。可拳擊比賽就不同了，有的人從比賽開始到結束為止，完全不顧周遭眼光，只管扯著喉嚨嘶吼大叫。當自己想講的話，由別人大聲喊出來，就自然形成了群體合一的喊聲了。

「刺拳、刺拳！對啦！就是那裡！朝那裡來記刺拳！再來一拳！」

若旁邊有初次來看比賽的觀眾，問這個人說：

「什麼是刺拳？」

「誰管那麼多啊？」

問話的人想必換來一頓罵。

近來，社會亂象層出不窮，不是老子殺兒子，就是兒子砍老子。這時候，會來看拳擊比賽，並在場邊大喊「幹掉他呀！」、「把他做掉啊！」、「還差一點，對啦，就是那裡，補上一拳痛宰他啦！」的這些觀眾，我想應該就不至於去殺人了。拳擊可說是最能直接滿足人類戰鬥本能的運動了，這也是文明生活中，非常重要的發洩管道。

先不論政治上的和平主義，人類喜歡逞凶鬥狠、看見鮮血就會血脈賁張，這是遠自太古時代流傳下來的動物本能，倘若草率地一徑禁止，會把人民逼得精神錯亂。從這層意義上來說，狩獵或拳擊是比較無害，且能滿足人類原始本能的運動。這種原始本能，不但不會隨著文明進步逐漸消失，反而會隨著文明的蓬勃發展而逆勢反彈，導致人類的原始本能強悍起來。比方在世界之都紐約，當地青少年所犯下的凶殘罪案，就遠比日本的治安案件更為駭人聽聞。不過，一般人總是誤把「真正動手殺人」和「高喊宰了他」二者，只看做是程度上的不同，其實這兩者在本質上有極大的差異。

在英國，偵探小說和犯罪推理小說是最受歡迎的書種，這個現象雖然耐人尋味，但是，只要想像那斯文的英國紳士，沉浸在詳述殺人過程的情節裡的模樣，就覺得理當如此。英國國民屬於「高喊宰了他」的族群，這和他們具有連對蟲蟻也不願輕易殺生的教養，並沒有任何矛盾。實際上，真正殺人如麻的，莫過於那些提倡崇高理想主義的德國人了。

我打從心底討厭那種不時杞人憂天、擔心道德淪喪的所謂「家長會成員的精神」。他們一下子嚷著幫派電影有害兒童身心啦、一下子又說什麼古裝劍鬥劇會導致品行低劣啦。我之所以酷愛拳擊，正因為它那毫不矯揉造作的「幹掉敵手的精神」。比如，一年到頭經常有人反對《警察職務執行法》，我認為別只是振振有詞地反對，應該要高聲吶喊：

「警職法？那是什麼鬼東西？全部幹掉啦！」

這樣才顯得出氣魄。反正又不是真要去殺人，這樣聽起來不是比較順耳嗎？這就像高喊：「道德教育？那是什麼鬼？全部幹掉啦！」是一樣的道理。

以前的舞台表演中，也曾出現過「幹掉敵人的豪氣」。暫且不提曾有位反派演員由於演技精湛，竟被過度入戲而義憤填膺的觀眾（武士）衝上舞台想要砍殺演員的歷史事件，直到大正年間，在劇場裡還時常能夠聽見從站票觀賞區，傳出觀眾隨口朝舞台大喊：

「你這木頭演員，給我滾下台！」

當時的站票觀賞區，就相當於現在拳擊賽場裡的一般觀眾席。可惜的是，近來像這樣充滿激情與殺氣騰騰的批判精神，已逐漸從劇場裡的觀眾席裡消失了。在西方，真正用心觀賞的觀眾，倘若覺得表演乏味無趣，便會使勁吹口哨、用力踩踏地面並且怒吼：

「殺了作者！」

西方的戲劇，就是經由這些投入的觀眾不斷淬鍊，才能成就一齣齣精采絕倫的戲碼。相較之下，日本新劇的觀眾實在太斯文了。他們頂多用買票與否，來表現出微不足道的感受而已。

包括日本的藝術界與其他領域在內，目前最缺乏的，就是這種「奮勇殺人的精神」。

在此，我要提出的邏輯，仍舊一如往常充滿了跳躍性。在今天的現實生活中，凶殺案件屢見不鮮，人命比戰時還不值錢，難道不是因為「奮勇殺人的精神」和「高喊宰了他的精神」日漸式微所導致的嗎？其證據就是，現在的凶殺案件，很少是因熱血沸騰而動手殺人的，多半只是為了搶奪區區兩、三百圓，甚或是嚥不下一口氣而殺人。這些人在動手時，根本不可能激昂慷慨地高喊「幹掉他」，僅是出於惶恐不安而犯下殺人重罪罷了。

儘管現在被稱為世情冷漠的時代，但我覺得就某種意義而言，實在是個陰鬱苦悶的年代。換言之，文明愈是進步，社會限制愈多，人類血液裡的原始本能，便會愈趨翻攪躁動，於是演變成根本無法盡情吶喊出「幹掉他」，而被壓抑成侷促不安的心態，最後，終被逼入殺人的死胡同，這似已成為一種現代病了。

要治療這種病症，應該讓社會上的所有人，更加開朗奔放地大喊「宰了他吧」、「把他碎屍萬段呀」才好。

若能這樣批評別人，想必會非常痛快吧！

「聽說那個叫〇〇的傢伙，這回寫了一部無聊透頂的小說，內容低俗得不忍卒睹，把他給宰了吧！」

「他竟敢拋棄我去和別的女人結婚！好，我要把他碎屍萬段！」

「哼，下回要是敢來叫我補繳稅金，我可不會輕易饒他，非把他給殺了不可！」

「什麼嘛，竟敢端出一副頂頭上司的架子，罵我是飯桶！乾脆幹掉他吧！」

這些話不能只在心中暗批，若公然咒罵，不僅沒有絲毫肅殺暴戾之氣，心情必然極度開朗舒暢。你不妨試著自己大喊幾聲，就能體會到，高聲吶喊要把人幹掉，比起真的去殺人，感覺來得暢快多了。話說回來，如果沒有法律和文明的限制，說不定對人類來說，僅為芝麻小事就殺掉可恨的傢伙，才是最有益身心健康的。

直到不久前，法國社會仍默認傳統的決鬥行為，不愧是名聞遐邇的文明大國。想必有不少人，已經在電影院播放的新聞短片中，看過名舞蹈家塞吉．李法[1]那猶如兒戲般的決鬥場面了吧。

1 Serge Lifar（1905-1986），俄裔法國芭蕾舞蹈家。

應該由文弱陰柔當道

在這將職棒選手視為第一英雄的時代裡，竟會推崇文弱與陰柔的秉性，真讓人百思不得其解。可是，當我看到當前棒球運動的興盛，以及對營養攝食的注重，使得十幾歲青年男女的體格益發健壯，不禁幻想著若是時空倒退，把這些高中生拉回往昔的徵兵檢查場，會有什麼樣的結果呢？想必，絕大多數都能符合甲種體位吧。以前有一首歌叫做〈年輕人，強健你們的體魄吧！〉，光聽這曲名就讓人渾身不對勁。假如日本屬共產體制的話，想必早已大肆施行徵兵制度了吧。

事實上，從和平主義或誓死反對戰爭的觀點看來，對於強健體魄的狀況應該感到憂心。若是現代青年全都變得弱不禁風，步態像陰柔的男同性戀者那般婀娜多姿，稍一碰觸便搖晃欲跌的傢伙們，萬世太平的時代才真正到來。比方在歌舞伎裡，有種扮演文弱美男子的角色俗稱「一碰即倒」，通常固定演出「美俏男沒錢也沒力」的戲碼，而所謂「一碰即倒」就是「輕輕一碰，便跌坐在地」的意思。

大家可千萬別被騙了。

政治家們看似致力培養青年人的思想，事實上，他們骨子裡想利用的只是青年的肉體而已。若能看清政治家們的本心，亦即他們其實認為青年的思想毫無利用價值，唯一有用的只有肉體，大家就會發現政治家還真不容小覷，比學校的老師們機巧詭詐多了。所以，政治家若已把腦筋動到年輕人的頭上，那可得格外提高警覺。對付政治家最有效的方法就是使自己流於文弱、墮於陰柔，塑造出毫無用處的纖嫋肉體。唱唱〈年輕人，強健你們的體魄吧！〉這首歌就夠了，不必付諸行動。

為此，首要除之而後快的就是體育運動。若是興起全民運動風氣，國民體格自然變得強健，性欲也隨之昇華，腦子裡不再去想猥褻的事物，整個思想傾向理想主義，於是在不知不覺中，成為最容易被政治家利用的樣態。還有，也不能提倡電影。這種休閒活動完全無須動腦，只需慵懶地坐著觀賞，不僅有助消化，對身體也無害，更是萬萬不可。說到底，恐怕迷幻藥最能培育出孱弱之軀，不過我無意鼓吹大家淪為病懨懨的迷幻藥上癮患者，只是說明如何變得文弱與陰柔，所以犯不著動用到迷幻藥那種東西。

讀書，這倒可行。若是一邊閱讀，一邊啜飲咖啡，更是難以入眠，使人愈來愈脫離現實，陷入空想世界，也造成體格的衰弱。而且看書的姿勢總會不自覺地往前傾，彎腰駝背這種體態不適合從軍。更何況愈是飽覽群書，遇到事情反而猶豫不決，失去敏捷的行動力，這更是正中下懷。

若政府明令禁止通宵營業場所，比方「深夜咖啡廳」這種對於青年陰柔化有絕大功效的店鋪，那麼幾乎可以斷定，這正是政府準備積極充實軍備的前兆。因為喜歡泡在深夜咖啡廳裡的年輕人，臉色蒼白虛弱，絕對不符合軍人的基本條件。

最應該大力倡導的是同性戀。當我們觀賞春信[1]的浮世繪時，可以發現圖中陷於熱戀的太平盛世青年男女，不論從服裝或容貌上都十分神似，實在難以辨別雄雌。由此可知，黃金時代再現的徵兆，便是以男同性戀者的出現作為指標。

到底從何時開始，人們誤把男女燕好，定義為最具男子氣概的行為呢？其實，男人睡過的女人愈多，和女人心理與情感交流愈深，就愈會變得女性化。不管是光源氏[2]，或是《好色一代男》裡的世之介[3]，這些典型的日本花花公子，都帶有幾分女人味。從這個觀點看來，應該回歸務實的正道才是。因此，拳擊也好，游泳也罷，這些需要耗費男性極大體力的運動，僅限於在還不識女人滋味的男孩時代，才會熱衷於此。

而且，更有意思的是，女性傾向喜歡陰柔的男性。這種趨勢尤其在文化發達的國家更為明顯。比如在日本和法國，廣受女性歡迎的男子典型，多半是有些女性化的。

至於歌舞音樂，尤其是香頌或三弦琴樂曲，更有絕大的威力將人變陰柔。而且最好能搭配抒情意味濃重，讓人對世間感到絕望而忍不住以紗布拭淚的歌賦。年輕人如果不分晨昏、終日浸淫在這種靡靡之音裡，必然會逐漸喪失骨氣。

假使軟趴趴又吊兒郎噹，像軟體動物的年輕人充斥在日本社會，別說重整軍力，就連法西斯化或發動共產革命的可能，都完全不必擔心。

其次，必須要去貧窮化。貧窮會造成人們的心理緊張，燃起奮發向上的欲望，激發出鬥爭的心態。為了要使青年變得陰柔，必須讓他們手頭盡量握有充裕的金錢。不過，最有效的方法是，財源大權由女人掌控。當年輕男子被女人豢養慣了，便會失去勤勞的意願，也會喪失向上的欲望，可說是最快的捷徑。

除此之外，應該讓青少年傾力打扮與熱衷化妝。屁股扁平的幫他裝上臀墊，長相醜陋的讓他去整容。假如每個青年的臉孔都毫無二致，這樣絕對沒辦法組成一支強悍的軍隊。就算勉強湊成一隊，一旦下達原地休息的命令，所有的士兵必定會在路旁同時打開粉盒趕緊補妝，方才的士氣軍威頓時掃地，潰不成軍。

二戰結束後，「文化國家」的詞語曾經盛行一時。假如是貨真價實的文化國家，應當像史上的法國或中國那樣，能夠達成一億人[4]陰柔化的目標才對。輝煌文化的發展極致，便是女性化的表現。然而，日本卻還沒有到達那個境地。有些人屬於娘娘腔的男同性戀者，也有些像是長嶋[5]或裕次郎的強悍男人。社會大眾對文化不屑一顧，

---

1 鈴木春信（1724-1770），日本浮世繪畫家，以美人畫最著名。
2 紫式部撰寫的《源氏物語》的男主角，文才並茂的美男子。
3 井原西鶴的短篇小說集，於一六八二年分成八卷八冊出版，為江戶時代前期最具代表性的文藝作品，描述主角世之介的一生。
4 日本於二戰結束後的總人口數約為一億人。

只對職業棒球狂熱莫名；政治家則埋頭熱衷於重整軍力和修訂警職法。照這種情況看來，別說能躍升為偉大的文化國家了，恐怕是「一億人總崛起」、「恢復軍國主義」、「重現警察國家」等思想復辟，反倒指日可待吧。

在戰爭期間，曾有迎合潮流的大學生在學校演講會中做了以下演說：「眼下，我國正遭逢史所未見的艱困國難。然而，在擁有光榮傳統的本校，竟然還有文弱的學生淨寫些無聊的小說！」說完，不忘朝我投來不屑的一瞥。

我當時還真長得弱不禁風、氣色慘白，專寫軟性小說。真要被批評成文弱，倒也無可反駁。不過，在眾目睽睽下當面遭到羞辱，我也難忍火冒三丈，在心裡嘀咕著：「給我等著瞧！文弱當道的時代就要來臨！」

等到戰爭結束，頌讚文弱的論調不絕於耳。但是，如同前面提過的，我已經完全看穿了，日本打從骨子裡，根本就成不了將陰柔文弱發揮到極致的文化國家。這回輪到我趕上時代潮流，開始鍛鍊健身，現在已經練成一身肌肉鼓隆，不論何時收到徵兵單都毫無畏懼了。

但話說回來，我已經到了這把年紀，盡可放心不會再收到兵單了。

---

5 長嶋茂雄（1936-），知名的職棒選手，退役後轉為球隊教練。

喝湯時，應當發出聲音

大部分裝腔作勢的禮儀講座，都再三告誡享用西餐時，「喝湯時絕對不可以發出聲音！」可是，我們分明從小喝味噌湯時一定會發出吸湯聲，在快要飲完最後一口淡茶時也會發出啜茶聲，這已經成為難以戒改的習慣了，現在卻硬要把西洋禮儀套用在我們頭上。

受這些表面禮儀影響最多的是女性。女性尤其容易僅憑事物的表象，判斷其善惡良莠。

坊間多數女性雜誌的〈微妙的戀愛心理專輯〉裡，經常出現以下的讀者投書：「我有個男朋友，我很愛他。但我們第一次去吃晚餐時，服務生把湯品端上桌以後，他開始發出很大的聲音吸啜濃湯，簡直就像在吸食湯麵似地，剎那間，令我感到極度作嘔厭惡。從那一刻起，我就徹底排斥他了。」

這種女性的心理狀態，根本算不上微妙或什麼，我認為只是單純的矯情虛榮罷了。我想，各位只要見過禮儀講座的講師們，就可以明白我的想法。在我看來，他們根本不值得特別尊敬。就算比別人多懂些西洋用餐禮儀，並不代表其品行與思想有多麼出類拔萃。但是，女性竟然被這些傢伙們洗腦，死心眼地認定喝湯時發出聲音的男人，就是野蠻人。若是這種推論成立，那些手持刀叉吃飯的人，豈不全成了拿凶器的野蠻人嗎？

我會在此突然提到對喝湯出聲的感想，是因為我最尊敬的前輩，而且不只一位，是兩位，他們喝湯時都會發出驚人的巨響。兩位前輩都是曾經留過洋的。我在腦海裡想像，假如有一天，他倆在國外某城市裡號稱高級的餐廳，一齊大聲吸啜湯汁的畫面，想必會是壯觀的奇景。這兩位都是日本絕頂聰明的知識人，喝湯出聲這件事，完全無礙於他們是日本絕頂聰明的知識人這個事實。而且不僅無礙，當我看到兩位絲毫不在意周遭的異樣眼光，我行我素依舊大聲喝湯的模樣，不禁認為若能效法他們，或許能和他們成為同樣聰明的人。

我想說的還不只是喝湯而已。我曾親眼目睹，有位研究中世紀大眾娛樂的專家，以刀子盛起肉塊送入口中時，刀刃竟是抵著下唇的！這可讓同桌用餐的人無不為他提心吊膽，唯恐他下一刻就會割傷嘴唇。若從營造驚悚氣氛、為同桌者製造緊張刺激的娛樂效果來說，他可真是功德圓滿。

所謂的禮儀，可說是俗之又俗，與其偉大與否毫無相干。

在安安靜靜的高級餐廳裡，突然發出滋嚕滋嚕吸啜湯汁的怪聲，這需要挑戰社會規範的勇氣。所謂舉止高尚的定義，是多數人共識所形成的，擁有「雖千萬人吾往矣」

氣魄的人，通常被當成低俗的庸人。若要證明自己不是盲從的社會羊群之一，最好的方式就是喝湯時發出怪聲音。

去觀看棒球比賽是社會羊群的跟風行為，傲然的孤狼無須起而效尤。還有，打高爾夫球也是社會羊群所從事的運動。

假設有位N子小姐是本講座優秀的聽講生，她的男友S先生在餐廳裡喝湯時，不覺羞恥地發出了吸啜之聲，她反倒會引以自豪，在心中暗喜忖思：

「這個男人可不容小覷，日後必定會成為大人物呢！」

某一回，S先生罕見地邀她去聆賞蕭邦鋼琴曲的演奏會，她欣然赴約。就在聽眾凝神聆賞之時，他突然故意踩破預先放在鞋底的甩炮，把全場聽眾嚇得從椅子上彈跳起來，慌忙逃命去了。

S先生最瞧不起一般社會禮儀或是人道關懷的表現。有一天，在他過馬路時，牽起身旁一位駝背的陌生老婆婆的手，幫著她穿越車陣。

「哎呀，年輕人，真是謝謝你呀！沒想到你年紀輕輕，能對老人家這麼親切體貼。」老婆婆連聲稱謝。

可是當他們來到車水馬龍的車道正中央時，他突然放開老婆婆的手，逕自快步離去了，丟下老婆婆孤伶伶站在馬路中間被嚇得險些腿軟，只能顫聲喃喃念著「南無妙法蓮華經」那七個字。幸虧，她唱誦佛號的聲音嘹亮，比車輛猛按的喇叭聲音量還大，才總算沒變成車下亡魂。

當S先生染患感冒的時候，他會挑一家正在上映悲戀電影的戲院，故意坐在正中央的座位上，接著連打二十個大噴嚏，惹得觀眾們忍俊不禁、哈哈大笑，原本的淒苦氛圍馬上一掃而空，而他的感冒也就此痊癒了。

不僅如此，S先生還會刻意到每一處派出所前，畢恭畢敬地立定脫帽敬禮，然後不發一語轉頭走人。這可把警員弄得心裡發毛，誤以為是共產黨的最新戰術呢！

接著，S先生又來到公園，把裝滿紙屑的紙箱點火扔進有許多水鳥棲息的水池，然後轉身拔腿就逃。沒想到，水鳥群受到驚嚇，紛紛爭相展翅飛逃，倉皇間拉出的稠糞，就這樣不偏不倚掉到他頭頂上！

他做前述各項荒唐舉動時，N子小姐都跟在他身旁全程目擊，委實折服不已，更令她認定S先生絕非泛泛之輩。她肯定S先生絕對不是溫順的馴羊。

可是有一天，他接受精神科醫師的診察後，被送進精神醫院了，使N子小姐備受打擊。直到這當下她才恍然大悟：原來這就是羊群反把孤狼趕進圍欄裡的威力！不僅如此，社會上還有別的羊群擁有另一處圍欄，其名稱是監獄。這個故事給我們一個警示，倘若要對羊群惡作劇，最好僅止於喝湯時發出怪聲就好。

各位，這就是我們社會目前所能接受的藝術實態。只要不是為了在餐廳裡悠閒用餐的羊群們所奏出的樂音，就會被當成祖露野狼習性的吸湯怪聲。即便如此，比起迎合羊群的音樂，我仍堅持選擇喝湯的聲音。或許那並不是美妙的天籟，可至少是不斷嘀咕著「我不是馴羊」的一種勇氣、一種抵抗、一種揶揄，換句話說，這代表人類不容或缺的志氣明範，儘管，它實在微不足道。

應當嫁禍於人

有一個日本人，在倫敦市郊開車載著另一個日本朋友兜風。忽然間，一道黑影從車前快速穿過，下一瞬間，車輪下傳來刺耳的聲音，原來車子已經撞倒輾到人了。駕駛下車一看，是一位英國老先生。同行的日本朋友頓時面如土色，可是撞到人的肇事者在確認老先生已經斷氣之後，反而從容自若地等候警察到來。

不一會兒，警察來了，開始訊問事發經過。輾死人的肇事者，以流利的英語冷靜地應對，並說：

「基於上述如此這般的理由，是那位被輾到的老先生的不對，我沒有任何過失。我車上還載著一個朋友，他也可以為我作證。」

他的朋友雖然驚慌無措，還是作證陳述了事實。之後，這起意外就這樣簡單結案了。然而，肇事者的朋友從此輾轉難眠，並且私下責備他：

「你不也是日本人嗎？既然是日本人，在闖下大禍以後，總得表達一聲『深感遺憾』，或是『非常抱歉』，還是『這都是我的錯』之類的歉意吧？若是更加道地的日本人，就該跪地磕頭，哭著請求原諒才對呀！」

「笨蛋！這裡可是西方耶！」

他只簡短回答了這麼一句。

在西方國家，人們很少說「對不起」或「我錯了」這類的話。

我曾在一九五七年，親身經歷過類似的事件。

當時，我曾花費很多錢，在紐約逗留了很長一段時間，就是因為被一位製作人騙了。那位製作人說要將我的戲劇搬上舞台，但因在資金籌措上出了問題，卻還假稱「那齣戲馬上即將上演」，可是到最後仍是化為泡影。基於日本人的傳統想法，我原本打算如果對方能夠像個男子漢，豪爽乾脆地向我賠罪：

「出於如此這般的理由，這齣戲無法上演了。一切都是我的錯，請您原諒我。」

那麼，我就會把金錢上的損失就此拋諸腦後。但是，他自始至終，堅決不肯說出我滿心期待的那一句：

「I am sorry.」

不僅如此，他還將所有扯過的謊言，一派輕鬆全歸咎於客觀情勢的惡化所致。我雖然滿肚子怒火，可到頭來也明白了即便生氣也無濟於事。

「這裡可是西方呀！」

話說，「像個豪爽乾脆的男子漢」充其量只是日本人的既定成見。

舉個例子，認為在作戰時被俘是最大恥辱的國民，和認為被俘是光榮事蹟的國民，在他們心中對於「像個豪爽乾脆的男子漢」的定義就大不相同。人們既能「像個男子漢」且「乾脆豪爽」的遭敵軍俘虜，也可以「像個男子漢」且「乾脆豪爽」地撒下彌天大謊。

在巴西（聽說在法國也是這樣），只要有兩個小孩子吵架，雙方的父母多半會出面，並且會口沫橫飛爭得面紅耳赤：

「我家的孩子絕不會做那種壞事！犯錯的一定是你家的小孩！」

於是，兩邊都抵死不認錯，在完全沒有交集的情況下吵個沒完沒了。假如把同樣的場景搬到日本，想必會出現下述和睦交融的對談：

「哎呀，我家的孩子真是糟糕，實在非常抱歉。你這個壞孩子！（在對方面前斥罵自家的小孩）怎麼可以做那種壞事呢！快向人家說對不起！」

「不不不，該是我們向您們道歉才是呀。都怪我家孩子嘴巴壞，也難怪會惹得您家公子生氣，真是對不起。小子！還不快點道歉賠罪！」

不過，這是日本的情況，假若發生在西方，可就不是那麼一回事了。

像西方這樣權利義務觀念發達的社會，所有的事物都比日本來得侷促，人際關係也較日本來得緊張。倘若承認一次自己的錯誤，則威信大減，若是再度認錯，可就信用掃地，到最後甚至可能傾家蕩產，哪怕對方是血親姻戚，是朋友至交，也絕不假以辭色。西方人的歷史，就在這種循環中延續至今。他們守護自家城池的警戒意識是與生俱來的，而這也是他們絕口不提「對不起」的歷史源由。因為，一旦這句話說出口，自己便得肩負起所有的責任。換個角度來說，西方人極少說「對不起」，也正反映他們超強的責任觀。

順道一提，西方人非常珍視寶石，並且擁有豐富的寶石相關知識，都是由於上述惶然不安的歷史因素，使得他們必須將多數財產換成寶石，以便隨時帶著寶石逃命。

和西方比較起來，日本可真是極樂天堂，閒散安逸得很。人與人之間的關係，是基於「義理人情」這種怪東西往來交誼的，但也多虧如此，才得以紓緩所有的緊張對峙。

「對不起。」

「不好意思。」

「是我的錯。」

「非常抱歉。」

像這樣先把所有過錯兜攬在自己身上，在日本反而比衝動地指責對方，還要來得占便宜。和西方相反，只要先說出「這是我的錯」，就不必負擔一切責任。

比如總理大臣即使向新聞記者吐口水，只要事後誠懇致歉，多半得以平息風波。受害的記者感覺到「我讓總理大臣向我道歉了」而暗自竊喜，也就不會提起訴訟以求償其實質損害了。

而一般居上位者遇到下位者犯錯時，只要讓他說聲「對不起，我再也不會做這種事了」以表達歉意，之後就不再追究，方能顯現出自己的寬宏大量，以贏得世人的讚譽。

常聽到有人生氣地質問：「你以為道個歉就沒事了嗎？」這其實也只是嘴上罵一罵罷了。就算國營鐵路發生事故造成乘客死亡，只要國鐵總裁帶著一包再薄不過的奠儀，將之裹成個大布袱，親自登門向遺族賠罪，在罹難者的靈前跪拜痛哭，這件事多半就能順利落幕。而遺族也不會再追究他的責任，逼迫他「一切都該怪你！你要負責！」

在日本，不管發生任何狀況，先道歉絕對是上策。我在開頭寫下的那起倫敦的交通意外，假如是發生在日本的話，那位機靈的肇事者，必定會立刻哭著趕到遺族面前，痛哭流涕地謝罪：「一切都怪我不好」，應該就能輕鬆解決了吧。

各位認為哪一種比較好呢？站在日本人的視角去看西方人的思維，會認為那是不道德的；而從西方人的觀點來看日本人的想法，應該也覺得是不道德的吧。社會習慣真是難以解釋的命題。不過，若要比較哪一方比較狡猾，當然是搶先道歉的做法比較奸詐，而「把過錯推到別人頭上」的精神，才是發自本心的誠實想法。因為，任誰都是打從心底深信自己是最正確無誤的。

應當利用貌美如花的妹妹

假如你是個大學生，還有個妹妹長得美若天仙，那就非得善加利用這份優勢不可。以下要講的是一個真實故事。

A君不像同齡的其他大學生，他從不隨便追著女孩們搭訕，不管上哪玩總帶著妹妹同行，是個古板保守的傢伙。不論看電影還是參加舞會，他總是帶著妹妹一起去。

起初大家都笑他：「這傢伙，竟然上哪兒都帶著這麼漂亮的絕世美女呀！」等到後來曉得那是他的親妹妹以後，又轉而大肆宣傳他有個美麗的妹妹，而且有些朋友主動要求想認識他妹妹。

「喂，幫我介紹一下你妹妹嘛！」

不管是誰提出要求，他都很樂意將妹妹介紹給對方認識，但也僅止於此，接下來就會向對方嚴正警告，不准對他妹妹動歪腦筋，使得那些惡名昭彰的獵豔高手們也沒有機會下手。

所謂射人先射馬，擒賊先擒王。現在大學生們也懂得這個戰術，於是A君搖身成了眾家朋友們阿諛討好的對象。其中，尤以有錢人家的公子，為了要增加自己在A君心裡的分量，不僅刻意招待他到家裡享用大餐，還特地把他介紹給父母認識，在父母面前吹捧他「我和如此端正有為的青年交上朋友了」，以便能與A君結為知己。

轉眼間，找工作的季節來臨了。A君找到一份令人稱羨的工作，令大家瞠目結舌難以置信。因為論成績，他並未特別出色；論人脈，也應該沒什麼背景。不過，只要詳細深入探究，就會發現原來A君利用妹妹作為釣餌，和大企業家的公子成了拜把之交，並又伺機讓妹妹不時現身，於是這位被迷得神魂顛倒的愣頭公子，便義不容辭為他謀得最棒的工作了。

至於這位妹妹，也是不遑多讓的厲害角色。一旦確定哥哥找到好差事，就輪到她上陣使出渾身解數，吊足富家公子的胃口，直到那個愣頭公子主動向她求婚為止。說到她，還真是個現代美女，小巧的鼻子又高又翹，澈亮的雙瞳眼波流轉，全身散發出不落俗套的嬌媚之態。

故事到此只能讚嘆，這對兄妹的手腕還真是高明吶！

儘管現在是號稱個人主義盛行的時代，其實骨子裡仍是受家族手足深刻羈絆影響的時代。或許這是因為二戰結束後，父母不再是家庭主要的經濟來源，全家人都必須出外謀生、同心協力維持家計，所以家族情感傳統延續至今。不論是歌壇巨星美空雲雀[1]或雪村泉[2]，也都將年幼的弟妹帶入藝界並傾力培植。甚至電影圈也有愈來愈多哥哥帶弟弟、姊姊帶妹妹入行的例子，挾著兄姊在影壇的龐大人氣，接連打造出一對對兄弟檔或姊妹檔的當紅影星。

「我才不要沾父母的光呢！」

「藉助老哥的力量簡直是男人之恥！我一定要憑著自己的力量闖出一片天給你們瞧瞧！」

「我才不要受老姊的照顧呢！」

現在的人，已經不太流行這樣的志氣了。

只要是身旁的事物，就要百分之百徹底利用，這就是現代人的精神。因此，也無須對方才那位利用美麗妹妹的老哥，苛責他良心何在。

事實上，現在的年輕人很清楚自己的實力到什麼程度，即便要憑一己之力出人頭地，也得間接藉助許多人的協力才能達成，因此不如善加利用。光是體認到這一點，現在的年輕人就比以前的年輕人有了長足的躍進。往昔的青年只會把「獨立自主」當成座右銘並深信不移，反而渾然不覺自己其實借用了旁人的助力。

很久以前，我曾在電視上看過實況轉播的結婚典禮，畫面上出現了一個非常了不起的年輕人。老闆的女兒非常欣賞他奮發苦學與勤儉儲蓄的認真態度，但他卻不願由

1 美空雲雀（1937-1989），日本史上最偉大的女歌星之一。

2 雪村泉（1937-），日本知名女歌星。

岳家出錢舉辦結婚典禮，強勢堅持採用電視直播婚禮的方式，終於在未藉助其他人的幫助下，完成頗具規模的結婚典禮。

看了這個節目以後，我有些感想，或許有人會認為我的觀點是在雞蛋裡挑骨頭：「這個年輕人雖想完全靠自己辦成婚禮，可這狀況擺明他是靠了電視台的幫忙呀！他不花一毛錢就能完成婚禮的代價是，必須在不相干的人面前現身露面，以滿足民眾的好奇心。也就是等於說，他賣身給電視台了呀！」

這雖是不留情面的講法，但其實社會上沒有任何事物是免費的。若要不花錢上節目，就只能把自己賣給電視台了。

過著賣身生活的，不只是攀攀女郎[3]。波特萊爾也曾說過，「藝術就等於賣淫，而且是對神祇賣淫。」我們這些小說家即便從事的不是那般高尚的賣淫，也同樣過著切割自己分批販賣的生活。

原本以為完全憑著自己的力量獲致成功，其實卻在不自覺間利用了某人所換得的；原本不打算將自己賣給任何人，卻在不知不覺中出賣了自己，這就是現代社會的特色。

很久以前，曾有兩位叫伯夷和叔齊的具有精神潔癖的士人，他們誓言「不食周粟」[4]；時空更迭，現代社會的運作模式，已經變成不管逃到哪裡，都不得不食「周粟」了。在現代社會中，若只有自己獨自擺出一副不沾塵俗的聖人樣貌，那可就不只是滑稽，而是自命清高的耍帥了。那一位利用美麗妹妹謀得差事的老哥，就是洞悉社會這種運作模式，而反過來善加利用，結果不僅讓妹妹毫髮無傷，也獲得圓滿大結局。

自從廢除了紅燈區以後，賣淫活動轉為地下化，可若仔細深思，只要人們對美麗的容顏依然眷戀無比，那麼精神上的賣淫就永遠不會消失。

電影明星是現代人的偶像，我這麼說恐怕會引起公憤，但我真的認為，電影明星是最最公然從事精神賣淫的行業。向不特定的多數人賣弄風騷而獲利，這正是不折不扣的精神賣淫，而從中賺取金錢的人，說他是設下某種仙人跳的騙局也不為過。以前的歌舞伎也是基於同樣理由而流行的，只是歌舞伎的那套賣弄風騷已經過時，無法再掙得暴利，不得已只好改掛「藝術」的旗幟，以求永續經營下去。

「精神賣淫」這個詞彙聽起來既愚蠢低俗且令人震撼，恐怕會惹來非議。倘若如此，置換成「獻媚」也可以。這種心態不分男女，只要曾經嘗過自身肉體的吸引力所發揮的威力，從那一天起，這個人就會對整個世界開始「精神賣淫」，而世界也會以金錢或其他更寶貴的事物支付報酬。美國的政治家，端看其上電視時「擠出來」的笑容是否討喜便影響人氣高低，就連在總統選舉中，這也成了影響結果的重要因素之

3 Pan-pan girl，二戰結束後專做美軍士兵生意的街娼俗稱。

4 語出《史記・伯夷列傳》：「武王已平殷亂，天下宗周，而伯夷、叔齊恥之，義不食周粟，隱于首陽山，采薇而食之。」

一」。所以，這也是一種「精神賣淫」。

不過，靠著面貌或肉體魅力作為賣點，還算單純，倘若是憑仗「精神魅力」的「精神賣淫」，情況就複雜而棘手了。想成為宗教家，就必須具有這項天分。從這個角度來說，即便是耶穌基督，似乎也從那位妓女抹大拉的瑪麗亞身上，感受到親切平易。

時至今日，只要大家是社會的一分子，就必然以某種形式販賣自己。每個人心中都住著一個「美麗的妹妹」，如果能巧妙活用那位美麗的妹妹，但又不至被批評八面玲瓏的話，你的成功必定指日可待。

應當以暴力對待女人

即使同為不道德教育講座，這個題目如果拿回以前去講，比方在明治時代，當時的人想必都會覺得理所當然，不認為有什麼不道德。

我曾經聽藤原義江[1]說過這樣的往事。

年輕時的藤原是眾所皆知的美男子，他在義大利時曾與當地女子相戀，兩人的深情羨煞了旁人。到了藤原終於不得不回日本的時候，兩人在羅馬車站裡難分難捨地淚眼道別。

他們回憶起往日的種種濃情蜜意。俊男美女的離別場面，必然纏綿悱惻惹人斷腸。這要是在歌劇中，大概會來上一段二重唱吧。

終於，發車的時刻到了。藤原忽然想起最後只剩這句話還沒說，便問女子：

「如果妳對我們兩人之間，有任何一點小小的不滿，不妨現在告訴我。」

女子淚眼婆娑凝視著藤原，「我們非常幸福。我從出生以後，還不曾過得那麼幸

1 藤原義江（1898-1976），著名的男高音，亦是日本歌劇運動的先驅者，具有英日血統。

福。只不過……」說到這裡，她欲言又止，片刻以後又繼續說，「……可是，你真的愛我嗎？」

「我當然愛妳呀！我不是如此深愛著妳嗎？」藤原被這句出乎意外的質問嚇了一大跳，忙不迭反問。

「是真的嗎？可我總覺得還少了些什麼。假如你是真正愛我的話……」

這時，火車開始慢慢滑動，藤原箭步跳上車門的踏板，接著大聲喊問：

「妳說什麼？」

女子追著藤原跑，同樣大聲地喊叫：

「假如你真正愛我的話，為什麼從來不曾打過我呢？」

火車駛離了月台，藤原和女子再也無法繼續交談了。留在車廂裡的藤原受到嚴重的打擊，聽說當時他愣了好半晌，才回過神來。

「原來如此，這才是女人的心聲。原來我根本不懂女人呀！」

從那以後，寡聞如我倒是沒聽說藤原在大徹大悟以後，是否對他交往的女性一律施予痛毆狠揍的對待。當然，想必紳士作風的藤原應當不會做出那種事，但我們也不確定，是否所有女性都像那位義大利女子，希望得到男子愛的毆打。

不過，這則故事倒蘊含一個永遠的真理。

近來有不少年輕太太只要遭到一次家暴以後，就立刻提出離婚回去娘家，這恐怕該怪那些神經大條的年輕先生，根本還沒掌握到愛欲的微妙之處，只為了消解怒火而打太太出氣。

輕輕拍打或啃咬屬於性愛的技巧之一，這是增加雙方興奮的手法，並不會被認為具有變態的傾向。但是，「男人打女人」和「女人喜歡被打」則不是單純的性興奮，而似乎摻入了精神的要素。

受過良好教育的男人認為，「動手打人」不是知識人該有的行為，可在女人看來，這個舉動隱含著其出於原始本能的憧憬，在她遭到男人揍打的那一瞬間，當下便能直接感受到那股男子氣概，以及蘊含在那一拳裡的熾熱真愛。比方，當太太不自覺地對其他男人產生好感時，做丈夫的什麼都不必說，只要朝她揮去一拳，她就會立刻清醒過來。假如這時丈夫還堅守和平主義，靜觀事態發展，只諄諄善誘、好言開導，太太的心思多半會真的愈來愈飄往別處去了。

女性似乎都有夢遊的天性，她們的心裡總像在無意識下，從睡床上爬起來出門散步晃悠。絕大多數的心旌搖惑在初期階段，都像在夢遊狀態，自己並沒有罪惡的意識，就這樣不知不覺，出門和別的男人跳舞去了。

所以，假如丈夫有個很容易被撥撩心意的太太，當發現她分明只是單獨出門卻坐在梳妝鏡前，特地精心化妝打扮，毫無疑問，她已經進入夢遊狀態了，這時不必多所顧慮，也別叨叨絮絮說些她根本聽不進的訓誡，只要揚起手來賞她一巴掌，她原本渙

散的眼神必定會回過神來，或許事後還會感謝丈夫，

「謝謝你打了我，這才讓我清醒過來。我已經明白你對我的真愛了。」

男人，還是應該把出手打人納為教養學習的一環才對。

新劇演員們的團體是個充滿活力的愉快社會，並非一般人想像中那種滿溢知識分子傲氣的世界。我本身和兩、三個劇團有合作，所以非常清楚。不久之前，有位英俊小生那位同為演員的太太疑似有外遇，發生了類似三角或四角關係。當時，那位平素溫文有禮的英俊小生，竟在眾人面前朝美麗愛妻的腦袋瓜揮了一拳。

從此以後，他受到其他男演員伙伴們英雄式的大力讚揚：

「那傢伙總算像個男子漢了！」

那對演員夫妻從此過著幸福美滿的生活，可說是一石二鳥。

另一個相反的例子是，另一對年輕劇作家與女演員夫妻，妻子在演完丈夫的劇作之後，和我們一群朋友一起喝酒。幾杯黃湯下肚後，她對自己今天的演出感到很不滿意，更對忘了台詞耿耿於懷，終於歇斯底里在大家面前哭了出來。朋友們趕忙安慰她，等她心情稍微平復之後，卻又開始責怪起丈夫的不是。她脫口罵道：

「都怪你沒把那個橋段寫好，害我根本沒辦法演嘛！」

眾人頓時鴉雀無聲。我先是非常同情那位丈夫的窘境，旋即又感到極度憤慨。妻子在人前批評丈夫的工作，是最差勁的舉動。遇上這種時刻，丈夫該採取的應對方式

只有一種，那就是，

「啪！」

賞她一巴掌。

我不禁心想，「這要換成是我的太太，早就出手教訓她了。」可是，那位溫文儒雅的劇作家卻只有苦笑連連，沒做出任何進一步的舉動。之後，兩人的婚姻終究以悲劇收場。

當時我還是單身，等到我結婚以後，也遲遲沒遇上足以讓我打太太的機會。所以到現在還不曾打過太太的那種可悲，讓我了解到理論與實踐之間的遙遠差距，更痛切體會到，我根本沒立場去取笑那位劇作家。

美國男人不管上哪兒都對女士殷勤款待，絕對不會出手動腳的，而美國女性也對舊大陸的男子或黑種人充滿著遐思。法國有一種阿帕契舞蹈，男舞者有時會揪扯著女舞者的頭髮繞圈旋轉，有時會對女舞者甩耳光，直到今天這種表演仍是巴黎歌舞小劇場裡的重頭戲，廣受許多美國中年夫妻觀光客的歡迎。這些美國夫妻，已經在「女士優先」的社會規範裡生活了大半輩子，而今呈現在眼前的是，忠實展現男女愛欲本質的舞蹈，不曉得他們看到當下會有什麼樣的感受呢？我覺得，恐怕他們將恍然醒悟，原來自己過去謹守著「男人不可以打女人」的通俗訓示，謹小慎微地念茲在茲，並將其奉為和存款簿同樣重要的地位，這種乏味的小日子未免太過可悲了吧。

應當在教室裡威脅教師

司馬溫公的〈勸學歌〉裡有這麼一段訓示：「投明師，莫自昧。」（我今天沒打算要上漢語課，請各位儘管放心）。

這段話的意思是，當你追隨一位卓越的老師時，自己絕不可是個愚笨的學生。老師和學生雙方的聰敏或痴笨程度，必須各自適時配合調整。我接下來要講的，正是由於老師腦筋太好，人又長得瀟灑，反而惹怒學生的校園悲劇。假如老師的長相並不俊秀，學生應該會處理得比較圓滑吧。

我言明在先，以下這則看似虛構的故事是發生在東京都某大學的真實事件，並由當時在現場親眼目睹的學生轉述給我聽的。那間大學自從這起事件發生以來，造成不小的轟動。

事發當天，一位散發出菁英男子秀逸風範、戴著無框眼鏡的三十多歲教授，正在校園的大講堂裡，滔滔不絕講授著社會學的西洋學說。課程漸入佳境，坐在教室裡的男女學生無不聚精會神地勤做筆記，甚至沒有任何人發出咳嗽聲。

就在此時刻，教室的後門突然被人推開，旋即傳來不像遲到學生會發出的重重鞋聲，喀答喀答地沿著走道跑下了階梯。大家不由自主回頭一瞧，只見一個身穿華麗洋裝的妙齡女子杏眼圓睜，渾身上下彷彿冒著烈焰般的怒火。有幾個這門課的重修生突然想起，好像看過這個人——這不是去年畢業的A子嗎？

一點也沒錯，她正是A子小姐。

難道A子是想找個空位坐下來，重新溫習P教授那令她懷念的上課內容嗎？看起來似乎不像。因為她態度堅定地徑直走向講台。

當P教授發現A子的剎那，臉色驟然煞白，再也說不出話來。察覺異狀的學生們也跟著停筆，注視著P教授的神情。面色發青的P教授呆若木雞地站在黑板前，根本沒辦法繼續講課了。

此時A子已經蹬著高跟鞋踏上講台，對教授視若無睹地逕自將雙手撐在講桌上，望著滿堂的學生，用一種與那婀娜身軀極不相稱的渾厚丹田之聲，開始了一場演說：

「各位同學，請問大家是抱著什麼樣的心態，來聽這個P的課程呢？不論講課的人擁有多麼淵博的學識，如果他的人品卑劣，那就分文不值！或許台下有人認識我，我就是去年畢業的A子。可是……可是……我已經（說到這裡，她歇斯底里地哭了起來）……我再也無法在別人面前抬起頭了！在玷汙我的貞潔以後拋棄我、毀了我這一生的人，就是這個男人！這個自以為長得瀟灑的騙子，就是P這傢伙！各位同學，你們千萬不能被P給騙了！」

這段慷慨激昂的控訴，聽得教室裡的所有人連大氣也沒敢喘一聲。P教授僵硬的身軀，似乎正在微微顫抖著。

「P是個卑鄙的、惡劣的、滿口謊言的大騙子！如果不當著各位面前對P施以道德制裁，實在難消我心頭之恨！」

話聲方落，A子冷不防轉向P教授，使盡全身的力氣甩了他一個巴掌。P教授雖連忙試圖扶住臉上的無框眼鏡，無奈眼鏡卻應聲飛到了兩公尺開外。這時，A子發出了尖高的笑聲說道：

「大家請瞧瞧這張可笑的臉！P這傢伙如果沒戴眼鏡，就覺得自己矮人一截。大家請把這張卑劣的面孔，仔細看個清楚呀！」

這句話引起全場的男女學生爆出鬨堂大笑，整間教室頓時陷入一片混亂。而A子就趁著這場混亂，悠哉悠哉地消失無蹤了。

班長立刻去向教務處報告了整件事的始末。可憐的P教授當天就遭到開除了。

這就是那個悲慘的真實故事的來龍去脈。

我並非要從這則故事中找出任何寓意，只是對P教授當時所承受的嚴重打擊表示同情而已。

話說回來，這位A子小姐的想法實在太過幼稚，她把教師所代表的知識，和牧師所代表的道德混為一談，這種想法早就落伍了。時至今日，知識早就和道德扯不上關係了。即便是享譽杏林的教授幹了順手牽羊或開車搶劫的勾當，我也不會感到驚訝，而他們之所以沒有真的去做那些事，也只不過是因為上了年紀，還有顧及面子罷了。就算世界聞名的細菌學家犯下強姦案，也沒什麼好奇怪的。學者們很可能只是因為把所有的精力都耗在研究學問上，這才沒有餘力去做那些事而已。

A子報復P教授的淩遲手段，也可以說動機不太單純。假若她是被街頭混混奪去貞操後遭到拋棄，想必她絕對守口如瓶，也會怕得連報仇也不敢吧！可就因為對方是稍有名氣的老師，她也曉得這人是懦弱的知識分子，所以才會採取這種計策。這世上沒有任何笨蛋會使用必敗無疑的招數，因此可說她聰明地贏得了漂亮的一仗！

不過更令人心寒的是，她把教授沒戴眼鏡的面孔，赤裸裸地暴露於公眾面前的戲劇效果。她應當是在臥室裡首次看到教授取下眼鏡的可笑面貌，而男人只會對心愛的女人，才會坦承這樣的祕密：

「我如果沒戴眼鏡，就覺得自己矮人一截。」

所以（即便兩人現在已經不相往來了），A子仍舊該把這個祕密，當成是他表達愛意的最親密回憶，可是A子竟然將它公諸於世。這讓我對女人可怕的復仇，深深感到不寒而慄。

對老師而言，教室是最神聖的重要舞台。A子毫無預警地把床笫問題帶進教室裡解決，或許可以稱讚她具有革命家的力量與天分吧。

所謂的革命，就是像把馬桶搬進公爵府邸的沙龍、把拖拉機開進最高法院、把老鼠的屍體扔滿首相官邸之類的作為。也就是把所有不應該出現的事物，放到其自認為應當存有的空間裡，這就叫做革命。A子慨然把情色與愚昧帶進號稱知識殿堂的教室，表現出連賣春女郎也望塵莫及的膽量，她的膽識可比那革命軍人聖女貞德。令人遺憾的是，只要她這難能可貴的迅猛破壞力，並未徹底衝破整個社會體制，恐怕到頭來，她反而會被現有的社會體制以其他方式，對她當日之舉狠狠地還擊吧！

不論如何，倘若想要威脅老師，再也沒有比教室更佳的地點了；如果想要威脅警察，再也沒有比派出所更理想的地點了；假如想要威脅美國大兵，再也沒有比立川基地[1]更棒的地點了。只要了解這一點，就必定能擊敗對手。不過，前提是，諸位必須先具備這樣的勇氣。

1 一九四五年，第二次世界大戰結束以後，美軍進駐戰敗的日本，接收了原有的立川飛行場，改設為立川基地，成為重要的美軍基地。

應當欣然接受色狼的騷擾

在我們男性看來，女人心有時還真像海底針。

舉例來說，女人會這樣生氣：

「你真正渴望的根本不是我，只是我的肉體而已吧。真是噁心！你簡直是禽獸！」

假如同樣情況角色對調，換成男人說：

「妳真正渴望的根本不是我，只是我的肉體而已吧。真是噁心！妳簡直是禽獸！」

這段話聽起來讓人摸不著頭緒吧？這種台詞，或許只有思想守舊又多愁善感的青年，被年長的女性奪走童貞又被拋棄時，才會說出這種話。不過，平常很少有人會這麼說，乍聽之下實在丈二金剛摸不著腦袋。

大抵說來，假如男人發現和他春宵一度的女人，看上的只是他的肉體，這將使他感到無比自豪與洋洋得意。男人就是這樣奇特的衣冠禽獸。說得更明確些，在男人看來，最令他感到自豪的，並不是女人愛上了他的善良秉性啦、專情啦，抑或是才能啦、聰明智慧啦，而是直接了當愛上他的「肉體」。這是所有男人——上自高級知識分子，下至販夫走卒的通性。

要是換成是女人，可就不是這麼想了。

女人似乎認定了「我」比「我的身體」還要來得崇高、美麗與聖潔。所以她們不能原諒這種把崇高且純潔美麗的「我」視若無睹，反而只對比較低等的「我的身體」充滿欲求的行為。

這種思維呈現出古怪的自我矛盾。倘若女人認為自己的身體是崇高、美麗與聖潔的，對於男人憧憬自己身體的欲望，也應給予極高的讚許才對，可是，多數淑女卻不認為自己的軀體是聖潔而美麗的。

談到這裡，讀者諸君肯定會說我的推論是錯的。因為小說和電影裡經常出現剛泡澡完的女人，對著自己映現在氤氳霧濛鏡子裡的玫瑰色裸體感到陶醉而迷戀的情節。再者，也常可看到女性大力稱讚同性的窈窕身材。乍看之下，這些發乎本心的肉體崇拜，似乎和我的論述背道而馳。

為了進一步做解釋，我認為借用沙特及西蒙波娃這兩位大師的理論最為適切，因此在這裡採用通俗方式予以說明。

根據兩位大師的說法，相較於男人的性欲具有主體性，女人因而必須成為主體的「受體」，也就是所謂的物化，於是女人向來被教育為：當她被男人所愛的時候，就必須捨棄自己的主體性。男人因而得以維持其主體性，即便當他愛上女人的時候，也不會失去其主體性而變成「受體」。

可是，想要反抗這種歷史舊習或社會規範乃是人之常情，有些女人因此想要奪得主體權，而有些男人相反地「偶爾想要成為受體」。於是，當女人只愛男人的肉體時，男人得以從中感受到無比的「物化滿足」。但嚴格來說，男人並不習慣當「受體」，這種滿足只是一種浮面的滿足，可看做像年輕的皇后委身於魚販、支配者委身於受支配者的那種喜悅，或像從小錦[1]主演的那種大眾口味電影中，所得到的喜悅。

而女人由於想方設法要取回應有的主體性，因而對男人只愛自己肉體感到十分屈辱。因為無論女人願意與否，男人的性欲會將女人的肉體予以受體化與物化，繼而剝奪其主體性。所以，既然同樣是被愛，女人寧願男人是在承認其主體性的情況下愛她。反正在男人看來，每個女人的肉體都沒什麼差別，因此女人希望男人愛的是獨一無二的「我」，他愛的是我的獨特性格、他真正愛上的是「我」，而非任何一個其他人。

說到這裡，我想各位已經明白了，女人對於自己的肉體具有雙重看法。她有時候從主體性的視角，充滿自信地認為「我的身體真美」，下一瞬間似乎又立刻轉為不具獨特性的看法，只覺得自己「以一般女人來說，我的身材還算不錯」。總結來說，女

1 此處可能是指日本知名的時代劇演員萬屋錦之介（1932-1997），代表作包括《帶子狼》等，影迷們暱稱他為「小錦」。

人多半不認為自己的身體有獨特性和主體性，而這也是女人容易跟隨流行的理由之一。

總之，對於自己身體的看法，女人與男人恐怕有天壤之別。女人的豐乳、纖腰、美腿所展現的魅力，全像為了「標榜我是女人」的展示會。當她長得愈美，愈不認為那是自己獨有的特徵，反而當成是一般女人所普遍擁有的共通特質。於是，不論女人把妝化得多美，又多麼喜愛攬鏡自照，就本質而言，她絕不會變成自戀狂——在希臘神話故事中，自戀者納魯西斯[2]是男性。

說了一大串前言，本次講座的主角——色狼，終於要登場了。

色狼的定義是什麼？色狼的人格特質就是絕對不會愛上女人，而只迷戀女體的物化本質的男人。

也因此，色狼被女人厭惡，被大眾當成小丑，成為一群可憐又懦弱的、具有內向性的男人。然而，會在腦海裡把女人幻想成維納斯女神的男人，或許只有這些色狼而已。

他們被冠上了「暴牙阿龜」[3]的可悲綽號，偷窺澡堂裡的女人洗澡。他們在電車裡面，藉由撫摸陌生女子的臀部，而得到無比的歡愉。他們藏躲在電影院的暗處，發現人生最大的快樂是偷握鄰座女子的玉手。

無數的色狼藏身於大城市裡，悄悄沉醉在這悲哀的夢想之中。他們的危險人生與犯罪僅有一線之隔，他們必須不時面對名譽掃地的可怕後果。

儘管色狼活得如此悲哀，比起那些花花公子們，或許維納斯女神在色狼的腦海裡顯得更為耀眼美麗。因為當他們撫摸陌生女子的臀部，當他們握住陌生女子的玉手，當他們偷窺陌生女子的身體的時候，或許他們正在撫觸的是維納斯女神的各個部位。他們把女性的人格特質，從這個女神身上徹底摒除。

真正令一般男人傷透腦筋的是，代表女性極致之美的維納斯女神，可說是集合女體物化之美於一身，而為了要達到此一境界，其人格特質必須予以完全去除才行；但在現實生活中的女人，卻沒有一個能符合這種條件。因此，色狼可以說是隱藏在男性欲望裡最為深切渴望的化身。

所以，當女人遭到色狼襲擊的時候，最迅速有效的還擊方法是展現出妳的主體人格。比方立刻對他說：

「哎呀，N先生，好久不見呀。討厭啦，你怎麼突然摸了人家嘛！多虧你的啟發，我現在對日本的經濟問題感到興味濃厚，大家都說，我這陣子簡直成了經濟學家咧！」

當色狼聽到這番話的時候，妳在他眼中馬上變成一個具有主體人格的女人，妳那

2 希臘神話中的美少年納魯西斯（Narcissus）痴戀於自己在水中的美麗倒影，於死後化為水仙花（Narcissism）。心理學家借用這個名詞作為自戀的意思。
3 一九〇八年，一個經常偷窺女人洗澡的暴牙男池田龜太郎，殺害了從澡堂回家的女人。他的綽號「暴牙阿龜」日後被用來蔑稱偷窺狂與色狼。

如維納斯般的美臀從他眼簾裡消失了，在他腦海裡的維納斯女神轟然倒下，逼得他只能失望而逃。話說回來，假如真的出現欣然接受色狼騷擾的女人，她本身就是真正的維納斯女神！

應當要忘恩

我是個愛貓成痴的人。因為，貓這種傢伙實在有點自私又忘恩，還有，大部分的貓都只是忘恩之徒，而不會像卑劣的人類會恩將仇報。

人們在施恩賞惠的時候，應當抱持做過就忘的心態；而蒙獲恩惠的人，也該將之逐漸淡忘。這才是真正的君子之交。

我們經常聽到，有人在飛黃騰達發達了以後，回想起幾十年前在飢寒交迫的困苦時刻，曾有人給他吃一顆冒著熱氣的豆餡小包，因而得到支持下去的力量。於是，他找到這位恩人，請對方享用佳餚大餐並且告訴他：

「多虧您當時的那番好意，我今天才能夠小有成績。這份厚恩大德，我沒齒難忘！」

說著說著，兩個人同時流下感傷的眼淚。像這樣的故事，不僅經常出現在戲劇和浪花節[1]裡面，更是出人頭地的企業家和藝人自傳不可或缺的情節之一。

1　始於江戶末期，以三弦琴伴奏的說唱藝術表演。

這樣的故事讓人聽著實在不舒服。倘若故事裡的恩人如今已經落魄不得志，令人反胃作嘔的程度更是頓時倍增！誰會想到，自己只不過是一時心血來潮給人吃顆包子，竟在幾十年後被迫淪為在美談戲碼中軋一角的下場？

假如你在某次爬山時險些失足掉落山崖下，千鈞一髮之際有人救了你的命。你當然會對他說：

「您是我的救命恩人！大恩大德，我終身難忘！」

假設這位恩人恰巧住在你家對面，你們每天都會見到面。

在起初的幾個星期，想必你每天都會朝他的背影雙手合十，由衷心想：

「啊，真是太感謝老天爺了！我能活到今天，一切都是拜他所賜！」

可是幾個月以後，你會開始萌生別的想法，而且可能是兩種截然相反的想法。第一種是，逐漸淡忘這份恩情，只將他當成一般鄰居，以怡然自在的心態適度往來。另一種是，「唉，今天又會見到救命恩人了」的沉重壓力，逼得你愈來愈不想和他碰到面。過了一陣子以後，你甚至開始恨起對方，常在背地裡說他的壞話，最後，終於演變成恩將仇報了。

這兩者比較起來，逐漸淡忘的方式要來得好太多了。

人類其實有不少特質和貓相同，只是礙於社會觀感而隱藏起來罷了。若是遇到相同的情況，奉勸大家還是善用貓的忘恩特質比較好。

提到救命這件事，救人無數的應該是醫師吧。可從沒有人覺得醫師的恩情會帶來壓力，得到醫治後也轉眼就忘了，因為救命是醫師的天職，不論是救人的或是被救的，全都認為是天經地義的事。要是鮮少助人的人伸出了援手，就會認為對方非得記著自己的這份大恩不可。

我那已過世的祖母雖然是個好人，可她有項讓人頭疼的缺點。比方有人忘了向她道謝之類的小事，她就會不高興地叨念著：

「那個人真是不懂得知恩圖報呀！我幫了他天大的忙，他竟像事不關己似的！」

這種人的人生是灰暗的，一輩子都在計數著別人的背叛和受恩，而且一旦開始扳指數算，會被他們列入忘恩行徑的事例可是繁不勝數，根本不必我特別將之列為講題。也因此，「知恩圖報」的行為得以被傳為佳話，而忠犬小八也得以被後人豎立銅像作為紀念。

不知為何，人們總是恩情易忘、怨恨難消，這和幸福易忘、不幸難消的情況很相像。佐藤春夫曾在其詩中寫過這樣的文句：「幸福就像冰淇淋般轉眼溶化，很快就讓人遺忘了，沒法用來入詩和敘事。」人們受到恩惠，就像得到幸福一樣。大抵說來，人們通常很貪心，總希望好還要更好，而幸福與恩澤都能維持現有的生活狀態，甚或使現狀變得更好，這和生命發展的方向相同，所以容易被忘掉；可是不幸和怨恨的記憶只會讓現況變得更糟，這和生命的洪流逆溯而行，所以才會很難忘記吧。

如果有一天碰巧遇到往昔的恩人，雙方在不經意瞥見對方的剎那，「恩情」一詞便猶如電光火石般劃過兩人之間。

「啊，我以前好像受過這個人的恩惠？」你不禁心想。

「我曾經幫了那傢伙一個大忙呢！」對方的腦海裡也同時閃過這個念頭。

這種詭異瞬間，肯定和以前曾經共度一夜春宵的男女在路上不巧遇上時的尷尬一樣。不過，男歡女愛沒有所謂的「償還」，可是受人恩情就得「報恩」了。這讓「得人一恩化為欠債一般」，也使得報恩的美談頓時淪為鄙俗之事。

假如施與受能像情愛的回憶那般，沒有借與還的關係，那麼整件事自始至終就能維持同樣的美好吧。我來舉個完美的例子。

有個男子曾在十年前當過登山嚮導，這天，他在銀座遇到自己曾經救過一命的年輕人。年輕人現已成了安穩的受薪階級，正和看似新婚的美麗妻子甜蜜地走在路上。救命恩人雖然認出了年輕人，但年輕人早把對方忘得一乾二淨了。就在兩人四目交接，連聲招呼也沒打就擦身而過了以後，救命恩人在心裡這樣告訴自己：

「哎，那傢伙正在享受快樂的人生，這一切都該歸功於我救了他的命呀！光是這麼想，就讓我由衷感到心滿意足。幸虧他忘了我，否則要是他向那位年輕的太太介紹我是他的救命恩人，可真是難為情極了。」

救命恩人就這樣幸福洋溢地離開了。至於那個年輕人，在方才那一瞥之後便納悶著：

「咦？我好像在哪裡見過那個人，他是誰呢？會不會是當鋪的掌櫃？可那個人的膚色還真黑呀。」

又過了一個小時左右，年輕人終於想出來了。

「啊，我想起來了！他是我的救命恩人！可惡，如果我那個時候死在山上，就能滿懷熱情和理想死去，可現在只成了個前途一片黑暗的上班族，每天庸庸碌碌忙著討生活。假如能死在那個時候，我這一生就能在最浪漫的時刻劃上句點了。哼！誰想記得他的恩情啊！」

年輕人無法忍受自己能夠活到今天是由於別人的恩賜，而這正是他的優點。報恩的諦觀會把人生的思維硬生生給塞進借貸關係的小框架中。相較之下，還不如像貓那樣忘恩，反而能帶給我們人生的夢想和對未來的幻想。

應當對別人的不幸暗自竊喜

拉羅什富科曾說：「我們每一個人，都具有冷眼旁觀他人不幸的堅強本能」。這段話真是高竿的諷刺，一針見血戳穿了人類的共通心理。有些女學生在和同性友人結伴自殺時，多半會留下一封遺書，上面寫著自己由於同情朋友的不幸遭遇，而決定陪她共赴黃泉。要說這種情形是例外，還不如歸因於女學生特有的病態感傷。舉凡心理健康的人，任誰也無法跳脫本書開篇格言的論定。所謂心理健康的人，究其本質就是不道德的人。

社會上有一種個性直率又閒得發慌的中年婦女族群，別人的不幸就是她們的生命食糧。

一旦在她的交友圈內發生不尋常的事，她就會迫不及待地拿起電話撥給朋友：「喂？是N太太嗎？近來好嗎？」

和她熟識的朋友光從她難掩喜悅的雀躍聲音，就知道她這通電話的來意了。

「妳看過今天的早報了嗎？S太太的先生因為涉入醜聞而被逮捕呢。唉，真可憐哪。S太太該怎麼辦咧？而且她家還有好多小孩。妳說，是不是真讓人同情啊？」她喜形於色地說道。

如果這時候，N太太立刻提供最新情報：「我去探望過S家了。他們全家哭成一團，而S太太也病倒了。」這個回答必定使得中年婦女樂不可支。

隔天，她又打電話來。

「聽說Y太太的先生因為腦溢血而過世了呢。Y太太還真是個不幸的人呀！她多年來不知吃盡多少苦頭，這才總算熬到她先生當上總經理，沒想到竟突然走了，實在可憐。不曉得她有多麼怨嘆呀。不過，既然她先生如此飛黃騰達，想必她們妻兒往後應該不愁吃穿吧……」

「才不是咧！聽說她家還背了一屁股債，她先生喔根本沒留下什麼像樣的遺產。」

「什麼？真的嗎？」她完全無法掩飾發出歡聲。

「據說她們現在住的房子，還做了二次抵押貸款哦！」

「哇！妳說的是真的嗎？怎麼會這麼慘呢。不不不，N太太，妳說的絕不是真的！怎可能會這樣呢！她已經這麼不幸了，怎麼還會遭逢如此悲慘的命運呢！」

「可是，我是聽我先生說的。妳也知道我先生那個人，他的消息可靈通得很呢！」

聽到了N太太的這番保證以後，可知她在電話的那端高興得簡直要昏倒了。

不過，這種婦女尚可被歸類到天真浪漫的族群，如果是更為內向型的婦女，就會在慈善活動中爭搶鋒頭。

國外常會在季節交替之際，舉辦慈善表演、慈善舞會或慈善園遊會之類的社交界活動（日本近來似乎也經常舉辦這活動了）。平常，在紐約聽一場歌劇的門票約莫十幾塊美元，可若是冠上慈善義演的名目，價格便頓時翻漲為五十美元！

以我們淺薄的想法認為，分明是觀賞同一齣歌劇，卻花了昂貴的票價才得以入場的人簡直是笨蛋。但是慈善表演和慈善舞會，正是這些自願被敲竹槓的天之驕子們專屬的豪華社交機會。我實在很佩服，究竟是誰想出如此巧妙的機制！這些慈善活動的出席者們，愈是競相講求品味與豪奢，就愈能對慈善事業做出更多貢獻。如此一來，他們既能夠完全滿足對於奢華與虛榮地欲望，也能夠得到貢獻社會的滿足，也無須對窮人感到歉疚。也因此，像那些聾啞學校啦、療養院啦、還有身心障礙者的撫育院等處，都能獲得整年度的營運經費。

然而，如果從另一種壞心眼的角度來看，這些慈善表演與慈善舞會的奢華與欣喜，並非僅僅為了前述的目的。這就像日光和陰影互為對比一般，正因為他們自己是高高在上的行善者，也清楚知道在看不見的陰暗角落裡，有著蒙獲恩澤的人們，這使他們在聆聽歌劇序曲和跳華爾滋時，感到格外陶醉。假如只有自己這些健康的有錢人盡情享受歌劇和舞蹈的饗宴，在滿足精神層面上似乎還少了點什麼。為了真正達到更幸福、更喜悅的境地，就必須出現另一群不幸的身心障礙者們，以作為對照與烘托。況且這種本質上屬於不道德的喜悅，非但不會遭到天譴，甚至還能博得社會的讚揚與神明的嘉許，這實在會讓人上癮而欲罷不能。

有家位於市中心並與劇場相鄰的餐廳，我常覺得那裡的露台真是這世上最讓人開心的巧妙安排了！那家餐廳隱身於花街柳巷之中，後方的露台就搭在河畔上。每逢初夏的夜晚，常有看似在韓戰中大撈戰爭財的肥胖中年紳士，偕同美艷的藝伎們在看戲的空檔在這片露台上乘涼。在河的這岸有戲曲、佳餚、美伎和財富，可說人世間的快樂全都齊聚一堂了。

不僅如此，這片露台還擁有絕佳的景觀。因為在河的對岸，恰巧是收容韓戰外國傷兵的軍醫院。每到傍晚，就可看到低頭沉思的傷兵坐在輪椅上，讓護士沿著河岸慢慢推行的情景。而旁邊的草地上，還有纏綑著令人不忍的白色繃帶的傷兵們在休息。而這些士兵們在短短幾年前，是曾打贏我們的勝利者。

那段時間，每當我來到此處，總會感到命運的逆轉委實不可思議。話說回來，假如對岸的傷兵同樣是日本人，或許基於道義，還會讓這邊的人露出同情的神色，但是國家主義的傲慢凌駕一切，因此在這片露台上晃悠的日本人，即便瞧見對岸的景象，也沒有任何一個人流露出憐憫的眼神。這正是人類所謂「我們每一個人，都具有冷眼旁觀他人不幸的本能」的普遍心理，最為真實的例子。

我仔細推敲過，我們維持自我精神健康的關鍵，恐怕就在於仰賴那些不可告人的祕藥和祕密的食品作為養分。別人的不幸也是這些藥品的來源之一。不過，就算人們總強調誠實的可貴，但若完全忠實反應自己所想，在別人過世時還興高采烈帶著喜事用的糕餅前往祝賀，那就未免不識大體了。比方，有人登門時這樣說：

「您好，看到各位安康如昔，真是太好了。此次得知貴府老爺由於犯下詐欺侵占，即將去坐監蹲牢，外子和我特地一同致上慶賀之意。貴府老爺既已被逮去關了，想必夫人亦感心安暢快，無比欣慰。至於令郎令嬡們，必定能在學校裡揚眉吐氣吧。外子亦催促我要盡早前來賀喜，於是我匆匆忙忙立刻趕來……」

一個人若是誠實到這種地步，就未免太過分了！

應當盡量做出不道德的行為

我們常聽到記者在報導一則犯罪案件，或是意外壞消息的新聞時，所採訪到相關人士的感想如下：「真沒想到像他這麼好的人，竟會不顧一切做出這種事來！他其實是正直的好人呀！」

他們有些人是身上背著七項前科紀錄的慣犯，有些是多年的賭徒，一年到頭頻繁進出監獄。不過，在這個講座的讀者之中，想必這種人連百分之一都不到吧。要是讓那種犯罪天才讀我的講座，一定會嘲笑這些內容太粗淺，根本讀不下去。

因此，以下這些話是針對一般善良讀者們說的：犯罪是屬於只會做一次的例外事件，一旦被發現以後，就再也不會做第二次了。如果仔細研究犯罪心理，就會發現這些罪犯平時多半是膽小懦弱、非常善良的人，卻因為一時怒氣沖天，或受不了誘惑，亦或被環境所迫，這才幹下了壞事。

對此，我要給各位的忠告是，若你只做了一件不道德的行為，將會身陷險境，最好盡量做出各種不道德的行為，才能從中取得平衡點。

說得更明白些，我們常聽到一位專情的青年無可救藥地愛上一個蕩婦，為了掙得更多錢供她花用，於是偷偷把朋友寄放的東西賣掉；如果還是不夠，甚至不惜去當強盜闖空門。假如這位青年還有其他兩三個女朋友，絕對不至於落到如此田地。若你有機會親自和這位專情的青年見上一面，想必會發現，他是一位善體人意的好青年。這一切都是因為他投注在那蕩婦身上的情愛太過忠誠道德，以致於光是偷賣別人的物品這單一項悖德的行為，便足以令他墜入犯罪的深淵。他錯就錯在，只做出一件不道德的舉動。如果他同時還和其他兩、三個女人交往的話，也就相當於對每個女人都做出「不忠實」的悖德行為，這麼一來，即便他的錢不夠供女人們花用，也不至於去當強盜，頂多是到「借錢不還」的地步而已吧。

一個人的心理狀態若是百分之九十九的道德加上百分之一的不道德，可是處於不定時炸彈般的危險狀況；若其心理狀態是百分之七十的道德加上百分之三十的不道德，可算是一般社會民眾最為無害的標準。這種百分比很難從精確的數字做判斷，只能說：比起百分之三十不道德的人，那些百分之一不道德的人，更加貼近犯罪的邊緣。而那些膽大妄為的政客們，其心理狀態根本是由百分之一的道德和百分之九十九的不道德所組成的，但他們不僅不是罪犯，甚至還被譽為「國民的最佳典範」呢！

這個情況就像是，如果同時遭受結核菌的侵襲，來自鄉下的健康青年那毫無抵抗力的肺部，立刻就會染上結核病；可是生於東京的文弱青年，反倒不容易生病。在大城市的淘洗和鍛鍊之下，人們擁有堅韌的毅力來面對不道德的行為挑戰，練就一身百病（各種犯罪行為）不侵的功底，而自身也做過不少惡德行徑。舉例來說，外國從以前就有所謂社交圈的特定族群，這不但是罪惡的淵藪，裡頭的組成分子也全是對不道德細菌具有免疫力的人，因此他們能夠相互和平共存，也絕不會有人突然火冒三丈失去理智。人們之所以會氣急敗壞，可說是其心懷正義的明證，但這些人也對不道德的行為毫無招架之力。

我經常收到措辭激憤的投書，強力地要求我：「別再寫這種危害社會的講座了！」這就是為什麼我要勸告各位，不能只做一件壞事，應該多做幾樁不道德的行為才好。

比方你有說謊的壞習慣，為了不致淪為專門詐騙的慣犯，就必須再接再厲養成其他的壞習慣，比方「喜歡搶別人的女朋友」啦，或「非常小氣」啦等等。於是，這三種壞習慣就會彼此牽制、以毒攻毒，甚或三者會加成起來發揮顯著的功效，使你活力充沛。

例如，有個愛說謊的A君，他大言不慚地告訴B君：

「我昨天睡了你的女朋友！」

但是B君曉得他說謊成性，根本沒把他的話當真。因此B君毫不在意地訕笑著回答：

「噢，那你是怎麼勾引她的呢？」

「我先邀她到帝國飯店共進晚餐，再去專播首映場電影的頂級電影院，一起坐在預約座位上觀賞《不准對女人下手》。接著，我們去了夜總會跳舞，我還在舞池裡送了她紅寶石戒指。最後，我就把她帶進旅館裡了。」

等他說完，B君再也忍不住捧腹大笑道：

「你這個小氣鬼，怎麼可能！開什麼玩笑，你不會在女人身上砸大把銀子的啦！別再拿這種無聊透頂的玩笑尋我開心了。我現在可是被我的女友迷得神魂顛倒哩！」B君說完就逕自走掉了。

之後，當B君和女友見面時，總覺得女友的神色有些不自在，於是B君便裝作不經意提起A君：

「我有個朋友叫做A君，妳知道他是個怎樣的傢伙嗎？他這個人是一毛不拔的鐵公雞。像他那麼小氣的人，就算和女人一起吃飯，想必也不會付帳，根本不可能追得到女人。不過，這傢伙有個怪毛病，如果遇上的是真愛，就算要他一擲千金也在所不惜！」

B君說完，便暗自察看女友的表情。哪怕她露出半點欣喜的神色，就表示A君所言為真，恐怕女友和A君果真有了曖昧。沒想到女友的表情忽然變得很不高興。

B君心想：咦？這就怪了。難道是A君以一貫的小氣方式對待她，讓她覺得有損自尊嗎？況且A君的確喜歡騙人，假若他早前所炫耀的豪華晚餐、首映電影、夜總會等等全都是謊言，那就和女友現在的反應不謀而合！

不過，這一切都是以A君是個騙子作為前提，換言之，A君宣稱「我昨天睡了你的女朋友」，也必定是他的謊話之一。……愈是往下思索，B君的腦筋愈是混亂打結。

「假如女友露出開心的表情，我會心生狐疑；可即使她表現出生氣的模樣，我還是覺得其中必有玄機……我已經不曉得到底該怎麼判斷才對了啦！」

於是，A君的祕辛就永遠不會被揭穿。這正是由於他既愛說謊、又很小氣，還喜歡搶朋友的女友，同時兼具了三個不道德的要項，得以全身而退。若是A君缺少這其中任何一項，這個計畫恐怕就無法如此圓滿了。

假設有位公務員，既好色、又壞心眼、還很粗暴，他應該沒什麼機會中飽私囊。因為行賄的商人唯恐他動粗壞了事，絕不敢輕易和他接觸。

如果想要引誘某人墮落，通常必須百分之百利用受誘者的善良。因此，盡可能減少自己的善良秉性，正是不致受到誘惑的不二法門。

應當炫耀自己逞勇的光榮事蹟

年輕人通常特別喜好談論逞勇的話題。如果年紀輕輕卻堅持和平主義，那個傢伙八九不離十是經常失戀的人。

不久前的耶誕夜，我們夫婦倆和黛敏郎[1]夫妻結伴去好幾家夜總會狂歡，四個人都玩得精疲力竭後，便去一家日式煎餅店吃消夜。我們才剛走上店家二樓，就聽到屏風另一端有群十幾歲年輕人正大聲唱著〈平安夜〉，並哄鬧著向店家追加煎餅，還爭相吹噓各自逞勇好鬥事蹟。聖誕夜、日式煎餅、炫耀逞勇好鬥的事蹟，這簡直像是急智單口相聲[2]橋段般太有趣了。

「我才不怕條子咧！假如有條子出現，我就要抓他的頭去撞玻璃窗，讓玻璃碎片插個他整臉……」

他們囂張地你一言我一語，猶如法華宗的信徒擊鼓步行修行般，鼓聲敲得愈大，心情愈是暢快無比。

那群年輕人之中好像也有一兩個女孩，但這期間完全沒聽到女孩的聲音，大抵是對這些男孩的英勇事蹟聽得入迷了吧。

說到這裡，我想起一位久違的朋友。每次見面時，他總是滔滔不絕地炫耀自己的光榮事蹟。

在二戰結束後不久的那段時間，這位朋友老是誇耀當年在特攻隊時立下的功勳。當時，他身背降落傘，從起火燃燒的飛機裡彈跳出來以後，發現有個同樣背著降落傘的美國大兵竟然近在眼前。兩人立刻在空中掏槍互擊，結果朋友開的那槍打中了美軍的傘面，對方的降落傘旋即像見到晨曦的牽牛花般凋萎皺縮，直接摔落地面，美國大兵當場身亡。朋友的這番自豪，委實讓人肅然起敬。

約莫一年多前再見到他的時候，他說嘴的事件規模已經縮小許多。這回，故事發生的地點換成某處私營鐵路車站前面了。

那一天，他被五、六個小混混團團圍住。到了這個年紀，他已明白無端打架，萬一把對方打傷反會惹來一身腥，因此強耐著性子，任由混混們糾纏推撞。結果混混們益發壯了膽子，甚至開口要他跪地求饒。他強抑著滿腔的怒火，不顧身上穿著才剛做好的新長褲，就在柏油路上跪了下來。這時候，一旁圍觀的人牆中，突然探出一張他熟識的刑警面孔。這位刑警朝他大聲喊道：

1 黛敏郎（1929-1997），日本作曲家。

2 落語家（類似中國的單口相聲家）在表演時，使用觀眾當場出題的三個關鍵詞或事物，即席編成一段相聲段子。

「喂，N先生！不必忍耐到這種地步啦！還擊呀！還擊呀！」

「好！我要動手了！」

於是他先抓住眼前其中一個混混的腳將他撂倒，使盡全力奮勇殺出重圍。等他回過神來，已有四個男人昏倒在自己的腳邊，剩下兩個早已夾著尾巴溜之大吉了……

從他嘴裡說出的這宛如三流電影的情節，雖然不知真假，卻讓人聽得津津有味，歷歷在目。

在所有的炫耀裡面，就屬誇口逞勇最不惹人生厭。這類話題的內容講的多半是揍了人，或把對方打得鼻血直流，可說是最棒的聊談話題了。若是炫耀到國外旅遊，不曾出國的人聽來只覺刺耳；炫耀相貌堂堂或廣受女人青睞，其實也沒什麼好得意的；炫耀知識淵博的人，多半總是一窮二白；炫耀上班的政府機關或公司名號，只等於把自己的奴性根底坦露無遺；炫耀工作能力簡直無聊透頂；炫耀家世顯赫那套早就過時了（我有個朋友正和某位女子親密纏綿之時，女子鑽進被窩裡，突然想起什麼似地問了他一個人名：「我問你，你認識○○嗎？」我朋友回答不認識，女子驚訝地回問：「什麼？你不認識？他可是前任郵政大臣，也是我的伯父呢！」朋友當下便對此女倒足胃口，之後就甩掉她了）；炫耀孩子讓人聽著不耐煩；聽有著一張癟闊蛙嘴的老爹炫耀「瞧咱們家的閨女跟俺長得一模一樣，你說對吧？」只讓人想致上哀悼之意；炫耀轎車未免過於廉價；炫耀自家屋宅，聽的人橫豎又住不到，與我何干；炫耀妻子簡直像個傻瓜一樣……舉凡各種炫耀只會讓聽者乏味索然，唯獨自誇逞勇的事蹟能讓聽者爽快致極！

近來，連女性也開始炫耀起逞勇事蹟了。如果一位長得楚楚可憐的女孩說：「我捲起袖子，朝那些小男生們撂下狠話：『你們有意見的話，到外面和我一決勝負！』結果他們頓時拔腿就逃，一哄而散。真是大快人心，爽透了啦！」可真別有一番風情呀！

相反地，如果是在酒廊和兼差的陪酒女郎跳舞，邊聽她說：

「我和I女星在同一家公司！」

「噢，是〇〇電影公司嗎？妳在裡面擔任什麼工作呢？」

「就是所謂的新人呀！我已經拍了四、五支片子了呢！」

聽到這樣的誇耀，未免讓人覺得有些淒涼。

所謂的炫耀逞勇，顯露的是鬥爭本質中，非功利性的一面。因此，別說是喜歡逞勇的人，就連尊崇和平的人，也願意豎耳聆聽。炫耀逞勇的人，只會減損其自身的評價而絕不會抬高身價，可他偏又忍不住要賣弄。比起不停細數一些使人厭煩的缺點，這可讓聽者的心情愉悅多了。因為這其中巧妙地揉合了誇耀的正向要素，和逞勇的適度負面要素。

在我的印象裡，曾聽過的所有自誇事蹟之中，最讓我拍案叫絕的是某位正在努力健身的賣魚小哥的一段話，儘管他炫耀的不是自己的逞勇行為：

「說起我家那附近，可不得了哩！對門那戶因為犯恐嚇罪被抓走了，隔壁家的女兒幹過順手牽羊，再過去的第三戶犯的是強盜未遂，後面那家則是傷害案。」

炫耀逞勇也和這種情形有點相像。在社會的一般合理認知下，不太能端上檯面的事件，透過「炫耀」形式產生了正向的抵抗效果。當炫耀的是在社會的合理認知中，被無條件嘉許認可的行為，聽來總帶有幾分賣弄。這也是為什麼比起炫耀逞勇，吹噓運動賽事的勝利令人更不愛聽。

至於好逞英勇的動機，多半是說不清楚的。通常是被人不懷好意瞪了一眼，或在行人來往的地方伸腳妨礙通行之類的無聊動機居多。我認為，會因為這種生活小事而怒火中燒，也算一種天賦。兩三天前，我去看了一部名叫《錦繡大地》[3]的電影，片中有個極具人道主義的英雄，不僅實力堅強而且勇氣十足，也從不為無聊小事發怒，這個角色不巧是由我最討厭的演員擔綱演出的，看得我胃裡酸水直冒，厭惡極了。

通常，逞勇的行為都是對芝麻小事的不滿，最終釀成嚴重的大事。但在人生中的事件，其動機未必輕重分明。先有足以令人冒火的理由再生氣吵架，這種模式不僅太過戲劇化，而且也失去了逞勇單純的非功利性，更無異將人類的行為勉強套上理論，成了人工的產物。炫耀這種逞勇事蹟未免太乏味了。

說到逞勇爭執，我最近聽說有對兄弟每次只要開始吵架，弟弟就會拿出兩把殺魚刀，一把遞給哥哥，兄弟倆便拿刀互砍起來。我原本以為這對兄弟應該只有十來歲，沒想到哥哥三十歲，弟弟也二十八歲了。當我聽到他們的年紀時，啞口無言了。

3 Big Country，美國電影，於一九五八年上映。

應當要逢迎拍馬

假如這世上真有討厭奉承的人，我真想見上一面。尤其是女性和掌權者，特別喜歡被討好。我敢斬釘截鐵地說，那些宣稱「我最討厭拍馬屁的人」，其實正是最愛接受巴結諂媚的人。

我有個朋友，性格十分豪邁。某天，他到一位好友家做客，好友的兩位正值花樣年華的女兒，在玄關歡迎他的到來。沒料到，他竟然慼嘆地說：

「你家的兩個女兒，怎麼都長得這麼醜啊？」

後來聽說，這位好友的太太日後對他下達了禁客令。

這種窘事就是恪守「坦言方為男子漢，踩賤捧高真小人」的信念，而自詡為道德家的人，在兩杯黃湯下肚後受酒精催化所鬧出來的。但是別人女兒姿色欠佳這種事，只要擱在心裡就好，根本沒必要說出來傷人。

至於那些所謂的「高尚的紳士」，事實上都是道貌岸然的人，個個都是擅長溜鬚拍馬的高手，他們深知絕不可輕易揭穿「人性的原貌」和「人生的真相」。這就好比貴婦通常都把昂貴的鑽石首飾藏放在銀行的保險箱裡，平素出門時配戴的是與原件尺寸毫釐不差的玻璃珠贗品。而人生的真相也是如此。需要說出真相的時刻，頂多每十年或二十年才會遇上一遭，其餘時候只要虛應故事即可，這就是迎合社會的立身處世之道。假如經常硬要往火裡衝，屆時被燒得體無完膚的可是自己呢。

在二次大戰之前，有位著名的貴族政治家向來討厭別人阿諛奉承。倘若有人在他跟前大拍馬屁：

「閣下那高雅的氣質宛如貴公子般，實在令人折服呀！」或是「閣下的真知灼見，實在和俾斯麥難分高下呀！」

這種擅自奉承的傢伙必定立刻會把他惹惱，再也無法見面了。

相反地，措辭隨便、滿口粗話的傢伙，反而能讓該政治家龍心大悅。比方說：「嘿，閣下雖然是位美男子，可那樣的古典相貌只適合穿戴朝服，放到現代早就不合時宜啦！」或者「閣下的想法太落伍啦，簡直和哈姆雷特猶豫著自己到底『該活著？還是該去死？』到了這個地步，也只能從懸崖縱身一躍了呢！您實在缺乏決斷力呀！」反而能讓該政治家開心得呵呵笑。

乍看下，這位政治家氣度恢弘，願意聆聽忠言而討厭諂媚之語，應該是位東方豪傑，事實上，他是最喜歡被拍馬屁的人。他出身豪門富貴，一般的吹捧就像早已吃膩的高級西洋大餐和日式料理，根本不稀罕，反倒是茶泡飯和日式煎餅之類的庶民小吃，才能勾起他的食欲。要是讚譽他具有「貴公子般高雅氣質」啦、「真知灼見」

啦，這些他從小就聽得耳朵長繭了；可若換成調侃他的長相、或嘲笑他打高爾夫的球技遜色，聽起來反倒新鮮有趣，得以博得他的寵愛。這些馬屁精的吹捧手法可說是技高一籌，絕不會傷到對方不堪一擊的弱點，只淨挑無傷大雅之處詼諧兩句。再加上這些看似老實且直言不諱的人，多半儀表堂堂，可說是具備了討好達官貴人的最佳條件。有時鬥上個三兩句，甚或佯稱要絕交啦，或像這樣刻意挑些無關緊要的小事拌拌嘴，才是拍馬屁的最高境界。

有個法國人曾經傳授過我奉承的訣竅。若想討好一位百戰百勝的將軍，不能對他歌功頌德：「您不愧是偉大的戰略家！」而該鎖定別人從未稱讚過的地方下手，比方對他說：「將軍真是一位美髯公呀！」同樣的讚譽聽多了以後就沒啥稀奇；若是別人稱讚了不起眼的小地方，必定會被打動心扉，樂得暈陶陶。與其褒揚大政治家的政治手腕高明，讚美大企業家的經營才能卓越，倒不如稱讚他種的仙人掌肥碩鮮綠、挑選領帶的品味獨到，抑或是哼唱小曲的歌喉優美，還來得比較有效。

藝伎們對於這種人情微妙精深的拿捏，最是恰到好處。她們雖然滿不在乎地伸手朝眾人懼怕的大政治家的禿頂賞個大巴掌，可也非常聰敏地佯裝流露出深為其男子氣概折服的崇拜眼神。藝伎可說片刻不忘身為女人該扮演的角色。假如藝伎搖身一變，成了女政治家，想必就算她故作天真讚美對方的性能力超群，也無法讓對方心旌搖曳吧。

在外國，同樣有個性天真、喜歡受捧的人。聖伯夫[1]在其文章「論雨果」中，舉出了一位世界知名的人物——維克多．雨果。那段文字是這樣敘述的：

> 雨果具有低俗與天真兩種特質。遲暮的茱麗葉就是以卑俗的討好手腕，將他籠絡得服服貼貼。演員佛瑞迪力克就曾告訴我：「茱麗葉誇他偉大、讚他俊美，令他傾心愛慕，拜倒在她的石榴裙下。他（雨果）為了聽到茱麗葉每天都對他說『您的魅力真是光采四射！』而每天都到她家造訪。她就是靠著這種手腕，向他索取到家用支出（雨果在這方面十分吝嗇）。她會在領據上這樣寫著：『我最心愛的郎君！我的國王！我的天使啊！……我的採購支出和衣物送洗費用如下所列……能夠從我最俊美的維克多那雙柔美的手中，領受到十五索爾，真是無上的光榮呀……』」

舉出這種事例以後，或許有人認為，擅拍馬屁的弱者在討好強者時，耍弄的是女性化的諂媚技巧，而握有權力的強者大都喜歡讓人戴高帽子；可是，多數女性也都愛

1 Charles Augustin Sainte-Beuve（1804-1869），法國文史學家與評論家。此處引用的是其著作《*Mes Poisons*》。

聽奉承話。由此推論，女性豈不都是強人？這個邏輯至此出現了矛盾。

事實上，握有權力者和女性，都同樣不愛正視人生和社會的真實樣貌，也都是最容易被有心人士盯上的肥羊，自然有不少豺狼虎豹會聞香而來；而這些豺狼虎豹便藉此欺近，繼而施出各種花招蒙蔽他們的視線，使得他們愈來愈看不清楚事實的真相。更弔詭的是，這些馬屁精才是真正看清人性原貌的務實主義者。而這些靠著吹捧撈到好處的人，其實也只看到人生的某個面向而已。

至於那些一年到頭、忙著對不同女子發出同樣看似由衷的讚賞：「您真是位絕世美女！」的登徒子，不僅是真正看遍環肥燕瘦的務實主義分子，更多半是輕佻的幻想家。真正達到睜眼說瞎話境界的諂媚高手，恐怕得具備出神入化的天資吧！

下毒後的佳音

某部電影裡，曾出現過這樣諷刺的片段：

有位著名的律師藉由偽證的辯護手法，讓一個美麗少女得以無罪脫身。這位律師事後去一家時常光顧的餐館，沒想到不諳內情的女服務生開心地對他說：「大律師，以後要是我毒死了丈夫，你可得為我出庭辯護！」這位律師聞言只能擠出苦笑。

說到這裡，我想起來在幾年前到巴西時，當地的殺夫案件可說是層出不窮。眾所周知，巴西是天主教國家，其宗教戒律嚴禁離婚。於是，感情不好的夫妻便採取分居的權宜之計。可是當妻子的，還是渴望盡快擺脫討厭的丈夫，只想拿到遺產去過逍遙自在的生活，因而演變成毒殺親夫的案件。聽說當時（自然是誇大其詞），巴西上流社會的富豪丈夫甚至不敢吃太太烹煮的飯菜。

對女性向來格外呵護的巴西人，在這種案件送上法庭審理的時候，陪審員無不對被告寄予同情，且多半會做出無罪的判決。毒死丈夫卻能獲得無罪釋放，這造成丈夫們群起恐慌，簡直像是狗兒被迫和殺狗的住在同一個屋簷下般心驚膽戰。

幾年前，引發法國全國譁然的拉卡茲案中的女主角多明妮克，曾經數度和富翁結婚，但每一次婚姻都是以有錢丈夫莫名死亡，由多明妮克繼承龐大的財產收場。她因此被懷疑是謀殺丈夫的慣犯。

國外發生過不少覬覦財產而殺夫的案件。在日本，或許因為資產家僅有寥寥數人，較常聽到的人倫悲劇多半是父母在不得已之下殺了不肖子，或是兒女在忍無可忍之下殺了全家人的禍根——時常發酒瘋的老爸。

「由於太疼愛我的孩子，所以只好殺了他」，這種犯行呈現的是日本獨有的思想。這類凶殺案雖然有悖倫常，但不失為另一種美談佳話。

我同樣身為人夫，當然無意犧牲自己而鼓勵世上的妻子們都去毒殺丈夫。不過，結褵數十載的夫妻們在漫長的婚姻生活中，應該都至少動過一次想要殺夫或殺妻的念頭吧。這些妻子們或許只是因為沒有下手的機會，而並非身上沒流著像多明妮克那種歐洲傳統美艷婦人的毒辣血液。

在戲劇裡慘遭殺害的丈夫，通常都被塑造成挺著大肥肚、令人憎惡的資產階級。他們的高社經地位，來自於作惡多端所積累的財富。因此即使被殺害了，世人也只當他是自作孽，不僅不會為他滴下任何傷心淚，反倒比較同情動手殺人的妻子。

那些一輩子為妻子鞠躬盡瘁，從不曾背叛甚或欺瞞過妻子的窮丈夫，根本沒機會成為前述戲碼的男主角。以前人都說：沒有三妻四妾的男人，算不上是男子漢大丈夫；現在甚至可以把這句話改成：妻子根本懶得毒殺的男人，算不上是有出息的男子漢。

這些可憐的丈夫，就算對氣焰囂張的妻子挑釁斥道：「喂！既然這麼恨我，有本事就殺了我啊！」頂多也只會換來妻子不屑的一聲冷哼罷了。她們即便滿腦子恨不得殺了丈夫，可經過一番仔細盤算之後，就提不起勁真的動手了。就算殺了窮丈夫，也只像個僅為區區兩千圓就殺人的凶手，那種殺人犯不叫做窮凶惡徒，只會被譏笑為傻蛋而已。

不過，假如殺了丈夫可以拿到一億圓，恐怕會引發妻子豁出去動手殺人。能讓妻子下定如此天大的決心，這才顯示出當丈夫的身價傲人。

一般民眾普遍站在社會主義的角度，認為有錢人是不道德的，而政府課徵財產稅亦是基於這種思維。世人也因此對於謀殺這些富豪的漂亮寡婦多明妮克，不僅未予譴責，反而大加讚賞她的美麗姿容與膽識勇氣。冰雪聰明的多明妮克，應該早就估忖到事發後的社會觀感和輿論了。她的行徑雖然殘暴，可也絕對稱得上是某一種革命。

日前有位與阿根廷富翁結婚的日本女子，只提出離婚，並沒有謀殺親夫，已經無愧於「大和撫子[1]」的美名了。假如這位富翁是和中南美洲的某位來歷不明女子結婚的話，想必其性命將如風中殘燭般岌岌可危吧。

1 日本人對於具有傳統美德女性的稱譽。

走筆至此，我不禁浮想聯翩，想像自己是個超級大富翁，而妻子下毒意欲殺我的情景，就在腦海裡一幕幕上演：

「你為什麼不喝這杯葡萄酒呢？」

「沒什麼，只是現在還不想喝而已。不然，妳先喝吧。」

我佯裝不經意微微低頭，從老花眼鏡上緣仔細端詳妻子的神情。她真了不起！竟然沒有顯露出絲毫異狀，很乾脆地應聲說道：「那我就先喝囉！」並且一飲而盡。我頓時大失所望，接著在心裡思忖著：她該不會是故意使上幾回示忠的伎倆，以鬆懈我的戒心吧？

腦中的場景一變，這次換成她帶我到高爾夫球場，她也陪我下場打球。等到打完一場後，她提議我們一起喝杯可口可樂。正當她從瓶裡把冒泡的可樂倒進杯子裡時，我彷彿瞥見一些白色粉末也同時沿著她的指間，滑落杯中。

「哎，她終於下手了！」我在心裡囁嚅著。

我仰望蔚藍的青天與之訣別，接著緊閉雙眼，鐵了心把可樂一口氣喝下肚。

「啊，真好喝！」

「運動完以後，喝上一杯可樂真是一大享受呀！」

我茫然倒在草坪上。自己葬禮的情景隱然浮現眼前。我的墓碑正安穩地座落在長滿嫩草的山丘上，而跪在一旁磕頭的是身穿喪服的妻子，黑色的面紗半掩住她的臉龐，掛在她面頰上的不是眼淚，而是得意的冰冷淺笑，笑意中蘊含著不可言喻的神祕之美。

「差不多該感覺到痛苦了吧？差不多該是無法呼吸的時刻了吧？」我在心裡估算著。可是毒性並沒有在體內蔓延開來。

這時，傳來美麗妻子溫柔的聲音。她拉我起身時叮嚀著：「草地的濕氣對身子不好，別躺在這裡呀！」

「咦，怪了？該不會是這種藥屬於慢性毒，得花上兩、三個月才會毒發身亡？」我心中不禁嘀咕起來。

在幻想裡，垂垂老矣、家財萬貫的我，突然想通了一個真理—那些因為太有錢而被殺害的丈夫，全都是親自挑了可能會毒死自己的美女娶回家當太太的呀！就是這樣，錯不了！

妻子的「意亂情迷」

我今天要談的是，因某個古怪小說家的著作一夕爆紅成為流行用語，但現在已經過氣了的「意亂情迷」（よろめき）[1]這個概念。流行的事物必然會更迭，但不道德的思想卻是千古不變的。

三宅艷子[2]女士曾寫過一篇令我記憶深刻的文章，探討妻子的紅杏出牆。這本書現在不在我手邊，所以無法逐字引用原文，在我的印象中大致是這樣的：

女人在發生外遇時，不一定真要有肉體上的結合，也能享受到無比的歡愉。就這層意義說來，即便是新婚不久的年輕太太，也可能發生外遇。我（作者三宅女士）曾到某戶人家作客，無意中聽到那家的新嫁娘正在廚房裡和男推銷員聊談著笑話，並不時發出銀鈴般的媚笑聲，頓時令我冷汗直流。憑著同為女人的直覺，我敢斷定這位年輕太太出軌了。但是這種「紅杏出牆」轉瞬即逝，甚至連她本人都未及意識到便已拋諸腦後，更不曾絲毫影響到這對年輕小夫妻的濃情蜜意。

三宅女士的文章內容約莫如上轉述。依我之見，如果連和推銷員聊談大笑也被歸類為「外遇」，恐怕當丈夫的三不五時就會被氣得折壽吧。一般說來，這種情況不會被當成出軌。不過，是否真能完全一笑置之？我稍後再來詳細論述。

在《天方夜譚》裡有這樣一則故事：

山努亞國王和他的弟弟一起旅行。他們來到一處位於海邊的牧場休憩片刻時，海面上驟然湧起一股巨大的水柱，兩人嚇得趕忙爬上大樹躲避。不一會兒，水柱裡出現一個龐碩的大魔神，他頭上頂著一個水晶箱，拖著沉重的腳步緩慢地上岸。大魔神走到國王兄弟藏身的大樹下坐了下來，接著從水晶箱裡取出了一個上了七道鎖的小箱子，依序把鎖扣打開後，竟從小箱子裡面走出一位絕色少女。大魔神對少女訴說愛意以後，便心滿意足地枕在她的腿上睡著了。

少女這時抬起頭來，看向躲在樹上的兩個男人說道：

「別怕，你們下來吧！」

國王和王弟猶豫著不敢動作，少女見狀便恐嚇他們如不照做，就要搖醒她的魔神丈夫，兩兄弟聞言只好爬下樹了。少女旋即施展媚功並投懷送抱，可是國王兄弟倆害怕得渾身發抖，予以拒絕，少女再度撂狠話威脅他們，兩人迫於無奈，只得和少女雲

1 語出本書作者於一九五七年出版的小說《美德的徘徊》。該書之單行本與同名電影於該年同步發行。

2 三宅艷子（1912-1994），日本作家。

雨交歡了。

完事之後，少女從錢包裡掏出一條由五百七十枚戒指串成的指環串，並且命令國王和王弟脫下交出手上的指環。於是，少女的蒐集總數便增加為五百七十二枚了。

山努亞國王從這段可怕的經歷中領悟到一個真理：就連神通廣大的魔神，把妻子關在上了七道鎖的箱子裡，也無法拴住妻子的心，杜絕妻子的尋歡，可見這世上根本沒有所謂的貞潔烈女。

雖然故事裡大魔神的寵妃是縱情肉慾的女人，但我得到的啟示是，這則寓言裡透過對肉慾的描述，影射女人微妙的心理。即便她被關在上了七道鎖的小箱子，肉身受到魔神的禁錮，但只要魔神尚未完全得到她的心之前，根本無法抑制她的心癢難耐呀。

一切的關鍵，就在於「女人心」。

男人和女人之間最大的不同，在於男人把精神與肉體明確區分開來，但女人卻將二者混為一談。在女人看來，不論是最崇高或最低俗的精神境界，總是與肉體關係密不可分，這和男人對精神境界的定義截然迥異。說得更直白些，區分精神和肉體，只屬於男人的思維理路，女人根本就將這兩者視為同一件事。這就是為什麼妻子總會對丈夫純粹滿足性欲的尋歡氣得七竅生煙。因為女人依照自己的想法推論，做愛等於動情，縱使丈夫拚命解釋只是生理上的逢場作戲，妻子說什麼也不會相信。

比方前述故事裡魔神的寵妃儘管只是肉體出軌，可站在女性的角度，必然將之認定成「情感的出軌」。癥結就在於女人的「意亂情迷」和男人的外遇完全不同。一個和五百個男人纏綿過的女人，會被當成是連心靈也出賣的可憐娼婦；但是和五百個女人歡愛過的男人，只會被喚作浪蕩子，在精神層面依然可能被視為值得尊敬的男子漢。這種不公平的論調源自於男女的生理構造差異，實在莫可奈何。

我們把話題拉回開篇的小插曲。我認為，在女性的認知上，和推銷員高聲談笑，比起和丈夫以外的男人上床，這兩種出軌只是程度上的差異，就本質而言沒有什麼不同。就算有「本質上的差異」，也只是靠著社會、宗教和文化上的人工防火牆，作為自圓其說的工具罷了。因而即便要將「意亂情迷」入罪，也說不清楚究竟逾越了哪條界線算是犯罪。唯在宗教範疇才有這套規範標準。照這麼推論，倒不如像佛教，根本將女性視為罪愆深重的生物，在邏輯上才說得通。

說到這裡，或許有人會把我當成是反女性主義論者，其實不然。我這裡所說的「罪愆」，可以置換成「宿命」，只是在討論實在無法將精神與肉體分別看待的女性特質時，暫時以「罪愆」作為代稱。更麻煩的是，女性最完美和最惡劣的德行，都來自於同一種宿命、同一種罪愆、同一種根源，最後以同樣的形式呈現出來。不論是崇高的母愛、奉獻給丈夫的情愛、「意亂情迷」的出軌、和推銷員的開懷談笑等等，全都是源自相同的宿命而展現的不同形式，這也是女人難以捉摸的理由。

那位古怪的小說家在書中以「妻子意亂情迷了」一語，暗指妻子和其他男人有了肉體關係。丈夫在得知真相以後，當然會痛苦煩惱與嫉妒。可是女人必須了解，即便同為嫉妒的情緒，在女人和男人身上完全是兩回事。

女人的嫉妒，衍生自剛才提到的相同根源，以及深沉的宿命形式；但是男人的嫉妒，卻超越其本人的意識，具有社會性的意涵。

虛榮、自尊、獨占、男人在社會上的自傲、男性對自我能力的自負……這些全都具有社會性的意義，這些情緒匯集而成的煩惱，成為男人嫉妒的根源。甚至可以說，男人的嫉妒如果超出臨界點，便會令他感到顏面掃地而大動肝火。舉個例子，假如有人批評我：「你的人生體驗還太淺！」我必定會立刻回嘴還擊：「是你對自己還不夠了解！」

不過，當我振筆疾書這個講座之時，也同步在撰寫通俗小說裡妻子的出軌。根據那類小說裡的慣論，多半認為「女人在委身之後，就成了弱者」。真的是這樣嗎？該不會是因為女人在發生親密關係以後，也獻出了等量的幾百公克的心吧？而即便是在一場連親吻都不曾有過的心靈外遇之中，女人或許也會獻出與意亂情迷等量的隱形肉體吧？

恐怖的「0」

某個公家機關的年輕公務員，在做台灣香蕉進口計畫報告時把數字謄寫錯誤，少寫了一個「0」。這種錯誤在生活中經常發生。我在公家機關工作時[1]，也常因為熬夜寫小說後睡眼惺忪地去上班，把6看成9、將8寫成3，而遭到長官痛罵「我再也不相信你做的報表了！」由此看來，多數公務員在公家機關裡的日子，可說是自在逍遙、無所事事，宛如人間仙境。

話說這位可憐小公務員的命運卻十分悲慘。這份寫錯數字的報告就這樣一路往上呈給了科長、局長、部長，最後終於與其他繁複的統計報告一起裝訂成厚如電話簿的參考書冊，送上了內閣會議。

很不幸地，另一個部會的部長偏巧嗜吃香蕉。其胃口之大異於常人，每次可以吞下幾萬根、甚至幾十萬根香蕉！不過，這麼多香蕉一時半刻也無法消化得了，於是他全都換成金錢以中飽私囊。說到這裡，您應該明白我的意思了吧？

1 三島由紀夫曾於東京大學法學部畢業後，進入大藏省（相當於台灣的財政部）任職。

由於香蕉關乎自己的「生計大事」，於是當一大本統計資料呈送上來時，這位部長立刻察看香蕉的相關數字。這就像棒球選手在拿到校友通訊時，首先翻閱的就是球賽紀錄，其專注的程度不亞於檢查鉛字誤植，假如有錯，絕對逃不出他的法眼。

「搞什麼啊！竟然少寫了一個0！這麼粗製濫造的報表，想必其他統計數字也不足為信！」部長大發雷霆，立刻向那個小公務員所屬部會的部長興師問罪。

無端受氣的部長回到部裡把局長叫去訓誡，局長再把課長叫去數落了半天。等課長回到課裡，就把那個糊塗的年輕公務員狠狠地臭罵了一頓，可憐的小公務員還被打飛到一米開外撞牆了。

只不過漏寫個「0」，居然引發如此恐怖的連鎖反應，這就是社會的現實樣貌。

據傳，有位小說家同時在全國性報紙和地方報紙撰寫連載小說，某一回不小心把兩個故事的女主角名字張冠李戴，害讀者看得一頭霧水，卻未曾聽說這個小說家遭受到輿論撻伐。可見身為小說家的好處是得以當個不聞世事的化外之人。

接下來，我來講述一篇小說的構思——假如這場連鎖反應的結局沒有落到年輕公務員的身上，而是朝出於意表的方向發展下去，又會有怎樣的結果呢？

嗜吃香蕉的部長在內閣會議上怒吼道：

「這裡少寫了一個0！」

年輕公務員的頂頭部長迅即回擊道：
「您為何能掌握到如此細枝末微的數字呢？」
內閣會議的內容雖未對外公開，但只要是機密，就必定會經由有心人士洩露出去，於是這兩位部長在香蕉統計數字上的攻防戰，剎時成了新聞記者的熱門話題，最後也被反對黨趁機利用，向上延燒成嗜吃香蕉部長的貪瀆案。緊接著檢察署也主動展開偵查，最後被移送到法院審理。內閣終究因為此一香蕉弊案而宣告解散。若要追根究柢，這一切只因區區小公務員漏寫了一個0。而害他當天上班精神不濟的原因是，他前一晚和新宿附近的酒吧女郎共度春宵，才會導致這一連串的嚴重事態。

在這場撼動政壇的軒然大波蔓延之際，導火線的酒吧女郎卻依然像個沒事人般，每晚端著酒吧叫做「前菜」或「綜合水果盤」的大玻璃盤，上面擺放的水果包括爛熟的香蕉片，在櫃臺和包廂間忙碌穿梭著……。

這則短篇小說可以題名為〈香蕉〉。可是我絕不會寫這種以「組織和個人」為主題的過時小說啦！

閒話休提。

在人生中，有時只因某個環節未能跟緊扣上，卻引發了驚天動地的大事件。即使是戰爭和重大事件，也未必都是出於高尚的動機或雙方的思想對立。或許只是一個微乎其微的小過失，便足以改寫歷史。舉凡偉大的思想和哲學，多半無法在當下造成太大的影響，僅隨著時間的流逝被湮沒在歲月的蔓草之中。直到後世的歷史學家在回顧歷史時，為了旁徵博引，才會把思想和哲學拿來解釋史實事件。

有一個非常著名的歷史事件是，當瑪麗．安托瓦內特[2]在王宮裡聽到飢民暴動抗議的喧鬧聲時，問了身旁的家臣：

「那些人在吵什麼呀？」

「他們沒麵包可吃。」家臣回答。

瑪麗．安托瓦內特聞言，歪著可愛漂亮的臉蛋不解地問道：

「這有什麼好吵的呢？如果沒麵包可吃，改吃蛋糕也行呀？」

這時候，天真的瑪麗．安托瓦內特，就和那個漫不經心少寫了一個0的小公務員一樣，根本沒意識到事態的嚴重性，其結果就是引爆了那一場改變人類歷史的法國大革命呀。

其實命運這個嚴肅的主題，經常是由細微的瑣事所堆砌出來的。我們往往在事後才恍然驚覺，原來正是當初的小過錯，導致日後的嚴重結果。因此，飽經世故的人們總是抱持著謹小慎微的人生觀。

然而，不管生活態度是如履薄冰，或是橫行霸道，結果經常殊途同歸。人世間的有趣之處就在於：膽小鬼有時也會闖下小禍，繼而引發嚴重的事故；但有時恣意妄行也未必會造成什麼傷害。在我們每天做錯的小事之中，約莫有幾萬分之一的機率，可能會扭轉人生的命運。不過，儘管偏巧遇上時令人難以承受，可這機率就跟中彩券一樣難，沒什麼好擔憂的。

人類在無意間犯下的小過錯，最終將造成一輩子的影響。這種無巧不成書的情況，相較於真正的大奸大惡或不道德的事，在本質上更值得加倍留意。有人甚至認為，那些刻意做出的壞事，其影響的層面比起無意間犯下的錯誤還要有限。

常聽人這麼說：「他不是故意的，只是不小心做錯而已，你就原諒他吧。」這種話只適用在當女傭不小心摔破碗的時候。一般人實在狠不下心真的處罰犯了錯的人，頂多把他揍飛到一公尺外的牆上罷了。然而，隱藏在這種思維背後的是，人們對「犯錯」的害怕與畏懼。您不妨試想看看，假如我一不小心，失手把總理從高樓的屋頂上推下去，會導致什麼後果呢？

幸好人類通常不是容易犯錯的生物。這也是人們能夠維持友好交誼的唯一憑據。假如失去這份信任，人類將永遠對彼此避之唯恐不及吧！

---

2 Marie Antoinette（1755-1793），為路易十六的皇后，相傳生活極度奢華，於法國大革命期間被送上了斷頭台。

不講道德的國度

Y教授是英國人，他在國內某一所大學裡任教數十年，是位治學嚴謹的飽學之士，在歐美僑界中名氣不小。

Y教授雖已六十有七，但身子還很硬朗；他的硬朗，並不是油光滿面的精實企業家類型，而是仙風道骨的矍鑠文士風貌。而他那玉體違和的夫人，已經臥病在床多年了。

Y教授除了教職以外，也在自家旁邊開了一間餐廳。他雇了四、五個脂粉未施的活潑清純女孩打理店務，並且供餐供住。這些女孩們不僅要點餐端菜，還要兼做某項領取額外津貼的特殊加班工作。

想必您看到這裡已經想歪了吧？不不不，絕不是您所想的那樣！女孩們潔身自愛得很，哪怕只是被老先生輕輕握一下小手，也會迅速將手抽回，並且生氣地斥責對方：「討厭！請自重！」

她們的額外工作是，每天晚上輪流到精通日語的Y教授的臥房，講故事給難以入眠的他聽，直到凌晨三點左右。故事內容當然不是什麼難登大雅之堂的下流豔譚，而是一些故鄉的鄉野傳說，或是從祖母那裡聽來的老故事。有時候也會應Y教授的要求，一連唱五首童謠作為催眠曲。Y教授在這些故事與歌曲的助眠之下，逐漸進入夢鄉，睡得十分酣暢。這時，穿著白圍裙的女孩就可以躡手躡腳地溜回自己的房間休息，隔天可以儘管睡飽了再起床，也不會遭到任何人的責備。

如果是在下雨的夜晚，打烊後的餐廳早已熄燈，唯獨鄰屋的Y教授臥房還透著光，映出了女孩側臉的影子。女孩純真的童謠歌聲，應和著屋外的雨聲，迴盪在黑夜裡。由於彼時已近凌晨兩、三點時分，倘若湊巧有正要回家的醉漢路過，說不定會被這歌聲嚇得抬頭張望，還以為窗裡的女孩是住在這幢房屋裡的瘋子呢。

由於故事的主角是個外國人，聽起來似乎格外淒涼。

為什麼外國人就是會給人一種孤單伶仃的感覺呢？

我在日本的時候，最討厭單獨上館子，從未獨個兒在外用餐。可出國期間就由不得我了，只好一個人到餐廳吃飯。鄰桌的客人常是恩愛的夫妻倆或和樂融融的一家人，儘管他們不曾對我投來打量的眼光，可我卻感到自己分外落寞，手握刀叉的我，彷彿正在跳一支寂寞的獨舞。

從此，每當我帶著家人或朋友，在銀座一帶的餐廳共享愉快的晚餐時，假如突然瞧見一個外國人從容端正地用餐，便會想起自己在國外單獨吃飯的身影，不由得湧出滿懷的同情。

許多外國人都在日本定居，也有不少外國人在日本的成就卓越。我無意在此大力讚揚包括Y教授在內的這些外國人的優異表現，畢竟這可是不道德教育講座呢。

但是為什麼，這些住在日本的外國人，不論是有太太的或是打光棍的（在日本當官或服軍役的人除外），總是流露出某種茫然或寂寥的神情呢？

我敢斷定，這是因為他們認為日本是一個沒有道德的地方。

不曉得有多少外國人是從教律嚴格的基督教國家溜到日本，在這裡找到得以逍遙自在的樂土。就算他想金屋藏嬌，就算從零號情婦增加到二號、三號情婦，只要有錢，一切ＯＫ；即使偷了別人的老婆，同樣ＯＫ；若想和男同性戀纏綿一番，照樣ＯＫ。當然這些事在國外也隨處可見，但他們必須做好心理準備，可能會遭到眾人排擠，並且失去社會地位。因為那樣做不僅觸犯法律，更是褻瀆上帝。相較之下，在這裡萬事ＯＫ，況且這裡不屬於耶穌的「轄區」，就連故鄉的傳統道德，在這裡也毫無任何約束力。這下子總算能盡情放縱，將罪愆的負疚拋到腦後、高枕無憂了。可就在他暫歇片刻之際，一股無以名狀的寂寞和空虛便湧上心頭。說起來，西方人還真是可憐。其實他們如果沒受到道德的規範，還真活不下去呢。

而日本人又是如何呢？相較之下，日本人雖受到日本社會的規範，可是行動的自由程度，不亞於住在日本的外國人，也不會受到道德感的拘束，得以幹盡各種壞事。

何況日本人的體力遠不如西方人，根本不可能闖下翻天覆地的大禍，頂多只能逾矩做些小奸小惡之事。而且，日本人就算再怎麼享受做壞事帶來的刺激，也不會露出西方人那種空虛寂寞的表情，照樣悠哉悠哉地歡喜度日。原因是，日本自古以來尊崇的神明，都不像基督教裡那般嚴肅、自命清高、嫉妒、壞心眼、像個老處女似的神明，所以從未受過那種教義束縛。也因此，日本人在做壞事時，心裡不會同時渴望那個會處罰自己的神明能眷顧自己，那種極複雜又不正常的矛盾心態。

各位，我們能夠生長在這個沒有耶穌的國度，實在是無上的幸福與無比的寶貴。倘若有幸生在日本，還要去崇愛上帝，大概只有腦袋少根筋的人，才不懂得惜福吧？

換個話題。前陣子我為了做調查，便冒充紙箱製造廠的小老闆，假稱工廠因不景氣而面臨倒閉危機，特地去請教一位據稱狐仙附體的老婆婆，請她指點迷津。

我來到一座稻荷大明神神社[1]，神殿上掛著黃鼠狼皮以及似乎各有意涵的許多裝飾物。老婆婆站在神殿中央揮擺著拂塵，渾身顫動了一陣子以後，猛然瞪視趴伏在地上的我，並且開口痛罵一頓：

「小子！我可是你老家的守護神哪！你好大的膽子，居然日夜揮霍無度、貪享口欲、縱情聲色、狎玩嫖妓！以你有罪之身，竟敢出現在本神面前！」

1 日本的稻荷神社奉祀的主神為狐神。

接著是一長串滔滔不絕的訓誡開釋，囑咐我只要洗心革面，就能重振工廠。最後，她朝我的背上使勁拍了一記，算是完成這場神示科儀。我彷彿真的被狐仙所幻惑了，愣怔了好半晌。

當我要告辭時，老婆婆給了我一顆紅豔豔的蘋果，並說：

「這是神明恩賜的供品喔！」

我滿心感謝地收了下來，在回程的計程車上，不停打量著這顆神明賜給我的蘋果，腦子裡轉著一些無聊的念頭：在國外的傳說中，蛇誘惑人類吃下蘋果，可在日本，卻是狐仙用來贈送人類的禮物。

幸虧我吃了這顆蘋果以後，沒有發生「亞當的蘋果[2]」那樣可怕的功效。而這顆美味的蘋果，再過不久就會從我體內排泄出去，等到明天，我已把它忘得一乾二淨了。

2〈創世紀〉裡記載，當亞當偷吃禁果（蘋果）時，不小心噎到喉嚨，於是男人有了喉結。

應當在人死後說他的壞話

一八六三年九月二十七日，龔固爾[1]在日記裡描述在當晚的餐宴上，知名評論家聖伯夫肆無忌憚地對前一天過世的維尼[2]大加批評。

聖伯夫在維尼死後說了不少關於他的生平軼事，我把聖伯夫當時的話記在後面。

當我聽到聖伯夫在談論著死者生前事平時，我彷彿目睹著螞蟻大軍正在拚命啃食屍體一般。他在短短十分鐘裡，就把這位名聞遐邇的紳士那卓越的聲譽衣裝剝得精光，只剩一副光禿禿的骸骨。

「（中略）先不說別的，維尼簡直是個天使，他在任何時候，都像個不食人間煙火的天使！他從來沒有請我在他家吃過一頓牛排。通常我在七點向他告辭，準備去吃晚餐時，他竟對我說：什麼？你要走了嗎？他根本不明白何謂現實世界，更與現實生活

1 法國兄弟作家，Edmond de Goncourt（1822-1896）與Jules de Goncourt（1830-1870）。以共同名義創作，遺產成立學會，其所頒之龔固爾獎（Prix Goncourt）在法文壇舉足輕重。

2 Alfred de Vigny（1797-1863），法國浪漫主義詩人。

完全脫節。……他的措辭威嚴強勢。某回當他在學會裡演講完正要下台時，有位朋友提醒他演講稍嫌冗長時，他竟提高嗓門回答：可是我一點也不覺得累呀！」

畢竟聖伯夫是知名的評論家，所以他的悼詞理直氣壯又壞話連篇。

在日本，小林秀雄[3]也曾說過一段至理名言：「活時沒有人形，死後才有人樣。」唯有在一個人死後，才能看出其言行舉止如何影響其一生的命運；我們也因而唯有在他死去的那一刻，才能開始回溯並且毫無遺漏地批論其一生的功過。

可是，一般人很難有這樣的思想。他們多半對活人毫不留情撻伐批判，等到對方死後才開始稱頌其為「世間少有的偉人」；他們甚至對在任官員大加攻訐，可當對方一下台，不待他撒手人寰，便立刻讚揚起其政績來了，好比吉田茂先生就是這樣的事例。

讓我有感而發寫下這個主題的起因是，鳩山[4]前首相在任期間被當成病貓，但是當他過世以後，突然被譽為「超今越古的一代偉人」，況且不只執政黨，就連反對黨的黨主席也同聲對他歌功頌德，這種現象真是怪異難當。試想，倘若這時鳩山先生復活，從棺材裡大搖大擺走出來，並說想要再次坐上總理的寶座，不知世人是否還會讚揚他是「超今越古的一代偉人」呢？

這種怪異的現象，美國在幾年前也曾發生過。美國國務卿杜勒斯[5]原本受人厭惡，但是當他罹患癌症而無法重回政壇時，立刻搖身成為無人能及的大英雄，甚至連過去的反杜勒斯派也嘀咕著「少了杜勒斯就全亂成一團呀」。假如真那麼需要他，當初為何要講他的壞話呢。

當對方老當益壯時，人們會心存嫉妒而惡言盡出；一旦對方辭職下台或罹癌死去，人們便覺終得放下心頭重石，要是此時還痛罵已不礙事的對手，似乎有點說不過去，於是心念一轉，「不如誇他一句吧」，更能藉由褒獎對方向世人顯示自己的寬厚與大器。再加上對方已是羸弱蒲柳，就算褒他幾句也不擔心於己有損。於是，眾人彷彿在比賽誰在葬禮上弔贈的花圈較大般，競相對其稱頌讚揚。這就是一般人的心態。

更何況臭罵死者與鞭屍無異，不僅顯得自己雞腸鳥肚，無論是多麼中肯的批評，都可能被誤解為挾怨報復。如果對方健康硬朗，正值騰達得勢，就算基於個人憎惡嫉妒或恩怨所說的惡言，聽來也像師出有名的打抱不平；但對方蹺辮子之後，就算仗義直言聽起來也像私怨攻擊，實在不值得為這點小事損及自己聲譽，倒不如美言幾句方為上策。

麻煩的是，當第一個人率先頌揚了以後，便會引發妄想的連鎖效應，眾人紛紛群

---

3 小林秀雄（1902-1983），日本作家與知名的文藝評論家。

4 鳩山一郎（1883-1959），曾任日本三屆內閣總理大臣。

5 John Foster Dulles（1888-1959），美國政治家，於艾森豪總統時代擔任國務卿。

起效尤，爭相讚譽。於是，死者真的被塑造成「偉人中的偉人」、「宛如神祇臨凡的英雄」！人類的心態真是奇妙呀。

我們通常只在對方尚在人世時，才會難以忍受對方的缺點。比方有人的口臭嚴重，令人難以忍受，可等他蹺辮子以後，大家也就不在意了。只要是活在這世上的人，多少總有些讓人受不了的短處，一旦駕鶴西歸，這些短處全都會被修潤美化，眾人也能耐受得住了。這是生存競爭中無情的生物法則，而真正的評論家是不會被這種美麗的糖衣所輕易矇騙的。

這種現象，不只會發生在鳩山先生和杜勒斯先生這些位居一國宰相的大人物身上，就連我們這種升斗小民的身邊也屢見不鮮。

比如有個眾所厭惡的公司主管死掉時，其部下們儘管心裡叫好，卻仍在手臂別上黑布結，佯裝悲傷地幫忙處理後事。等到喪禮結束以後，部屬們便繞去酒館小酌，偷偷說起死者的壞話：

「那個沒良心的老頭終於魂歸西天啦！我們可真被他整慘啦！」

「那個一無是處的傢伙終於消失了。他不但個性小氣、對人冷漠，做事謹小慎微卻又愛逞強，總是差遣我們做苦差事，而且喜歡玩女人，又很陰險狡詐……哎，往後公司裡的烏煙瘴氣終於可以一掃而空啦！」

這兩個部下低聲交談，簡直把這世上所有萬惡不赦的行徑，全都套到死者身上了。他們總算得以一吐怨氣，覺得今晚的酒喝來格外香醇。

過了十天左右，如果其中一個部下又找來當天的酒伴打算繼續聊已故主管的壞話，想必同事會訓誡他：「你很煩耶！算了啦，別再提這種不愉快的話題了！」

倘若這個部下過了一個月、甚至一年，依舊對已故主管心懷忿恨的話，必然會被同事們敬而遠之吧。

人們總希望早些忘卻死人，尤其是憎恨厭惡的死人，更希望能盡快拋到腦後，而最上策就是讚美死者。換言之，對死者的讚美其實是冷酷而無情的對待；相反地，說死人的壞話，是多麼溫馨的懷念。惡言正代表著活人對死者永誌不忘的溫情。

所以，等我死後，一定要飄到我仇家們歡聚小酌的酒館，聽聽他們的交談暢聊：

「活該呀！那種厚臉皮又愛裝模作樣的傢伙不在了，連空氣都變得清新多了呢！」

「就是說嘛。長久以來，社會上的人都被那笨蛋給騙了。」

「那傢伙不僅是蠢蛋，還是大騙子！我要是和他說上五分鐘話，幾乎就要反胃嘔吐呢。」

屆時，在一旁已化為幽靈的我，一定會溫柔地摸摸這些傢伙們的頭。我極度渴望死後，仍舊能聽到和我在世時同樣的批判。因為，那才是人們發自本心的話語。

對電影圈的嚮往

比起都市人，鄉下人對電影圈的嚮往更是強烈。在幕後推波助瀾的，不僅是五光十色的電影本身，諸如《明星》、《平凡》等雜誌的威力也不容小覷。在雜誌上不僅俊男美女如雲，人人面露好萊塢式的痴傻微笑（有位文豪曾說，每當他看到好萊塢的電影明星微笑時露出兩排潔白整齊的人工化牙齒，就會讓他聯想到廁所裡的磁磚），個個洋溢著青春活力。如此之外，他們還開闢了愛情座談專欄，耍弄著簡單無義而虛無縹緲的詞藻，邀請影星大談理想中的女性或男性類型，讓年輕讀者們浸淫在如詩如夢的仙境之中。我有一次在某本雜誌上，讀到一對電影男女新星在這類愛情座談專欄上的對談：

「我還是處男呢！」

「嗯，我也是呀！我到現在還不懂所謂大人的戀愛，只曉得一點點對異性淡淡的仰慕之情。」

當我讀到這裡時，忍不住噴笑出來。因為我知道這兩個人一個月前還在一起同居，是吵架以後才分手的。

有時候，無傷大雅的謊言可以帶來一些樂趣。可若因工作所需，一年到頭都得說謊，甚至全是為討好多數盲從流行的庸俗追星族，而非為了自己而只好說出獨樹一幟的謊言，只要是有點思考能力的人想必都難以忍受。除非是個大傻瓜，否則恐怕會被搞得精神耗弱吧。

在鄉下人眼中的電影圈，簡直是人間樂園，正如宣傳文案所寫的「夢工場」。只要隔著一段距離遠眺，就算虛假的事物也顯得格外美麗。虛假的定律是，當假冒的真實度愈高，看起來就愈美麗。在現實生活中，真實的事物通常是醜陋的。因此，當一件事物看起來栩栩如生又美好動人，那絕對是造假的。可人們大都無法接受如此淺顯的道理，除非親眼目睹現實的醜惡，否則就不明白這世界的真貌。電影圈便是巧妙利用大眾的這種心態，將醜陋之物隱匿在幕後，不停編造出一個個華麗的謊言。

諾曼．梅勒[1]曾在小說《鹿苑》裡揭發好萊塢影壇的祕辛。他描述電影公司為了隱匿某位男星的醜聞，命令旗下某位女星和他結婚。可是該女星卻臉不紅氣不喘地回答：「其實我今天早上已經和別的男人結婚了。」電影公司的董事聞言當場昏厥過去。這段敘述真是有趣極了！

另一位作家戈爾．維達爾[2]也曾在《城市與樑柱》這部小說中，敘述一群男孩們

1 Norman Kingsley Mailer（1923-2007），美國小說家。此處引用其著作 *The Deer Park*。
2 Eugene Luther Gore Vidal（1925-2012），美國作家與劇作家。此處引用其著作 *The City and the Pillar*。

懷抱著明星夢，因而來到好萊塢附近的飯店當門房掙錢的有趣百態。他們為了把握可能邁入影圈的機會，頻頻前往網球場和游泳池以便接近影星和製片家。故事裡還清晰描繪出大明星在銀幕下孤獨又可悲的生活樣貌。

不只是小說，連電影也毫不隱晦在銀幕上披露這圈子冷酷的一面。像《日落大道》[3]就是這樣一部片子。

但這樣接二連三地揭發內幕，依然無法澆熄人們對電影圈的憧憬，也算這世界有趣的現象。

其實不必翻閱影劇週刊的內幕報導，只要去銀座鬧區晃一圈，不管是酒吧或咖啡廳，隨處可見許多依稀看過的「影壇新星」。有的咖啡廳便是以店裡的女服務生全是影壇新星作為攬客手段；也有的新星開起餐飲店，當上了女老闆；最悲慘的甚至淪落花街柳巷，操起最卑微的買賣。

至於想當明星的男孩，頂著某某先生的選美光環，在故鄉親友們列隊歡送之下，遠從鄉下來到東京。然而在演藝圈沉浮多年，依然沒個譜兒，頂多是出現在鏡頭遠處那若有似無的身影，當個連一句台詞也沒有的路人，到最後弄得身無分文，根本沒面子回老家。像這樣的傢伙也多不勝數。

吃電影這行飯的人們，經常要到前一天的傍晚才知道明天的工作行程，而隔天到了拍片現場，也可能得一直等到傍晚才輪到自己上工。這個工作絕大多數的時間總是無盡的等待，而在等候時連書也讀不下去，到工作結束後已經精疲力竭，除了喝酒、打麻將和玩女人以外，什麼都提不起勁做。他們形同與世隔絕，唯有片場裡的人自成一群特殊的種族，不分大明星或臨時演員，同樣過著這種生活。大明星更可憐，還要應付記者和影迷的窮追猛問。至於臨時演員們的青春歲月，就在這日復一日的等待中陷入絕望，要不就是變成像獄房的牢頭般，只能在片場裡倚老賣老、仗勢欺壓更小的臨時演員罷了。

這些都是眾所皆知的實情，無須我在此贅言。但是，在僥倖心態的作祟之下，人們總覺得敵軍轟炸時只有自己絕不會中彈，而在買彩券時只有自己會中獎；同樣的，數不盡的青年男女也認為「別人雖沒這福分，可我一定能當上大明星，過著人人稱羨的幸福生活」。演藝圈悲慘的例子，反而鼓舞了那些青年男女的雄心壯志。

不過最近，我發現即便是如此「冷酷無情」的電影圈，也有其值得稱許的一面。我認為，電影圈不是「夢工場」，而是「夢法院」。這裡是最能對青年男女的浮誇大夢給予當頭棒喝的好地方。與其給父母和兄弟姊妹說破嘴皮的陳腔濫調勸誡，還不如讓他們到電影圈裡走一遭，痛切體認到社會的無情定律，還來得一針見血。那裡不

3 Sunset Boulevard，一九五〇年上映的美國黑色電影。

僅是「懲罰大夢的最高法院」，更是不斷嚴厲教誨青年們絕不可懷有「想當明星」之類膚淺夢想的法院。遺憾的是，多數青年男女在經過這個法庭處罰以後，從此自暴自棄，認定人生根本無夢可尋。事實上，人生中當然可以追求遠大的夢想，只是電影圈並非圓夢之地而已。

早年的軍隊，也同樣是「處罰青年做大夢」的地方。所以人們常說，那些軟弱的青年只要經過軍旅生涯的淬鍊，就會成材了。時至今日，已經沒有這種能夠敲醒青年大夢的機關組織，只剩下電影圈可以代替軍隊，來訓練這些「志願從戎」的青年了。

我雖不見得是倡導軍力重建論者，但我始終認為，對於青年們不切實際的浮泛夢想，必須給予一記有效的懲罰。社會大眾通常覺得，困苦的生活窘境就足以懲罰這種青春大夢了，可這麼一來，青年們便會興起不勞而獲的僥倖念頭。這種幻想必須徹底摧毀，真正的人生夢想才會萌芽。在現今社會中，依舊存有不少吹捧青春大夢的偽善論調，或許只有電影圈才是最正派的世界，因為它可以徹底把這些幻想撕個粉碎。

應當以慳吝為本

據說，日本成立了一個「吝嗇協會」，其會員並非「納粹黨人」而是「吝嗇黨人」。這個協會只有會長和副會長二人，始終召募不到會員。因為直到現在，他們仍無法習得東京哥兒們「錢不過夜」的揮霍豪放。不過，那些東京哥兒們愛聽各地有關吝嗇的軼聞，因此最近「吝嗇鬼」這句話蔚為流行。

總而言之，吝嗇是富豪的通病之一。二次大戰前，在私立學習院大學裡，胡亂花錢到處請客的多半是窮華族[1]的子弟。當時，必須按期繳交一圓或一圓五十錢的班費，任憑你說破嘴再三催促，依然不為所動，過了幾個月才面有難色拿出來的，必定是那些大財團家的公子。也因此，大家都謔稱他們為「猶太人」，可是他們卻毫不在乎。

因為有錢人再怎麼吝刻，也不擔心被取笑「你是非不得已的吝嗇啦」、「真的窮得小氣啦」，所以可以慳吝得理直氣壯。

1 有爵位的人及其家屬，二戰以後該制度已取消。

之前，我有個朋友在銀座開店當老闆，他稱不上家財萬貫，但卻是出了名的吝嗇。每次與他外出吃喝，他都堅持各付各的帳；一年僅只一次招待朋友吃飯時，竟然請大家吃其宣稱的「豐盛的關東煮」——菜料少得可憐，只有魚漿捲和油豆腐！

所謂「物以類聚」，他結交的朋友也都是小氣之人。在他的朋友當中，有個算有錢的中年紳士。這位紳士在追女友時有個準則，那就是只約對方到咖啡館喝杯咖啡。有一次，用餐時間已過了兩個小時，其女友已餓得肚子咕咕叫，他仍執意只點一杯咖啡，直到女友餓得快昏厥之際，他才恍然大悟說：

「哎呀，妳肚子餓啦？真是不好意思，妳稍等一下。」

話畢，他把女友撇在咖啡館走了出去。沒多久，只見他微笑而回，手裡拎著一個小紙袋，然後從紙袋裡掏出一個紅豆麵包，把它遞到女友面前說：

「妳吃這個吧！」

其實，咖啡館裡也賣三明治，只是他嫌價錢貴得離譜不划算。

我還有一個中年的紳士朋友，有一次，他唯一的大學生外甥要外出拜年，他難得滿面慈祥親切地和他閒話家常。

「家裡有沒有時常寄錢給你用啊？」

「有。」

「寄了多少？」

「五千圓。」
「是嗎，這樣不夠用吧？」
大學生見舅父這般關切垂詢他，猜想待會兒肯定會給他些零用錢，於是趁此打出哀兵之姿：
「在外求學食宿的花費可不少，連讀書都受影響呢。」
「這樣子啊。對了，你還有吸菸、喝酒嗎？」
「嗯，偶爾吸個幾支。」
「是嗎，這可不行喔！嗯，這樣真糟糕。來，舅父傳授你一個省錢的祕訣，從明天開始戒菸如何？」
這類吝嗇的事例，真是不知凡幾，仔細算來，我周遭似乎全是慳吝之人。當然，富豪未必都是吝嗇者，其中沒錢卻勇於捍衛吝刻之道的人也不少。這種人信念之堅定令人敬佩。就此而言，跟吝嗇者交往可感安心的是，至少他跟那些劈頭就開口向你「借錢」的無賴之徒不同。
法國人向來以徹底追求個人主義，絕不受人照顧，也不援助他人的民族性著稱，因此從理論上來說，其吝嗇是必然的。在日本，永井荷風[2]，其慳吝作風是最具法國

2 永井荷風（1879-1959），東京人，著名小說家，曾留學美國和法國，以描寫東京的妓院風光聞名。

式的，他若不如此貫徹到底，只能算浪得虛名。換句話說，縱使他嘴巴唱著法國香頌，頭上戴著貝雷帽，他若沒戒掉東京哥兒們揮金如土的脾性，便稱不上是道地的哈法族。

身為吝嗇者，還必須具備「超脫世俗」的精神。比如，絕對不可有「受人點滴，須湧泉以報」的想法。像那些虛榮又愛面子的傢伙，原本就是以請人吃飯為樂，你只管大方地飽餐暢飲，不必有任何罣礙。

確切地說，像這種「禮尚往來」的日本習俗，很容易讓公務員瀆職。例如，對方送了金錢和禮物，薪資微薄的你又無法厚禮回報，最後只好設法在公務上給予方便。進言之，既然這是對方心甘情願送上的，你儘管大方收下便是，日本的諺語「三伏天要棉襖」[3]正是這個意思。

話說日本人出國旅遊，經常因為給了太多小費，在各飯店和餐館淪為笑柄。很顯然地，這種做法是強烈的自卑感在作祟，因為他們擔心自己被人瞧不起，渴望亦能與「藍眼高鼻的西洋人受同等待遇」，所以才胡亂給小費。問題是，不管你小費付得再多，也神氣不起來。在我看來，高頭大馬的外國人若付二十五分美元小費，我們理直氣壯付個十五分美元就已足夠了。

之前，國內的某政治團體，曾邀請亞瑟・庫斯勒[4]來日本筆會演講，當時引起了很大的震撼，因為他把西洋人吝嗇的作風發揮到了極點。有一次，他獨自到京都的酒店喝酒，他早已算過自己的酒錢，可看到帳面金額卻多出預算的好幾倍，便不服氣地向店家理論，原來坐陪小姐喝的也全算在他的帳上了。亞瑟·庫斯勒認為這很不合理，拒付酒錢，鬧得警察趕來居中調解，最後店家只好依他主張的金額，結帳紛爭才告平息。

當我讀到這則新聞報導時，內心暗自叫好。

試想，天底下最不合理的地方，就是吃喝完卻沒有價格明細、只憑服務生隨便遞來寫著八千五百二十圓的帳單，而你卻得掏出萬圓大鈔，還必須佯裝斯文地說「零錢不用找了」方能安然抽身的酒店了。

在法國餐館裡，那些講究體面的老紳士，餐後請來侍者「Les mauvaises nouvlles」（埋單），必定會戴上老花眼鏡，詳細核對所有的菜名和價錢，幾分鐘下來，他若發現金額有出入，就會語調激昂地據理力爭；這可是法國隨處可見的日常情景。

在我孩提時期，不論在家裡或學校都要求小孩奉行「儉約」，還舉例訓示說：「你，怎麼可以用德國製的巴巴里亞鉛筆呢？現今的皇太子殿下只用國產的老鷹牌

---

3 意指來者不拒。

4 **Arthur Koestler**（1905-1983），匈牙利裔英國作家、記者和批評家，猶太人，代表作《正午的黑暗》等。

鉛筆而已！」

所以，至今我對「儉約為美德」這句話仍大為反感。

在武士道德觀之中，他們奉行的儉約主要以事君為重，假如主君破產敗落，當家僕的就得拿出私有家財全部奉獻。他們是為此而儉約的，然而我覺得，為了他人而虧待自己是沒有意義的。由此看來，「慳吝」比「儉約」來得更接近現代性、更具幽默特質，至少它徹底表現出只為自己「莫管他人」的獨立自主的精神。

以賣弄廣告詞為時尚的小姐

據說，近來出現一股年輕男女以賣弄廣告詞為樂的風潮。

某次，有個美麗小姐與我一同上廣播節目，我向她問道：

「請問您喜歡什麼樣的音樂？」

只見她對答如流地說：

「嗯，像都市風格的啦，現代風格的啦，比如充滿憂愁與浪漫的爵士樂，舒緩而甜蜜的音樂，我都很喜歡。」

這種例子多到不勝枚舉。比方，我向一個年輕男子試探道：

「你覺得那部電影怎麼樣？聽說它頗獲年輕人好評呀。」

「是啊，它既刻繪出戰爭帶來的慘痛創傷，又以奇幻的手法表現出年輕世代的苦惱，整個片子洋溢著K導演獨特的藝術氛圍，……嗯，我應該怎麼說呢。總之，我覺得它是日本上半年度前五名的電影。」

我又問了另一個青年，

「你認為M的小說如何？」

「一點也不怎麼樣。整部小說只表現出十九世紀的唯美浪漫主義，對社會的觀察太狹窄了，在反實主義的地方看不出試圖刻繪或再現真正的現實主義的痕跡，充其量只是虛軟無力的寫實主義罷了。例如，《金閣寺》就是這樣的作品。」

接著，我若問他：「說到日本你想到什麼？」他就回答：「它是世界文化的重要遺產。」若問他：「可爾必思呢？」他便回答說：「初戀的滋味。」

在法國作家福婁拜的時代，這種情調可謂氾濫成災，而他正是這陳腔濫調的始作俑者。

話說回來，這些賣弄廣告詞的年輕男女，並非時時把它掛在嘴上。通常，他們只在出席公開場合或受邀到廣播節目以及雜誌的座談會上，才故作附庸風雅地迸出這類廣告詞來。

當然，廣告詞的內容也有高雅通俗之分。比如，「組織與人」這類的廣告詞，就充滿高度的文學性與哲思。當有人問你對某小說有何感想時，它即可派上用場：

「那部小說在探討組織與人的問題，具體道出現代的嚴峻狀況。」

在社會上，並不會要求每個人都得提出獨特的見解。因此，你只要把似曾看過或讀過的事情說出來即可敷衍過關。特別是近來週刊雜誌激增，話題多到不可勝數，哪怕是你的獨到觀點或笑談，都可能引來質疑：

「你少騙我啦，這同樣的內容我上個星期才在ABC週刊看過呢。」

不過，賣弄廣告詞的年輕男女，其言詞特徵絕對不止「道聽塗說」的意見而已，他們所說的日常會話也很奇怪。比如，像開篇「像都市風格的啦，現代風格的啦，比如充滿憂愁與浪漫的」這樣的說法，就會落得像單口相聲在模仿「公車女車掌」或「慈母」的語調那樣。而這種原本應出自禿頭的單口相聲演員的語調，卻從妙齡女郎口中正色說出來，真是怪異得很。這不禁令人懷疑，那位小姐的腦袋和聲帶是否被廣告贊助商裝了錄音機呢。

又如那賣弄廣告詞的年輕男子所說：

「在反實主義的地方看不出試圖刻繪或再現真正現實主義的痕跡，」這類的語法，與之對答亦很唐突，因為它並非日常會話的語體。

那些喜歡賣弄廣告詞的年輕世代用文言體語調在轉述「好像在哪裡聽過的意見」時，我總覺得它宛如粗製濫造的電影台詞。換句話說，草率速成的劇本跟電視廣告的台詞無異，只會令人肉麻作嘔。這就像到處可見的宣傳觀光短片那樣，一對情侶漫步在沙灘上，男子必定照本宣科：

「這裡可是因深情相愛的俊男美女卻含淚分手而聞名的沙灘呢。」

聽到如此彆腳的台詞，我真同情那位男演員，因為那些喜歡賣弄廣告詞裝模作樣的年輕男女正是這樣講話的。

畢竟，這並非他本人在說話，而是揀現成的詞彙複誦罷了。這些迷戀廣告詞的年輕男女，如同靈媒附身的角色，自始至終只會滔滔不絕複誦現代文明傳媒之神的話語。

他們在說這些意見的時候，完全沒有任何感情色彩，倘若這些年輕男女以此語彙在咖啡館裡談情說愛，很可能就直接到賓館開房間呢。這種談戀愛的方式，如同時下向別人借車兜風，借用別人的感情一樣，只是鸚鵡學舌而已。對於這種如木偶般的談情說愛，只能以「現代怪談」來形容。

儘管如此，我仍不因此對現代感到絕望。

上述那些年輕男女之所以如此，不完全如表面顯現的那樣，因為對他們而言，賣弄廣告詞也只是臨時在人前刻意炫示罷了。在我看來，他們只是弄錯裝模作樣的方式，隱藏了善良的個性，而流露出粗俗的表相而已。

我相信，那些年輕男女在私底下的談話，必定更精采和更有見地。只是他們認為自己的意見比機智更高尚。但實際上，不成熟的「意見」不如自然的「機智」，因為它比前者更具高度的人生智慧。而當今的大眾傳媒最欠缺的正是這種自然的機智。

走筆至此，又得請我的朋友魚市場大哥出場，他雖然個子很小，但是架勢十足，他常以自己酷似美國硬漢影星畢蘭卡斯特[1]自居，每次有朋友取笑他：

「哪有像你這麼矮的畢蘭卡斯特啊！」

這時，他便會昂然反駁：

「你在說啥啊？我說的是坐下來的畢蘭卡斯特。」

我覺得，像如此幽默與機敏的反應，正是當今廣告詞中所缺乏的。

1 Burt Lancaster（1913-1994），美國好萊塢男星，曾在巡迴馬戲團裡當雜技演員。

批評與惡言

今天，我們稍微換個主題，來談談文學評論，它也跟不道德的問題有關。

中村光夫[1]曾寫過一篇題為〈壞話〉，妙趣橫生的隨筆：

「通常，某人說別人壞話的時候，都是對對方懷有惡意。不過，評論家批評人物，卻多半沒什麼惡意。按理說，也不可有此念頭。因此批評家的『壞話』較有客觀性，能夠被廣泛接受。」

中村又說：

「直到現在，我從未惡意揭人短處，亦不曾與我無法敬重的人吵架，我認為自己的做法是正確的。」

然而，他這樣說的同時，卻在文章後半若無其事地把中村真一郎[2]的小說批了一頓。文章前半的惡言理論，與後半的批評，其手法高明的結構，讓我讀得拍案叫絕快笑不已。中村光夫是我很尊敬的朋友，也是才能卓越之人。

這篇文章充分表現出作者擅長邏輯推理的古代武士的特質，凡是了解他的人，都不會懷疑其觀點。但若換成我來批評別人的作品時，心境絕對不可能如此平和。有時我甚至像說壞話的市井小民那樣，情緒失控口出惡言。尤其，有人批判我的作品時，更會找盡各種理由自我辯護：

「啊，其實並非我的文章寫得不夠出色，而是那些評論家對我成見太深吧。」

我覺得，中村光夫把世俗的「壞話」和評論家的「惡言」界定很清楚，並從中建立評論家的道德倫理。反觀，像我這種有時處於受評與評論其他作家立場的乖違之人，我就無法分辨世俗的壞話和評論家的惡話到底有何不同。所以我相信，社會應該有如俗諺所云「背後說壞話比鰻魚飯美味」那種不帶惡意的壞話，相對地，評論家的壞話也應受到重視。

在此舉例說明。聖伯夫是個善嫉之人，他對法國同時代的大作家都懷有妒意。例如，在其《現代作家肖像》第二卷中，對巴爾札克極盡冷嘲熱諷，但其明褒暗貶的功夫很高明，剛開始，天真的巴爾札克還為此高興不已。後來，同樣的「讚辭」一再出現，巴爾札克終於察覺這口蜜腹劍的惡意，大為光火地說：

「等著瞧吧，下次看我用筆尖在那傢伙身上開洞！」

與聖伯夫綿裡藏針的卑鄙做法相比，中村光夫的壞話何其光明磊落。所謂「一樣米養百樣人」，每個人的性格和思想皆不同，在眾多評論家當中，有如中村光夫的，

1 中村光夫（1911-1988），著名日本文學評論家。
2 中村真一郎（1918-1997），日本著名詩人、小說家、評論家。

也有像聖伯夫的類型，所以不能一概認為評論家在批評中就不含惡意。

人們的好惡通常先由外表決定，哪怕只對作品做出評論亦然。同樣住在東京的人，總有碰面的時候；就算是沒見過的人，也能由照片知道對方的長相。這樣一來，倘若有個蓄口髭的小說家，在其作品只是輕淡地描寫：

「那女子柔軟甜美如玫瑰的乳房，讓他感到如痴如醉……」

當出現這樣一行文字時，姑且不論如此描寫是否得宜，有些人就不以為然地說：

「哼，這個蓄口髭的傢伙，也寫得出這種細膩文章呀。」像這樣的事情都是可能發生的。

一般人普遍認為，作家的相貌與作品有著某種奇妙的聯繫，更確切地說，評論家一旦有此主觀認定，就很難擺脫這種想法了。

以那個蓄著口髭的作家為例，光是他的口髭與其「柔軟甜美如玫瑰的乳房」的文字表現，便能強烈吸引讀者的目光，令人先如此聯想：

「那個蓄著口髭的人，竟然能夠寫出這般甜美的文章呀，」

可是，隨後只好如此尋思：

「正因為那個人蓄著口髭，才寫得出這種細膩的文章來。」

人的想法真是千奇百怪。外表與內涵完全相符的人原本就少之又少，兩者或多或少會出現些反差，不過壞話和批評卻專挑此「落差」大作文章；何況藝術作品的範疇很廣泛，不只包括小說和繪畫以及音樂，有些人甚至把自身當作藝術品的展現。正因為其差異性很大，更容易被人見縫插針。反觀那些任性妄為、一無是處、難以對付的人，卻因其外表與性格一致，評論家便無法對其批評，拿他沒辦法，他卻一輩子運氣亨通。這種人的整個生涯，就如同完美的藝術品，對它做再多批評也沒什麼意思。

一個人成為別人笑話的對象，其身上必定存在著反差的特性，（儘管有時說壞話者沒有意識到）。例如，外表與內在的反差、容貌與性格的反差、社會與個人的落差、作品的意圖呈現與結果的落差。而且這種「反差」必定成為被人極盡挖苦的材料，因為「壞話」與「可笑」之間有著密切的關聯。

當然，在這些笑話當中，有弱小的鼠輩捉弄大貓的「荒誕場面」，也會有大貓欺凌鼠輩的「笑料」。

假設，有一個穿著西裝的男子故意把領帶結在頸後上街閒逛，大家便會這樣笑他：

「這傢伙八成是個瘋子。」

「不，這鄉巴佬真是可憐，竟然連領帶怎麼打也不曉得。」

這是世上最率直的「壞話」，只是一笑置之，沒有任何惡意。

「不，絕不是不會打領帶才這麼做的。我看這傢伙是在標新立異，故意與社會唱反調。不過，這種做法未免太膚淺了。」

這是第二種「壞話」，先理解其意圖及其表現方式，然後再嘲笑它。這種批評帶著某種程度的惡意。

「這標新立異的做法庸俗到了極點，簡直令人討厭、使人作嘔！這種人最好快點從世上消失得好！」

這是第三種「壞話」，已不是單純的嘲笑，而是充滿狠毒的惡意。

大體而言，人們看到「異類」的時候，最初只是一笑了之，接著是批長道短，最後則發動惡意的抨擊。然而批評則非如此，它跨越可笑與惡意的部分，因此能夠充分理解反差的特性，而且它在分析自身的為何可笑與批評的同時，在在充滿「出於惡意而來的親切感」。

話說回來，這個倒掛領帶的男人，如果是在精神療養院裡走動的話，就不會被視為「異類」，既不會遭到冷嘲熱諷，也不會淪為被惡意挖苦的對象了。

士俗不可醫

俗話說得好：「醫病有藥，治愚無術」。事實上，「愚者」也有重症與輕症之分。比如，「大智若愚」就屬於賢愚相通的智者，亦有如杜斯妥也夫斯基的小說《白痴》中，那個見多識廣面色蒼白的白痴——列夫．尼古拉耶維奇．梅什金公爵。

然而，我在此要說的並非那些奇才型的愚者。

「愚蠢」這種病真是麻煩又難解，因為它似乎與人的智能有關，因此不能一概而論。說到大學裡的菁英分子，有些人就是天生愚蠢而不可救藥。像這種高材生型的蠢蛋，最是難以救治，偏偏在世上還為數不少呢。傻瓜唯一可取的地方正是天真無邪的一面，可那高材生型的蠢蛋，卻全無可愛之處。

現在，我來列舉各種傻瓜的類型。

（一）高材生型的愚者

這種愚者最愛炫耀菁英似的言辭，動輒標榜自己出身某某大學，語言能力很強，不需要外語的地方，也硬要橫寫幾句洋文；戴著深度近視眼鏡，隨時都覺得受暴力攻擊似的，把自己搞得神經兮兮，淨說些盛氣凌人的話。此外，他的運動神經很差，以致喝紅茶時，連湯匙都拿不穩頻頻掉下；奉承上級，嫉妒同僚，尤其缺乏幽默感，經常把玩笑話當真而惱羞成怒，自己想故作幽默，卻說出不得體的話來，很少刷牙又不剪指甲，弄不清自己為何被人討厭。

(二) 謙沖型的傻瓜

這種傻瓜對社會的看法很無知，以為凡事只要靠「謙虛」即可獲得「最後勝利」，時常把「吾等無能之輩」、「不才如我」這類話掛在嘴邊，但在這虛懷若谷的假相底下，卻為自己的庸俗而自我陶醉。其實，這種人善嫉成性，只要受到任何委屈，便睚眥必報；此外，他格外注意到別人的長處，出於被害妄想症般誇讚對方，事後卻後悔責備自己，於是在愈來愈「謙卑」的同時，其復仇之劍就愈磨愈鋒利了。這種人走路必定靠邊走，明明沒什麼好笑他卻綻露笑臉，但回到家裡，只敢對自己的妻子逞威風。

(三) 人道主義型的傻瓜

這種傻瓜有點「慈善家」的性格，如同東京街頭的灑水車，即便剛剛下過雨，它也要向街路灑水；受到指責亦絕不反省，自恃出於人道主義的關懷，成天只會哀聲嘆氣，因為害怕死刑，所以反對死刑；這種人極為膽小，深夜不敢獨自上廁所，還得嘴唸佛號自我壯膽。每次，總是被「非人」的幻影嚇得渾身顫抖。此外，他愛逞強卻又怯懦，隨時看似已有背負十字架的心理準備，但看到自己的指尖滲出血珠卻嚇得險些昏倒。

（四）自戀型的傻瓜

每個人都難免有自戀的傾向，可有些人的病症特別嚴重，動不動就大放厥詞：「乃公不出，蒼生如何」，連續三個小時吹噓自己的偉大志向；搞不清楚自己並非美女，卻煞有介事地說「像我這般絕世美女」云云；即使年過半百，還不忘誇示出身名門大學；比起自己的本業，更愛天馬行空幻想，從早到晚活在過去的榮光裡……真是不勝枚舉。

（五）丑角型的傻瓜

這種人的長相未必是滑稽可笑，卻極力將自己當成丑角，不敢向女人發牢騷，卻又刻意扮演丑角情聖，吹得天花亂墜，彷彿不被人當笑柄不甘心似的。此外，他還批評自己的醜臉是父母的過錯，盡做些不必要的愚蠢行為，故意從自行車上摔下來，說些不足為道的失敗經過，並且深信自己聰明絕頂，所有人都是酒囊飯袋。

（六）嗜藥型的傻瓜

每天早晨醒來，就要喝維他命、保肝補品、荷爾蒙補充劑，然後再仔細地把早報的相關醫藥廣告讀完。

在通勤的電車中，每每被車廂裡的藥品廣告所吸引；路過西藥房的時候，宛如飢餓的流浪街童經過鰻魚飯館前般，把鼻子緊貼在櫥窗上。吃過中飯以後，立刻吞服胃藥；下午三點鐘，再服頭痛藥；晚餐以後吃鈣片；明明內臟沒什麼毛病，卻連腎臟病、心臟病和高血壓的新藥，都要買來嘗試。此外，時下流行的活絡血液循環的健康帶，都要買來往頭上、胸部、腰腹以及手腕套戴，活像個鄉土搖滾女歌手的裝扮那樣可笑……最終仍是「藥石罔效」魂歸西天。

真要把這些愚症逐個列舉出來，恐怕三天三夜也說不完。

誠如前述，人類與愚蠢的關係極為密切，這種疾病與人類歷史同樣悠遠綿長，哪怕最聰明的人身上都難免潛藏愚昧的病菌。因此，若說世人皆愚昧，也沒什麼不妥。賢者與愚者的差別在於是否擅長應付這種疾病，這取決於微妙的自律神經功能的強弱，所以「愚症」時而轉好時而惡化正是這個原因。只是隨著現代文明的進步，新型的愚症亦跟著遽增起來。我隨便即可舉出幾個來，比如「電視迷」、「週刊雜誌迷」、「南極犬迷」、「及時行樂迷」……真是不勝枚舉。

至於，我屬於哪種類型的愚者，我倒不怕說出來，但和盤托出的話，最後我便會像「丑角型的愚者」那樣，所以乾脆不提算了。不過，我可以給各位提示——我是個自詡為聰明絕頂的人。單憑這句話，賢明的讀者們必定能猜出我是哪種類型的愚者了。總之，我不是容易患愚症的人，但也絕非「謙沖型的愚者」。

假如聰明是人生的陷阱，那麼愚昧又何嘗不是人生的陷阱之一。所以應把每件事情並非都能如願以償視為常態。相反地，愈是攻於心計的人，愈容易掉入愚昧的陷阱，愈想愚蠢以對的人，反而落入自作聰明的境地，愚昧與聰明就這樣輪番替換，或許這就是人生吧。

前年，皇太子舉行世紀婚禮時，電視台記者對站在路旁觀禮的中年大叔訪問道：

「請問您幾點鐘到達這裡的？」

「嗯，早上九點半左右就到了。」

「噢，很辛苦吧。您為什麼不坐在電視機前觀賞，這樣不是比較輕鬆嗎？」

「因為我不喜歡看電視。」（陷入短暫的沉默）

「這樣啊，您太太也同行嗎？」

「沒有，我讓她看家。」

「那她正坐在家裡電視機前囉？」

「我不是說過我討厭看電視嗎？」

「哈哈，您為什麼討厭呢？」

「因為親眼所見才真切嘛！」

「（略帶嘲諷地）噢，這麼說您是想親眼目睹之後，再回去把它說給您太太聽囉？」

「……不，我並不準備說給她聽呢！」

當我從電視上看到這則報導訪問時，不由得要稱讚，這名中年大叔才是「聰明」的人。

切莫自白

尼采在《查拉圖斯特拉如是說》曾經這樣說道：

誰不知隱匿自己，徒使別人憎怒：所以你們更應當畏懼裸體！是的，如果你們是神，你們便可以因穿衣服而羞慚。

這是一句頗值得玩味的話。尼采的意思是說，正因為你們不是神，所以不必以你們蔽體的衣服為恥。人們之所以穿衣，多半為了顧及體面和外表，有時候則出於虛假或偽裝。換句話說，一切都受制於整體社會的規範。

我有個自白成癖的朋友，囉嗦的程度令人厭煩。他動不動就要扯自己多有人緣，要不就滔滔不絕叨念他的失戀情史。

「她呀，說我的耳型長得很性感。一看到我的耳朵，就會挑起她的情慾呢。」

聽他如此吹噓，我很想這樣告訴他：

「說得也是，你根本沒什麼可取的地方，所以連耳朵的話題都扯進來了。搞不好對方是耳鼻喉科醫生的女兒吧？」

當我這樣尋思的時候，一星期之後，又聽他抱怨她的背叛：

「我很確定，她跟N男子去了溫泉旅館，一切有憑有據。啊，我真想殺掉她，然後再自殺。」

這時候，我若漫不經心地安慰幾句：

「不會吧，她看起來不像那種女人。」

他則會順勢改口說：

「是啊，難得你這麼想，我也這樣認為。就算有證據，我也不該相信。八成是哪個傢伙想破壞我們的感情而故意捏造的。」

另外有一種男人，喜歡吹噓自己的情人及其家人。

「昨天我姊姊回娘家，許久沒碰面，我跟她聊了很多事情。我更覺得，世上很難找到像我姊姊那樣心地善良的人了。」

這種話實在很無聊。此外，他還強調他母親四十年前是個大美女，這種說法也令我不敢領教。

我認識一個男子，他光扯起他伯父的車子，就自豪地講了二十分鐘。

我不懷疑龐蒂克汽車的昂貴身價，可車子又不是自己的，何必如此炫耀呢？

也有人因為酒醉而喋喋不休，便自白似地講起家庭的祕辛來。

「我是個命運坎坷的孩子。哎，沒什麼好隱瞞的，我就是個私生子。私生子！私生子！沒有比這更悲慘、更可怕的字眼了。每次我看電影的時候，銀幕上只要出現『私生子』三個字，我就會臉色漲紅，偷偷逃出電影院。

而且，還有一個說不出口的恐怖事情正等著我。我老爸跟藝妓生下我之後，獨自跑到滿洲（現今中國東北），卻染上梅毒，他回到日本以後，把梅毒傳染給自己的元配，使得元配的孩子生下來就患有先天性梅毒，受此打擊的元配後來病死在精神療養院裡。

這件事情許多人知道，但我仍有些懷疑，我老爸果真在滿洲染上梅毒的嗎？雖然我的母親是病死的，說不定我體內就流淌著梅毒的血液呢。再說，我母親的伯父先天就是個精神分裂者……。

啊，以後我必定會精神失常的！每天晚上，我都得抱著枕頭向神祈求，救救我呀！救救我啊！」

這真是無比精采的自白。

不過，這種話不聽還好，聽了反而對他的好印象全破滅了。或許對他來說，與其給人虛偽的好印象，不如給人真實的壞印象來得好。但對聽者而言，這種多餘的自白，不但對他的好印象大打折扣，還等於間接告訴別人，自己的眼光有問題，竟然被其外表所騙而自尊心受創。再說，善意地看待別人，原是人類社會交往時應享有的權利，自白者卻無知地把這種權利給糟蹋了。

因此，對於那些動輒向別人暴露自己弱點的人，我會毫不猶豫地稱他們為「粗鄙之徒」！這是一種社會層面的粗鄙。通常，我們都是從自我厭惡的角度來欣賞別人的優點，但如果想藉此「弱點」博取對方的同情，那就真是粗鄙至極了。

尤有甚者，不論多麼醜陋，仍然執意要「自白」和盤托出，希望藉此得到對方的認同，進而稱許其「坦白」的想法，不但很幼稚天真，更是藐視現實的人生！因為，如此「赤裸裸的自白」，人們多半難以接受，而且幾乎毫無例外。就好比有個天真美麗的少女，但當你察知她是心性醜惡的人，也就無法再使人喜歡她了。例如，在佛教徒的修行當中，安排教徒靜觀屍體的腐爛過程，要讓其體認世間的無常，正是出於這個道理。

小說與現實生活有很大的落差。以閱讀杜斯妥也夫斯基的小說為例，讀者在驚愕於其真切揭露人性境況的同時，亦認同其筆下人物的命運，因為這正是讀者的心理投射。

然而，在現實生活中，我們是各自獨立的個體，不論他的自白說得多麼巧妙，我終究不可能變成對方。所以，我認為動輒濫情向別人自白的人，絕對是把人生和小說混為一談了。借用尼采的話，他就是把自己當神。因此在我看來，這種人不僅是粗鄙之人，簡直是傲慢的自大狂！

從這個角度來看，人類在現實的世界中，能夠去愛的只有自己。印度的經典《奧義書》有云：「熱愛自己，然後崇信它。」大概就是這個教誨。

不知不覺扯到哲學去了。看來我們應該打起精神，重新回到現實的社會生活中。因為在這裡，每個人才得以談笑風生、揮動手中的鐵鎚、開車兜風、執筆寫作，抑或敲打鍵盤快樂地工作著。

「那傢伙真不錯呢！」

「他使人產生好感。」

「她是個魅力四射的女人。」

「他真是了不起呀。」

「他是個成功的男人。」

「她是我理想中的情人。」

在說這些的時候，友情和愛情自然就會應運而生。這樣豈不是很好嗎？何必再添上無謂的自白呢？

人在極度興奮和悲慘的時候，就會被自白這種病所侵擾。此時，最重要的是自我克制。更何況，像人生勵志之類的書，任何人讀了都不會放在心上的。

切勿履行承諾

各位看過「東京都知事候選人選舉公報」的印刷品嗎？

這是一種與報紙開數差不多大小（對開）的印刷品，上方依序印著從極左派到極右派的十名候選人各有特色的照片，下方則是他們提出的聳動有力的政見與承諾。有些人或許沒看仔細，在此，我列舉幾點供大家參考。

一名自稱「全國行政監察團」團長的小長井一就是箇中翹楚，他為了吸引選民的目光，特地在自己的名字「一」字大作文章，在上面加了註解：「是一個字的一」。

在他的政見中，嚴厲抨擊「賣春防治法」，其實就是那些「停經的老太婆議員們出於嫉妒的假議題」，也是為有錢人設想搞出來的玩意。

「至少應當理解青年男女對性的苦惱、對家庭的煩惱，乃至所有人類對性需求的自抑之苦；甚至更應當正面而有效率、充分體恤地把這種『喜悅』修法保護之。」

他又說道：

「日本的物價指數，必須靠理髮店、賣魚攤販、貨運司機，小酒吧、蒲公英、紫花地丁、秋牡丹（又稱銀蓮花）這些東西來支撐；必須從大城市裡的商品交易與貨物流通當中，來掌握和帶動整個地球的經濟指數。」

照他的意思，彷彿要把東京打造成像二戰前的上海那樣的國際都市，只要掌握世界物價指數的脈動，就能夠使各國紛集至東京設點投資，這樣一來，連原子彈都不會往這裡丟。

「人類的思想沒有好與壞之分，每個人都是善良之人，只要讓他們生活得富足，連鄰居們都會向你投來微笑。」

這簡直是新興宗教的教主在宣傳教義。換句話說，他的政見若能實現，東京就可以成為上海，甚至出現美、蘇、英、法等國租界。在政見的最後，他仍不忘提醒選民：

「親愛的東京市民們，（本人）是一根的『一』，唯一的『一』，講悄悄話用電話，請記得『一』定要去投票。」

此外，有一名現任「東京都政調查會」會長無黨籍的貴島義隆，他強調「創造新時代的大眾資本主義」。

他這樣提道：

「有個對日本政治的黑暗及其選風敗壞知之甚詳的外國記者，寫了一首歌加批注。歌詞如下：

〈豬仔肉桶小調（和田平助 譯）〉

A 在廣闊的世界角落／舉行了選舉／我卻心情落寞、因為選出的是豬仔和猩猩議員／不折不扣的一場豬仔選舉／作為金主的日本多麼悲哀啊／Hello Yes OK／豬仔 豬仔／We We We；

B 早上等待著／拂曉前從羽田機場送來美元的佳音／清廉選舉落得敗選／卻見日本男人到處丟撒飼料／Hello Yes OK／豬仔 豬仔／We We We；

C 深夜時分的酒店／隨處可見神情悲愁的日本女子／她們被豬仔和猩猩擁抱／陪睡和出賣肉體／在暗夜中綻放的苦命之花／Hello Yes OK／豬仔 豬仔／We We We；

D 每次選舉總是黑金橫行／官商勾結／拋灑鈔票的時候／他們是多麼神氣威風／連臭水溝裡不分黑白的老鼠都要爬出來／Hello Yes OK／豬仔 豬仔／We We We」

在此，我想為青少年讀者稍做解釋。這首諷刺歌曲應當是出自貴島之手，他之所以附加譯者為「和田平助」，就是把之前的流行語「助平だわ」[1]倒反過來的語言遊戲。總之，我非常佩服作詞者的創意，如歌詞中「豬仔 豬仔／We We We」警句式的迭句，是那情色流行歌詞中少見的；整首歌詞充滿插科打諢的嘲諷，生動而徹底地揭露日本政治現實的腐敗。這樣的歌詞看似沒什麼特別，但寫法其實是很高超的。

看完這十個候選人的政見與承諾，我們不難發現，提出具體可行的政見的候選人，當選機率應當很高，反觀站在落選邊緣的人，其所提出的政見就愈空泛虛渺和無法落實。以人類的心理來說，這是理所當然的反應，而且有許多前例可證，理想主義向來總是不敵嚴酷的政治現實。

但反過來說，我們最容易受騙的，卻是那看似現實而且具體可行的政見承諾。這就好像有人向你說：「明天給你一千萬日圓」，任何人都不會相信，但若換成說：「明天給你三千日圓」，就多半會信以為真吧。可是從「實質取得」的角度來看，無論揚言給你一千萬日圓抑或三千日圓，同樣是不會兌現的。

這或許是我們的人生經驗所致：愈小的希望和承諾就愈容易實現，那宏遠偉大的政見反而使人感到虛無漂渺。選舉時的文宣和政見，就是巧妙利用此心理的盲點，向選民騙取選票。所以就選舉而言，如果你認為「三千日圓」的政見，遠比「一千萬日圓」的政治承諾有保障而去投票，最終你就會淪為連三千日圓也拿不到的傻瓜了。

在此，我有個提議：

「概不兌現所有的政見。」

1「助平だわ」乃一九五二年的流行語，意指好色之徒，倒反唸出即為「和田平助」。

看有沒有一開始就出現敢於提出這種政見的候選人。畢竟，這種願者上鉤的做法，若沒絕對的自信是辦不到的。若敢公開這樣表明，候選人和選民都能夠輕鬆看待選舉。

這如同候選人從選民那裡取得空白委任狀，若能得到這般重託與信任，那就代表他是個百分滿點的政治家了。

反正像東京都這樣侯門深似海的政府機構，不論是多麼優秀的才幹之士，只要坐上「知事」[2]的大位，也幹不出像樣的政績來。

這好比有個政治豪傑打出要掃蕩妖魔鬼怪的承諾，只見他手持大刀，瞪著大眼坐鎮在布滿蜘蛛絲的鬼屋，若不見魔怪現身，豈不是無用武之地？向來認為妖魔只在夜間出沒，只反映出人類的愚昧。

仔細想來，無法兌現政治承諾的，何止是政治人物。剛出社會就業的青年參加應試時，向公司許下人生的理想與目標，亦等同於一種「承諾」，只是一年過後，他大概也忘得一乾二淨了。

新婚夫妻在結婚典禮上的宣誓，無疑是在向神許諾，可惜的是，這種公開的承諾，也像政治人物的競選文宣，流於粗糙和空泛。

確切地說，現今這個世界真能徹底落實「公約」，而且幾乎沒有貪瀆歪風的社會，也只有獨裁專制的國家了。以中南美洲那些腐敗的國家來說，只有多明尼加共和國極少發生貪瀆的事件，因為該國明文規定，凡貪汙者一概槍斃。

在政治人物亂開政治支票、整個社會被攪得亂糟糟的國家裡，人們只能藉助打小鋼珠和觀賞脫衣舞，方能暫時擺脫醜惡的現實，而政治人物若能看清楚這個事實，就應當勇敢大聲地說出：本人絕不兌現任何政見！

2 東京市長。

應當稱讚日本與日本人

幾年前，只要把日本與日本人罵得狗血淋頭，就可以混口飯吃，而且不少人做起這種無本生意來。不過，自共產黨鼓動民族主義的風潮以後，這門生意頓時變得異常冷清，特別是像極右派的民族主義者，向來只懂得拙劣地讚美外國人，而把日本當笑柄，如今卻遭到左右兩派人士同斥為「賣國賊」。隨著日本的經濟復甦，日本慢慢陷入自我陶醉的迷霧中，尤其美國掀起日本熱潮之後，日本人就更趾高氣昂了。

眾所周知，住在巴西的許多日本移民，對二次大戰（美日之戰）分成兩派：一派相信日本終將戰勝，另一派認為日本必然慘敗。那時候，有個議員到日裔居住的村莊巡迴演說，這使他撈到不少名利。他演說的內容大致如下：

「沒錯，日本軍隊的確敗在美國手下，但這只是外在的表象。在文化戰爭方面，日本完全把美國打趴在地上！

美國已被過度的物質文明逼得走投無路，現今最缺乏的是什麼呢？毋庸置疑，是日本的花道與柔道，以及水墨畫和禪宗的教誨；還有像《羅生門》的日本電影和日本文學。不僅如此，日本的傳統竹簍已成了他們放麵包的籃子，日本的漆筷成了美國女人的髮簪。

我們神國的文化看似落敗，但現今完全征服美國了。不，不止美國，它的光芒甚至照亮全世界了。」

像如此動人的演說，別說使巴西的日本人熱血沸騰，在東京照樣能夠大受歡迎。

現在，我把對日本的惡評逐個反過來看。

「日本的道路是全世界最糟糕的，可是國外……」

「慢著，日本的道路之所以很差，原因在於日本國民愛好和平的緣故。歐洲的道路自羅馬時代以來，即以軍用道路發展起來的，二戰期間納粹建造的道路多麼堅實，全是以侵略鄰國為考量的。

而且，西方國家自羅馬帝國以來，所有的建築物都使用耐久的水泥和石頭建造，道路計畫備受看重，因此都市計畫必須將開闢道路優先納入設計。不過，由於日本多半為木造建築，所謂『道路』其實就是兩房夾峙的巷道，若想拓寬道路，除非拆掉周遭的房舍，要不就得往後退移，所以都市計畫碰到這問題，也不得不做出妥協。

以古代用來鋪設道路的石塊而言，義大利盛產的大理石，就比日本的木材便宜很多。日本的路況惡劣是歷史與客觀環境造成的，實在沒必要凡事都向外國跟風。

據說，前往墨西哥旅行的美國人，從平坦的道路突然走上凹凸不平的小路時，特別感到新鮮。對美國的觀光客來說，崎嶇難行的道路反而能夠享受旅途跋涉的樂趣。試想，像旋轉木馬只是不停地兜轉，多麼單調乏味。」

「日本的失業救助過於浮濫，正反映社會福利制度不夠健全，實在丟人現眼。你看看社會福利國家英國，瞧瞧北歐各國多麼進步啊！」

「噢，那我要請教你，為什麼北歐各國的老人自殺率占世界之冠呢？原因在於，他們的社會福利做得太周到，老人因而沒事可做，喪失生活目標，所以乾脆結束生命。反觀我們日本的情況，自殺者多半是青年男女。他們完全是出於對人生的無知，把自殺當成兒戲似的，隨意地走向死亡之路。因此，正因為有青年輕率地自殺事件，以及老人滿懷希望地工作，才是當今社會上的『天堂』呢。

人從出生直到死亡，皆處於激烈的生存競爭之中，原本就是生物界的自然法則，若是違逆這個法則，人將會不知不覺失去生物的本能，連動物的精氣都會跟著消亡。日本的旺盛精力正在於此，它如同迪士尼電影中的米老鼠，不分男女老幼，隨時都處於酷烈的生存競爭中，不停地轉來兜去。比如，哪怕只拿微薄的薪資，也要為工作鞠躬盡瘁，在家人相互扶持之下，勇敢開拓自己的人生。你看那些外國老人，他們整天占坐在公園裡的長椅上曬太陽發呆，是何等蒼涼落寞啊！」

「像外國夫妻結伴出遊，夫丈憐惜妻子的情景，多麼令人羨慕啊！可是在日本……」

「現在，外國人對這種習慣已經感到困擾，而提出對策因應。例如，在英國，就不准女人進入男仕俱樂部；在巴西，甚至禁止女人登上小島，因為如此限制，男人們才能避免女人的嘮叨，享受悠閒的釣魚樂趣。

試想，如果每次都是夫妻成雙出遊，只要稍有『精神性外遇』的事情發生，就會被對方逮個正著，引起不必要的紛爭，導致夫妻反目大鬧家庭革命。由此看來，有些夫妻表面看似感情融洽，其實並不和睦，只是刻意而為的表象。比如，彼此互稱『親愛的』或『甜心』，又親吻對方的臉頰，但是在私底下，卻雇用私家偵探，準備打離婚官司。

就以『女尊男卑』聞名的美國社會為例，也未必全是如此。例如，我認識的那對美國夫妻，他們外出的時候，通常是由太太駕駛，丈夫則仰躺在後座發號施令。有些時候還要擺出丈夫的威嚴申斥幾句：『妳又看錯交通號誌啦！為什麼這麼笨呢？難道妳看不懂英文？連左右都分不清啦？』

像西班牙和日本這樣遵守古風的國家，強調『女主內，男主外』，這才是美德良風。如此可防止夫妻之間情感倦怠，丈夫回到家裡反而對妻子更體貼。儘管丈夫偶爾在人前斥罵妻子，但私底下呵護有加，絲毫沒有半點虛假。總結地說，男女之間，除了『性事』之外，可說是兩種截然不同的動物，不但興趣各有不同，性格和想法也未必合得來。所以，處處要求男女結伴夫婦相隨，根本就是不懂人類心理的野蠻想法。」

若要把日本的長處如數家珍地列舉出來，其缺點恐怕也不遑多讓。日本就是日本，沒什麼特別不同。

歌德批判德國人的同時，仍成為眾所仰慕的文豪，這是因為他在指責德國人的缺點、批評德國這個國家時，其措詞都是剴切和理直氣壯的。而不像有些人對日本冷嘲熱諷時，只會耍弄女性化含糊不清的話語，不敢直坦而出。哥德的偉大正在於此，而日本人啊……？

應該取笑別人的醜態

在我們的學校裡，非常注重社交禮儀。一位教法文的老師，每隔一段時間，就會向我們收取費用，帶我們去品嘗法國理料，藉此講授西式的餐桌禮儀。

二次大戰以前，我曾經與幾個出身貴族、神態威嚴的長輩們用餐。那時我還很年輕，面對著不苟言笑的老貴族，我因為很緊張雙手微顫，不小心讓盤裡的豬排滑了出來。當豬排掉在桌上之際，我簡直羞慚得無地自容。不過，我隨即鎮定地將豬排放回盤內，佯裝若無其事的樣子。而我面前那些老貴族依然板著臉孔，彷彿這件事情沒發生似的。

過了些時日，有天，當我穿越銀座四丁目的十字路口，正要以美妙的姿勢，從「服部和光」前路旁的銀色鐵鏈跨跳之時，一個不小心給絆住而摔倒在地。這次，我迅即站起身來，佯裝若無其事地朝前走去，動作之快大概不到百分之一秒。

上述兩件糗事發生的時候，我並沒有聽見任何的嘲笑聲，當然，我也不想聽到。但仔細想來，抱持這種心態的人，正反映出對人生的怠惰。如果我是個積極進取的人，就不應該這麼在乎體面。相反，那些敢於嘲笑我失敗的面孔，才是最富於人情味和值得追求的笑顏。

無論是多麼講求功利或謀略的人，當他們看到與自己沒有利害關係的人失敗，而咯咯發笑的時候，最能顯現天真和無邪。任何人在這時刻，都會顯露其善良的本性和孩童般天真的眼神。

試想，當你看見一個裝腔作勢的男子，在銀座四丁目的十字路上摔倒栽跟頭，豈不是很滑稽的畫面嗎？而且，看見別人醜態百出，亦是我們人生中的莫大愉悅與慰藉。我為什麼要剝奪別人這可遇不可求的歡樂呢，哪怕這糗態眨眼即逝。至少這令人愉悅的情景，應當延續下去才是！

例如，我們看見一個男子沒看清擦得太過明亮的玻璃而撞得兩眼金星時，心裡將有多麼爽快？

當你看到一個男子誤把獅王牌牙膏，當成刮鬍泡拚命往自己的臉上塗抹的樣子，豈不是很滑稽可笑嗎？

當你看見一個隆乳的婦女，前胸的義乳不慎滑到後背，宛如凸起的駝峰似的，豈不令人捧腹大笑嗎？

當你看到一個老太婆因為看戲太入迷，膝上的海苔捲便當快要掉在地板上時，那情景是多麼令人發笑？

當你看見一個頭上冒著熱氣的老頭沒看清楚故障警示，拚命往自動販賣機投下十圓硬幣，卻不見罐裝飲料掉下來，豈不是使人心情快活嗎？

……倘若沒有這些可笑的事情，人生將是多麼的平淡無聊！我們的確有必要仔細想想這個問題。因為，從這些生活中的笑料，可以讓我們看見許多純真、無邪、可愛的笑臉。

既然如此，我們何不痛快地嘲笑別人的失敗呢？從前的歌舞伎就深知發噱的奧妙，演出時經常齊聲重複這樣的台詞：

「我們一起笑吧，哈、哈、哈、哈、哈……」

我覺得，那些看見少年的豬排滑出盤外而沒有笑出聲的老貴族們，是很可憐的人，因為後天的教養和禮教，壓抑了他們自然的本性。

當我們看到有人在冬天的雪地上跌倒，或者有人拚命追趕著被強風吹落的帽子時，為此而開懷大笑，會讓我們覺得自己與世界是共同脈動的；我甚至覺得，與世界各國的交流並非人類的普遍情感，反而是這種天真略帶嘲弄的哄笑。

蘇聯和中共這樣的共產國家，一點也不可愛。因為他們只會板著臉孔，強調要讓全人類的（無產階級）團結起來云云，自己卻沒有任何實際作為。

如果這樣的國家，若在全世界注目下演出「丟人現眼」的戲碼，肯定會受到熱烈的歡迎，只可惜，直到現在他們還不曾露出「慘衰的表情」。試想，倘若哪天，毛澤東忽然出現在紐約搭乘地下鐵的時候，竟然沒察覺自己的褲子後頭破了個大洞，引起同車乘客的哄笑，這對世界和平是多大的貢獻啊！

我最討厭看到這種「權威領袖」的「寬容式」的微笑與表情；我相信，一切的友情皆源自於彼此的嘲笑。例如：

「什麼？你居然被女朋友給甩啦？你真是頭笨驢啊！你就是因為笨頭呆腦，才追不到女朋友！」

儘管說者嘲笑得幾乎快掉下眼淚，但這才是真正的朋友。

戰爭期間，有個日本女子看見美國俘虜同情地說了句「好可憐喔！」，結果引起軒然大波，但我認為這種不帶嘲笑的感傷性的同情，與好戰主義只有一線之隔。因為人們無法抒懷嘲笑，所以才引發戰端；又好比西方中古時代的武士受到嘲笑就要找人決鬥那樣，究竟沒擺脫野蠻人的氣息。

據說，古希臘的喜劇作家阿里斯托芬，在其作品《雲》之中，把蘇格拉底的形象挖苦得體無完膚，坐在台下觀賞此劇的蘇格拉底，非但未因此而火冒三丈，反而對自己被扮成滑稽的丑角，看得哈哈大笑。由此看來，蘇格拉底最懂得苦中作樂的哲理，這才是真正智者的快樂。不像時下的知識分子，被人譏笑沒有學問，就要羞愧得無地自容，死抱著無謂的「自尊心」。

如果有人問起：「你敢嘲笑一個因事業失敗而背負億萬債務的可憐人嗎？」

我會果斷地說：當然可以笑。

你不妨這樣想，在這世間再怎麼嚴肅凝重的事情，都可以發笑看待的，就算「自殺」這檔事，也可以成為大笑特笑的材料。比如，哪天小說家永井荷風抱著三千萬日圓橫死街頭，在路人看來也是很好笑的。

想到這裡，被人取笑根本不是什麼大不了的事情。

因此，當我們看到別人「糗態百出」的時候，應當暢快地大笑才是。

誰曉得

如果有人問我，你最喜歡哪個英文句子時，我大概會回答：「Who knows？」

這句話看似簡單，卻很不容易翻譯出來，直譯的意思為：「誰會知道」。不過，只做字面迻譯，實在太單調平凡，因為它還有「天知、地知、我知」的弦外之音。

例如，有個小孩趁著爸爸和媽媽接吻的時候，偷偷地站上小矮凳，打開櫥櫃裡的糖果盒，抓了一把甜點，然後露出若無其事的表情，在心裡對自己說：「Who knows？」

這句話真有意思。比如，有隻貓剛從廚房偷吃了一條魚，來到簷廊下曬太陽，接著若無其事地擦乾抹淨，就是「Who knows？」的最佳體現。

丈夫藉口公司聚餐，卻與打字小姐相偕去洗溫泉，算準恰當時間之後，一派悠閒回到妻子的身旁說，「哎，男人的應酬真是難搞呀！」這也是一種「Who knows？」。

有個男子在郊區的酒吧，看準年輕女孩想往電影界發展，便對她灌迷湯說：「我是電影圈的人，妳長得很漂亮，如果願意的話，我有辦法幫妳介紹製作人喔。」就此把對方騙到床上，這也是一種「Who knows？」

趁著丈夫外出不在家，太太繫著圍裙手提菜籃，佯稱出門買蔥買菜，卻跟年輕小伙子到旅館開房間，然後慌張地趕回家，若無其事地烹煮晚飯，這也是「Who knows？」

由此看來，世間百態都可以納入「Who knows？」這句話之中，現今的都會生活正是個「Who Knows時代」。

比如，在皇太子的婚宴上，偷偷摸走巧克力的代議士，其行為就是「Who knows？」的佳例。其他，像強盜殺人劫財等犯罪案件，由於不容易破案，亦可適用「Who knows？」的僥倖心理。

儘管不到殺人搶劫那麼嚴重，比如，在餐飲店偷走裝胡椒粉的瓶子，或在飯店摸走煙灰缸，這些都可用「Who knows？」來形容。

雖說情況不像搶劫那麼嚴重，例如，在冰品店摸走附蓋的小缽，或是在飯店裡偷走煙灰缸，都算是「Who knows？」的行徑。至於前陣子在銀座的餐館內，有客人卸走一片拉門的奇談，則是手法高超的「Who knows？」類別。

我是旅居紐約的時候，開始迷上「Who knows？」這個英文句子的。美國人喜歡吐舌擠眼扮鬼臉，用淘氣的口吻說這句話時，那絕妙的神情韻味，日本人絕對做不出來。

仔細想來，我迷上這句話有其原因。因為旅居美國那段期間，我已經徹底體會此話的含義。眾所周知，在日本的報章媒體上，輕易就能夠看見作家的肖像，可說是過度曝光了。其實，作家的長相如何並不重要，但有時偏偏卻得露臉來宣傳。正因為如此，使我們無法充分享受這句話的快感。電影明星姑且不論，我們寫小說的作家必須外出蒐集材料，如果「Everyone knows」的話，舉止投足便會被評頭論足。這樣一來，小說家便沒有自由可言了。換句話說，倘若（永井）荷風先生當初被認出「作家身分」的話，恐怕就寫不出《濹東綺譚》那樣的名作了。

正如前述，「Who knows？」這句話，是我旅居國外期間體會得到的。我一直很憧憬過著尋常的生活，如同日本大部分的上班族（在美國可能占所有上班族的百分之九十九）那樣，倘若我在日本能夠展開這種生活，不知該有多麼快活啊！

話說回來，「Who knows？」畢竟是句英文，不是日本的思維產物。在西方人的意識之中，與此相對的即為「神知道」。也就是說，「神知道一切」而「人無法知道彼此」。「Who knows？」的真意正在於此。從基督教徒來說，至少對美國的清教徒而言，「自己知道」等於「神已知道」。

幸好，在我們這個信仰八百萬神的國家，許多事情連神也無法知道，如同歌舞伎名作《與三郎和阿富》，與三郎日後巧遇劫難未死的情婦阿富時，說的那句台詞：「連釋迦（牟尼）也不知道啊！」

由此看來，「人知」與「神知」是截然不同的兩回事。因此，只有日本的「Who knows？」才是最單純而絕對的「Who knows？」，因為根本沒有人知道。甚至有些時候連當事人都渾然不知。其實，這種情形與發瘋只有半步之遙，如同失神的夢遊患者。

大都市總是把現代人形塑成沒有符號的群體，其實，A太郎與B夫只是稱呼不同，本質上沒什麼差異。而且，他們又不知彼此的來歷和身分，這情形如同上述那附蓋的小缽被誰偷走，根本無人知曉。

所以，當你被追問自己是誰的時候，只會愈來愈搞不清，這如同你知道是誰把那只小缽帶來的嗎？不，你就算事跡敗露，你又知道是誰把它拿走的嗎？沒錯，事情就是這樣……。或許你也弄不清自己到底是誰。這就是「Who knows？」的盡頭，而這種捉迷藏似的「迷糊仗」，……正是當今日本的現狀。

古希臘有句名言：「認識你自己」，這句話頗具哲理意涵。不過，你若把它引申到，既然認識自己是如此困難，別人對自己的所作所為就更無從知道的話，這已經是徹底的自暴自棄了。而「Who knows？」走到這種地步，接下來也只有搶劫殺人了。

在我看來，「Who knows？」這句話，應該用在為了「認識你自己」上。正如上述，當你自恃偷走那只小缽也沒人知道之時，就表示你已經承認自己的犯行了。這樣想來，確實是可怕的事情，向人求救也不會有人馳援。然而，這時候卻可以讓你開始

「認識自己」。所以，那些貪汙卻還說「Who knows？」的人，應當藉此機會「認識自己」。

不必尊敬小說家

近年來，小說家變得恃才傲物起來。那或許是因為收入增加，所以自認為比家中的父親更偉大。在當今的社會上，無論是棒球選手或電影演員、流行歌手，都被捧為現代英雄。但是這類英雄，與其說是受人尊敬，不如說他們受到喜愛來得貼切。如果從這角度來看，小說家同時獲得兩此殊榮，確實很值得景仰。

然而，細心探究小說家為什麼受到尊敬，卻可發現其理由站不住腳。

在此，我將逐一地來解析讀者尊敬小說家的病態心理。

（一）A小姐說：

「小說家和棒球選手以及電影演員不同，他們不但具備外語能力，又很有學問，值得把他們視為學者來尊敬。」

對此，我這樣回答：

「噢，是這樣的嗎？不過，我認為學者和小說家，乍看下像共產黨與社會黨，他們有相似之處，但畢竟有所不同。在明治時代，的確出現過既是卓越的學者，又是傑出小說家的人物。儘管如此，卻不能說出色的學者，必然就是偉大的小說家。它們之間沒有必然的因果關係。這好比一名能幹的外交官，同樣可以當偉大的詩人一樣，兩者之間並不衝突。

通常，一位從大學文學系畢業的人，只要他不太怠惰偷懶，懂得兩種外語是很正常，若因此就把他們奉為學者，我可大大不苟同。以前，小說家在學術上常有新見解，或是通過博士論文……等，但是現今的小說家可沒這種閒功夫呢。他們在撰寫言情小說之餘，頂多介紹新出版的外國書訊，偽裝成知識分子的模樣而已。」

（二）B小姐說：

「至少小說家算是知識分子，所以值得尊敬。」

我回答：

「妳這種說法有什麼根據？知識與小說有什麼關連？對小說家而言，知識只能說是小說題材的一部分；如同壽司店家在解釋食材，聽了那些講解也沒多大用處，充其量只證明他是壽司行家。

江戶時代的歌舞伎作家們，在道聽塗說之中，早已具備寫劇本所需的知識；

已故的新劇導演青山杉作先生，經常將供自身導演的知識稱為『錦囊』。這個『錦囊』中裝有『十五世紀的決鬥方式』、或『希臘東正教徒如何比劃十字』等，一般人無法了解的知識。如果這種人可稱為知識分子，那些連女性服飾樣式都毫無所悉的現代小說家，可不配這種資格。

倘若能夠快速吸收世界的新思潮，懷抱『先天下之憂而憂』的情操，預測文明未來的人，就是知識分子的話，那世界恐怕再沒有什麼新觀念可言了。畢竟，自高島象山[1]之後，再也沒出現這樣的高人了。以現今輕浮的日本小說家來說，誰有資格被稱為知識分子呢？這點只要各位稍加細想就會明白。

再者，現代與明治時代不同，新知識已不再是少數知識分子的專利品，毋寧說民眾都能共有它。」

（三）C小姐說：

「起碼小說家的人品高尚值得大家尊敬吧？」

對此我的答覆是：

「那妳就大錯特錯啦！現今的小說家看似品德高尚，其實全是媒體過度吹捧

1 高島象山（1886-1959），大正至昭和時期的易學大師，著有《高島易斷》。

出來，讓他們沒機會做壞事罷了。從這角度來看，那些『被迫成為模範者』的電影演員，或許還比小說家更高尚。只是電影演員在螢幕裡飾演做奸犯科的角色，很難被視為高尚的人。反觀小說家在小說中做了壞事，只要能夠巧妙地自我脫身，照樣可以博得高尚情操的虛名。這就是小說家的狡猾之處，也是他們的悲哀，因為社會上沒有人會把他們視為壞蛋。在自然主義風潮的時代裡，許多作家甚至以被視為豺狼而自豪。

有一次，里見弴先生[2]參加電視《推理機智問答》節目，當他得知謎底——凶嫌竟然是一名畫家時，極為憤慨地說：『藝術家絕不可能犯下這種勾當，真是豈有此理！』事實上，法國詩人蘭波和魏爾倫[3]就曾經犯下傷害事件，而且在魏爾倫入獄期間，蘭波還將魏爾倫的東西全部變賣；塞涅卡和拜倫也曾挪用公款；詩人維庸更是知名的小偷。

我寧可相信托瑪斯・曼在中篇小說〈托尼奧・克勒德爾〉中提及那段話：『……要想成為一個作家，就必須在某種監獄裡住過。……可是，一個沒有犯過罪，無可非議和循規蹈矩的銀行家寫小說，卻從來沒有過呀……』」

（四）D小姐說：

「小說家的生活經歷都很豐富吧？他可以給我們這些涉世未深的人，指引人生的方向，作為心靈導師，值得我們尊敬。」

我反駁：

「妳真是笨哪！我們為什麼要求助別人來決定自己的人生目標呢？妳可要留意，免得受騙。坦白地說，與其向報紙投書尋求指點迷津，倒不如由白文鳥啣籤卜卦來得可靠。生命的意義不能做簡單的量化。每個人的人生只有一次。一個跟三千人談過戀愛的人，未必比只談過一次戀愛的人懂得更多。這就是人生的奧妙所在。

如果你認為小說家比別人更透澈人生、為人導航的話，這根本就是盲信！其實，小說家本身就泅游在人生的汪洋中，他們好不容易抓住一片浮木，稍作喘息的模樣，就是他們寫小說的真實窘境。因此，小說家可以為人指點迷津的答案只有一個，那就是：你也寫小說吧！問題是，寫小說需要才華，並不是每個人都能寫。所以，這答案根本沒有任何價值。

因此，當妳遇見一個煞有介事可以為別人解惑的老師時，可千萬要謹慎小心啊！」

2 小說家，有島武郎之弟。作品擅長心理描寫，人物對話巧妙，著有長篇小說《多情佛心》、《安城家兄弟》等。

3 兩人為巴黎詩壇著名的同性情侶，魏爾倫甚至為了蘭波而離開他的妻兒，兩人私奔至倫敦，同居生活揮霍而放任。一八七三年兩人在布魯塞爾火車站發生激烈的爭吵，隨後魏爾倫用槍打傷了蘭波的手腕，因而被捕入獄兩年。

（五）E小姐說：

「我還是尊敬有才華的小說家。」

我這樣回答：

「這是妳的自由。正如妳可以喜歡上一隻大聲聒噪、羽色鮮艷的鸚鵡，這完全是個人喜好的問題，我才懶得搭理。」

Oh Yes!

一九五七年，我曾受邀到美國某大學的美籍教授家中共進晚餐，在日籍的客人之中，只有我和一名在當地大學擔任校長的老先生而已。

這位老先生當然是個大學者，只是他的英語會話不大靈光。不過，我再三強調，英語會話能力的優劣不能用來評定一個人身分的高低。

這位老校長很有風采宛如安哥拉貓般。他的膚色黝黑，端坐在大學校長室的鬆軟舊椅子上，給人溫馴老貓似的印象。校長幾乎不說英文，為了彌補不說英文的尷尬氣氛，他裝出在日本國內少見的親切表情。美籍教授們顯然很敬重這位校長，不僅帶自己的孫子過來與校長握手，還用巧妙的美國社交辭令說：

「這孩子能跟大學的校長握手，是何等榮幸啊！我一輩子也不會忘記這份光榮。」

美籍教授們與校長東聊西談，這時校長總是滿面笑容，他所能回答的只有這句：

「Oh Yes!」

Oh Yes! 微笑。Oh Yes! 微笑。……我在一旁看著，對他旺盛的服務精神感到欽佩。

在任何派對宴會上，總有話題中斷的場面。據說，某些國家將這情況稱為「有天使經過」，現在，正是天使經過的時刻了。問題是，在席間懂日語的只有老校長和我二人。

或許，他覺得我還是個毛頭小子，與我談話有損他的顏面，相互介紹之後，便裝出對我漠不關心的樣子。然而，他終於壓抑不住想講日語的衝動，突然轉身對我說：

「喂，平常你都在寫些什麼？」

這句話使我感到措手不及。在明治時代的小說中，經常出現基層警察用這種口氣說話。我甚少遇到初次見面的人用這種語氣問話，而且帶著質問的意味。我不懂得他的意思，於是問道：

「你說什麼？」

話畢，另一位美國人立刻接過話柄，快嘴快舌地向校長搭話。這時，老校長登時轉身看去，堆著謙沖的笑臉說：「Oh Yes! Oh Yes!」

接下來的對話，由校長一人分飾兩角，展現其雙面才能。

校長：「我是問你，都寫什麼樣的書？在寫論文嗎？」

我回答：「嗯，你說的論文是……」

美國人：「嘰哩呱啦……」

只見校長頻頻地說：「Oh Yes! Oh Yes!」滿臉陪笑。

我說：「我不寫論文。」

校長：「噢，那麼是寫文學評論囉。」
美國人：「嘰哩呱啦……」
校長自始至終重複著：「Oh Yes! Oh Yes!」然後微笑以對。
我說：「我是在寫小說。」
校長：「寫小說？噢，原來是這樣。」接著，他向那美國人說：「Oh Yes! Oh Yes!」又是滿臉堆笑。
從那以後，他那句「Oh Yes!」就深深烙印在我的腦海中。

不久前，我又得著機會重溫那久違的「Oh Yes!」。

話說我的舊識，他在美國留學七年後回國。他的英文能力很強，在聽、說、讀、寫方面，都比日語來得流利。他回到家裡便打電話給叔叔，他叔叔在閒談中提及「混浴」的事情，他想了很久實在想不出「混浴」（共浴）究竟何意，連問了幾次而挨罵。這也難怪，畢竟七年來他都待在美國，怎會知道「共浴」的意思呢？

我覺得他是個可愛的人，沒有絲毫的矯飾，說話當中雖然不時也會穿插「Oh Yes!」，不過他說的「Oh Yes!」與前述老校長的角度不同，至少來得深刻自然。

某位電影女明星出國幾個月回來，在機場回答記者的採訪時，由於以美式風格回答：「Hum Hum」而遭受抨擊。我有個在外商公司上班的朋友，他每次不小心撞到手肘或被打，總要來句：「Ouch!」

我不禁懷疑，他們真的非使用外國語不可嗎？有些人總喜歡賣弄言詞，例如曾在某個座談會上，講德語的學者這樣說：「提到狄爾泰的美學論述，亦即結合生活上的各種類型，使之還原為生命的本真。」

這樣的發言，令人摸不著頭緒！

我們再將話題回到前面那位校長身上。只會在日本人面前神氣自現，遇到外國人時便卑躬哈腰，這種欺內懼外的怪現象，自明治初年的口譯員開始，直至戰後美國占領時期的部分日本人身上都找得到。後來，態度卻又為之丕變，把外國人看野獸，動輒就要消滅洋鬼子，呈現歇斯底里的症狀，進而自我膨脹地將日本看成是世界的主宰，妄想日本即打不敗的神國。

對日本人而言，以不卑不亢的態度與外國人互動，似乎是相當困難的事情。尤其對都市裡的舊知識分子更是不容易，反而是農漁民們可以輕鬆自若地與外國人打交道。

日本人的卑屈程度與虛張聲勢，早已令人厭惡到無話可說。其中，最令人不敢苟同的是，在日本，像前面提及的那種所謂舊派高級知識分子的大學校長，何其之多！不，毋寧說，對外國懷有自卑情結的舊世代當中，多半是傑出的學者、人格高尚的人、大道德家居多。如同英語會話能力與對那些人的評價無關，同樣地，亦不能把動輒說出「Oh Yes!」的習慣態度，將所有日本人全打上媚外欺內的烙印。例如，一個阻街妓女，她的英語會話可能比這位校長流利許多，但並不能因此就說，她比大學校長更成就非凡。

我要強調的是，我們不能以頭銜來評斷一個人的價值。現今，日本的年輕人看似已走入國際潮流，可以輕鬆與外國人交友，有時也以英語吵架，對外國人不再卑躬屈膝，對日本人不再傲慢，但不能憑此就說日本人已找到真正的自信了。

如果，有人認為懷有自卑感的日本人較為勤奮，更能留下卓越的成就，我倒擔心他們「Oh Yes!」得意忘形起來。換句話說，日本人只要苦下功夫，有所作為的話，外國人和同席的年輕人如何看待你，一點也不重要吧？

桃色的定義

我原本打算以「猥褻的定義」作為此文的題目，但又覺得這樣有失格調，擔心引起讀者的過度聯想，因此決定改為這妥當的篇名。坦白說，「桃色」這個概念並不明確。在這講座的文章中，我要究明的是何謂「猥褻」，於此同時，不僅一般讀者，我更希望管控媒體出版的相關單位批閱一下。

在我過去的閱讀經驗之中，法國存在主義哲學家沙特對於「猥褻」的定義，最為明確透澈，可說無人能出其右。

沙特在其代表巨著《存在與虛無》中提到關於猥褻的部分，由於與其整個哲學體系相關，很不容易以三言兩語說清楚。大致而言，他將人的品味分成「好的品味」和「沒有品味」兩種，而猥褻便是屬於後者。

「好的品味」是指人的身體的每一項行為，都是朝向目標前進，並使所有行為符合目標。而且，由別人看來，其難以預知的想法是深藏在心裡的。在他努力向著未來邁進之際，未來之光也已照耀在他身上了。

「好的品味的構成要素是，自由與必然性之間所連結的動態。」

「在好的品味中，身體是展現自由的工具。」

舉例來說，女運動員露在運動服之外的腿部和手部，或者芭蕾舞者裸露的背部，這些都與猥褻無關。身體表現出來的是自由，而男性在看它時，會覺得不應冒犯。

沙特在這個理論中所強調的是猥褻和自由的反向關係。他認為最猥褻的肉體，就是被性虐待狂以繩索捆縛住，並且貪婪欣賞的肉體。因為此時性虐待狂盯視的是，一具被剝奪了自由的軀體。

當「好的品味」的構成要素之一受到阻撓而無法呈現出來時，就是「沒有品味」的狀態了。例如機械式的運動動作，或是在運動過程中有了失誤。當芭蕾舞者忘記舞步，只好在那個小節左右來回搖擺身體以試圖掩飾；或在舞台上絆了一跤，不慎跌倒了。此時，這位芭蕾舞者的身體不再自由，而是突然呈現出沒有行為能力，只剩下肉體的真實狀態，亦即，「在我們的面前裸露出自身的真實狀態」。這時候，「猥褻」就應時而生了——絆倒在舞台上的芭蕾舞者露出來的臀部，頓時成了猥褻物。

沙特又舉例說明，當一個人在行走時，臀部會不由自主地左右晃動，而兩條腿當然也隨著動作，但因為臀部像是一個被兩腿搬運帶動的物體，所以被正在步行的身體當成「多餘之物」而視為一個獨立的個體，於是，此時的臀部是猥褻的。

對於沙特的說明，最令我感到興趣的是，當一個人看到對方的臀部而不會勾起性欲，在不誘發其性欲的狀況下，於他的面前裸露出來的臀部，尤其猥褻。

這個觀點與一般道德家對於猥褻的想法截然相反。沙特把猥褻定義為一種無法誘發真正強烈的性感受，或是衰弱而無活力的東西。

而猥褻的真正意涵是，如同你看到有個人在你面前摔倒且整個屁股都露了出來，就是這種出乎意外的、瞬間的，在不該看到的地方看到不該看的東西。而刻意利用這種意外效果做出的創作，就稱為褻物和猥文。請各位特別留意，許多黃色書刊在描寫性行為時，經常將其場景安排在令人意想不到的地點。比如，在寂靜的森林裡，或是在大白天裡很容易被人看到的二樓房間。

在這層意義下，像《查泰萊夫人的情人》那樣，沒有加工的意外性，一切應有的描述都在應有的地方鋪陳展開的小說，實在不該被批評成內容猥褻。若以方才的例子來比喻，這部小說描寫的只是正在跳舞的芭蕾舞者，而不是鎖定在那位芭蕾舞者的臀部上。

沙特想要表達的就是這個意念。

假設有個人此時以完全沒想到性欲的心境，從二樓眺望著夏日黃昏的天空，在不經意間把目光移向了鄰居的庭院。在院子的中間，似乎擺著一只白色的陶瓷花瓶。

「咦？怎麼會把這麼大支花瓶放在這麼奇怪的地方呢？該不會是名貴的李朝瓷壺[1]吧？」

他再定睛細瞧，原來那是一個躲在盆栽下面沖澡的女生露出來的臀部。他心想：

「哈哈，原來是臀部呀！」這時候，他還不曉得那是小女孩的臀部，或是成人女子的臀部，而且腦海裡也還留有李朝白瓷的印象。

幾秒後，他馬上肯定了那是成人女子的臀部，也發現那位女子正在沖澡！而且這女子竟是不覺羞恥地在院子裡淋浴，而且很可能對於他正在二樓把一切盡收眼底毫不知情。他感到極度驚訝與震撼，連做夢都沒想過，居然會在那種地方看到女人的裸體！這種情況就叫做猥褻。

假如從今而後，他一味渴求再次看到相同情況下的裸露臀部，就可以說他變得一味渴求猥褻之物。因為他並不是被人類身體的自由行動引燃熊熊慾火，而只是渴望一個真實而不具行為的臀部而已。

如果再說得通俗一些，在認同對方人格的情況下所產生的性欲不算猥褻，若僅僅是對與人格分別看待的肉體產生的性欲，那就稱為猥褻。因此，猥褻是一種意念性的，而不猥褻是屬於行動性的。

令人遺憾的是，在理想狀態下，人類的行動應該完全抽離猥褻，只依據純粹的性欲採取行動，然而在現代文明中，這是求之不得的。而且不僅是處於現代文明下的人類，即便是在古代的文明發達之處，猥褻亦必定伴隨而來。

1 朝鮮王朝／李氏朝鮮，或簡稱為李朝（1392-1910）。該時期研發出獨具特色的朝鮮白瓷。

為了要收拾這種混亂的狀態，於是基督教提倡了「愛」的教義，試圖把「猥褻」和真正的「愛」嚴格區分開來，但可悲的是，從猥褻中被切割開來的愛，其原本相依相生的性欲也跟著消失了。於是，猥褻就成為「得不到愛的性欲」和「沒有欲望的性欲」這些文明病的別稱了。

性欲的神經衰弱

看看最近的電影和雜誌內容，不禁令我覺得現在是個「色情狂」的時代。隨著夏天的腳步接近，人們衣著的暴露程度愈趨大膽。倘若光看一些電影和雜誌，甚至會讓人誤以為全日本的一億國民都充滿性幻想，就連性幻想程度沒那麼嚴重的人，都忍不住懷疑自己才是不正常的呢。

每當想到這件事情，我總會連帶想起一個例子。有個男人曾經坦承，他向來體力充沛，性欲也較一般人旺盛，唯獨在從軍的那一年，不曾產生過絲毫性衝動。新兵入伍的他成天接受嚴苛的磨練，等到爬上床時，已經累得只想呼呼大睡，過了一整年根本忘了性衝動這檔子事的生活。不過，我要補充說明的是，這個男人的血型是O型，個性大而化之，平常也不太用腦筋。

與之對照的另一個例子是，某位自美國學成歸國的社會學者，在一場座談會結束後的閒聊時提到：「美國的都市生活對人的末梢神經過度刺激，使得末梢神經的感覺愈來愈遲鈍。到最後，這種人會變成連看到霓虹燈，也會挑起他的性衝動。」

這番見解聽得我們一頭霧水。忽然，在場的其中一人打開了窗戶，指著對面大樓屋頂上色彩強烈的閃爍霓虹燈，露骨地問他：

「你自己呢？你現在看到那個，有沒有感到性衝動啊？」

那位看似文弱、戴著深度近視眼鏡的社會學者，抬頭朝霓虹燈瞥去一眼，嘴裡囁嚅了幾聲以後，就保持沉默了。

這兩個例子呈現的是現代人的性欲的兩種極端。

在漫畫裡常描繪的題材是，一個男人和一個美女漂流到無人島上，兩人就會在島上肆無忌憚地拚命做愛，可我總覺得這樣的情節發展不大合理。現代人的性欲，不僅需要肉體上的刺激，也必須有意念上的刺激，但是在無人島上卻不會有意念的刺激。但如果每星期都有週刊雜誌遠從東京運到這座無人島來，那情況就大不相同了。

從上一場講座提到的見解「意念是猥褻的根源」這個角度看來，在無人島上不會誘發出新的意念，即便是和絕世美女朝夕相處也無濟於事！

前面提到的兩個例子所處的生活環境，一個是根本無暇接受意念刺激的，一個是只有意念刺激的，兩者正好互成對比。

只要讀過森鷗外大師的名作《性生活史》的人，都會對小說中淡泊的性生活感到驚訝。在這個故事裡，出現許多性格各異的人物。通常由於女人緣太好而導致身敗名裂的，多是美男子，可是《性生活史》的主角金井湛的長相並不瀟灑，性欲也不強烈，因此故事是以輕緩的筆調，描述其平淡的性生活，就像一幅淡彩的水彩畫一般。當然，寫下這部作品的森鷗外十分自豪地認為：「大抵而言，身心健全且是知識分子的日本人，其性生活泰半如此。像那些模仿國外乾柴烈火般濃情蜜意的小說，只是誇張的自然主義的醜女效顰罷了。」

讀完這部小說以後，可以了解到森鷗外是一位非常厭惡「猥褻」的人。所謂「猥褻」是接受到意念刺激之後，性欲不正常地膨脹或凝結的狀態。森鷗外不認同這是真正的性欲，也早就看穿了自然主義小說中最具特色的意念性性欲的謬假。換句話說，他必然已經識破那些俯拾可見的腥羶報導，諸如「受到瘋狂的本能糾纏」、「男人赤裸裸的獸慾真貌」、「人如獸般的猛烈愛欲」等等，全都只是杜撰的文字，甚至可以說他已洞悉了人類羸弱的另一面。

我們在生活中都有過這樣的經驗，當精神過於疲勞的時候，性欲反而會亢進。如果有人把這種狀態誤認為「強烈的原始性欲」或者「本能的衝動」，那些人的腦筋恐怕是有問題的。因為，這毋寧說是距離本能最遙遠的狀態。

假設有個睡眠不足的職員遭到上司責罵，為了抒解煩鬱的心情而隨意走進一家小鋼珠店，可愈是在這種倒楣的時刻，他所打的機台偏偏連一顆小鋼珠也沒能吐出來，於是他煩躁地起身回家。途中，他在車站的販賣鋪裡瞧見印有粉紅色裸體照片封面的雜誌，頓時感到心猿意馬起來，也就是從煩躁不安經由化學變化後，進展為心猿意馬。這個過程到底和「男性猶如太陽般強烈的原始性欲」有什麼相關呢？這恐怕僅僅是大腦的一隅，產生如迷幻藥般若有似無的幻想作用而已。如果這個職員此時掏出三十圓買下那本雜誌，也只是讓這個廣大世界裡的某個人賺得一點蠅頭小利罷了。

現代人不甘於只被動地接受外界意念的刺激，而要積極主動去創造刺激，否則當意念的刺激之泉枯竭時，性欲也會跟著乾涸，或至少有乾涸之虞，因此說什麼也絕不能讓刺激的泉源乾枯。這種惡性循環煽動了現代的色情狂風潮，到了這種地步，這已經是屬於某種神經衰弱了。

那麼，健康的本能、健康的性欲又是怎樣的呢？

我覺得至少那是和裸體照片、露骨的性愛報導、「被奪走貞操的處女的自白」、情色劍俠小說、或者電影裡長達二十分鐘的床戲畫面等等刺激，所挑逗出來的反應是不同的。

例如在某個夏日，強烈的陽光射入一座森林裡。有個年輕的伐木工完全忘卻了性欲，揮汗如雨地辛勤工作。砍伐告一段落時，他倚著樹墩坐下來休息，伸手抹去汗水。一陣涼爽的微風吹過了林蔭間，把他胸前和背上的汗水全都吹乾了，那種舒暢的感覺真是無與倫比。這時，他抬眼望向燦爛的陽光在枝葉的邊緣勾灑出一圈的金亮，長長吸了一口氣。原本完全放空的他，突然感到從身體的深處源源湧出一股力量。他並非想起女人，眼前也沒出現赤裸的女子。即使他並沒有情人也無妨。只是這清晰鮮明的幻影，讓他頓時想要擁抱這個光明燦爛的世界，想要擁抱整座翠綠盎然的森林。——以上或許只是一則故事片段，可我認為，這才是真正的性欲，這才是真正的本能！其他的即使說是假象也不為過。

常聽到有些染有毒癮、專靠女人吃飯的流氓，會到上野車站拐騙一些離家出走的女孩，等到自己玩弄夠了以後，再賣給妓女戶的故事。在我聽來，這完全是「已然衰弱的性欲的可悲故事」。但是有不少尚有健康性欲的青少年，卻把這種情況誤認成「威猛而赤裸的獸慾」。

倘若這是真正的「威猛而赤裸的獸慾」，我覺得也挺不錯的，就連我也想擁有。可是，這些假象再也無法蒙蔽我了。現代人其性欲的神經衰弱的根本問題在於，他們基於好面子和虛榮，以及層層誤解，錯把「衰滅」當成了「衰滅的相反」。

服務精神

已故作家永井荷風，素來以不喜與人打交道而聞名。但是聽說當他遇到人的時候，還是會堆出滿臉笑容，和善地與人交談。這種情形，一般稱之為「都市人的軟弱」。就連某位被譽為文豪的大師，當我和他見面時，他的鄭重其事幾乎令我不敢當，甚至曾在某次聚會中，他還特地為我把外套從椅子上拿起來給我。當我們和一些被形容為傲視群倫的人近距離相處時，有時會訝異地發現他們身段其實極為柔軟。若把這樣的例子統計一下，會發現他們的出身以都市人居多。像吉田茂先生的故鄉雖在較為偏遠的四國，可是他的作風也屬於這類的都市人。

當然，都市人的這種「軟弱」，或稱身段柔軟抑或服務精神，是從孩提時期開始接受的社會適應訓練的體現，也是利己主義下的自我防衛本能的表現，甚至可以看做是莫名恐懼感的呈現。對人的恐懼感，就潛藏在所有討厭與人相處者的內心深處。

相反地，那些個性純樸、心地善良的鄉下人，很容易相信別人和自己一樣善良。可是這些人卻多是表情冷漠而且極度無禮的人，連對初次見面的人，也是趾高氣昂地打招呼，以威壓的口吻與對方交談。這是為什麼呢？

從孩童到少年時代都生長在美麗大自然懷抱中的人，基本上不懂得人類的可怕。即使等他們長大徹底了解到人類社會的恐怖之後，仍有不少人依舊願意相信人性的良善，而「相信人性良善」與「表情冷漠」，恰是一體兩面。

住在鄉下的孩子們過的每一天是，爬到樹上摘柿子、跳到清澈的溪裡游泳、奔馳在山脊上玩打仗遊戲……。在這樣的生活中，他們透過領導者和服從者的角色分配，自然而然學習到社會生活與生存競爭，而無須像都市裡的小孩那樣，從小就學會察言觀色。

對都市小孩來說，學會看大人的臉色，不只是為了滿足想多吃糖果餅乾的欲望，就連想玩戰爭遊戲、傳接球、去游泳池游泳，也都需要徵得大人的同意。因為都市小孩的玩耍空間，不同於自然界中的原野、大海和丘陵，而是位在大人的活動空間之中，所以必須向握有空間使用權的大人申請借用。

然而，當都市小孩經由這樣的學習，不斷精進其對大人施展的外交技術，但這只是一種弱者的諂媚。這種乞求的過程等到他們進入少年時代以後，卻成了他們自我厭惡的原因，導致他們會盲目地反抗大人與社會的行為。追根究柢，這些反抗終究仍是諂媚與撒嬌的反面。

都市人從小就從學會這些道理：

「不可以傷害別人喔，否則就會遭到報復。要是傷害了別人，自己也會受到傷害。

如果尊敬別人、信賴別人、相信別人的善意，一定會遭到背叛而吃虧的呀。即使是自己的父母，也是廣義上的大人，要是被父愛、母愛這些美麗的詞藻欺矇了，後果將不堪設想，一定要隨時自我警惕才行；兄弟姊妹更是不能輕信，老哥、老姊簡直就和禽獸沒兩樣；對於叔伯嬸姨那些傢伙，可千萬不能大意。學校的老師是父母的間諜，父母是學校老師的眼線。對我甜言蜜語、想要親近我的大人，全都是心懷鬼胎的傢伙，而且他們的自尊心格外強烈。

如果不想尊敬別人、信賴別人、相信別人的善意，那就只剩下維持友好關係這條路可走了。我非得在十歲時就開始扮演大外交官。表面上佯裝對別人十分尊敬、信賴、相信他的善意，但是絕不能忘記，那僅限於當場而已。而且，不可為了無聊的小事傷其對方的心靈，必須盡量溫柔地安撫，讓他帶著愉快的心情回家。

等到我逐漸長大以後，就該停止對大人那八面玲瓏的外交手段。雖然短時間內會吃些小虧，但若再這樣下去，只會降低自己的身價而已。我必須使用策略，讓對方產生自己享有特權的錯覺。為了順利達成這個目的，我得先在自己的周圍架起堅固的柵欄，只對合法進入柵欄裡的人露出笑容，而且那笑容必須令其備感溫暖才行。

這種待人的態度，必須盡量做得不公平、任性與不合理。這麼一來，才能證明我的笑容不是為了迎合特定人選，而是我的性格使然，這將使我的身價水漲船高。

還有，我不可以只對位高權重者展現笑容，必須同時對大人物和大傻瓜露出微笑。傻瓜會輕易相信別人，也很容易感激別人，所以會四處宣傳我給予的善意，使得看過我的笑容的大人物，也不得不推翻自己的特權意識，不再認為我是因其身分地位才對他微笑的。這一點非常重要。

透過這些運作，我能夠同時享有貴族層級的好評與民主層面的讚譽。這兩方面的評價缺一不可。

雖然得經常忍受傻瓜的愚笨，但他們是極具利用價值的。忍受傻瓜的耐心，也是我必須歷練的功課之一。」

年僅十歲的「外交官」，就這樣在城市裡不知不覺地學習到政治哲學。照這樣再過數十年以後，他們就會成為永井荷風和吉田茂那樣的人物。這一切都該歸因於「都市人的軟弱」嗎？

就某層意義而言，這確實是出於軟弱。因為都市人並非深諳政治哲學，才會對人展現笑容，而是只要遇到人，就幾乎是下意識地、無法抗拒地，不自覺地露出了笑容。於是在不知不覺中，他們拋開了嚴肅的政治哲學，習慣性地惹人發笑，自己也跟著笑，輕鬆愉快且游刃有餘。等到某一天突然醒悟過來，頓時對自己過度的服務精神感到厭惡，真想對全地球的人都擺出臭臉，可一旦見到人以後，就會破功又堆出笑臉，只好把房門關起來，自己一個人躲在裡面。

對不喜歡的東西就說不喜歡、看到笨蛋就毫不客氣地叫他笨蛋、覺得無聊時就打個大呵欠、生氣時就發飆、不想回答時就不要回答、自己覺得很好笑時就哈哈大笑、聽到不好笑的笑話時就不要笑、想要逞威風就逞威風而不必在意別人的想法、想要炫耀就炫耀而不管是否惹人討厭、只挑自己想講的講而不必考慮別人想談的題材話題……能夠高明做到這一切的人，才稱得上是大人物。這種大人物的處世態度，絕對無法從別人身上習得，而是在飄出水肥臭味的美麗田園裡學來的。

人類通常是物以類聚。患有人類恐懼症又具有服務精神的人，多半和同樣具有服務精神的人交情不錯；而大人物也多半都和大人物往來。謹小慎微的都市人，很難想像大人物之間的相處方式。不管如何傷害對方，他們彼此都會很有風度地表現得若無其事。所以我想建議年輕人的是，如果你們想成為大人物，就把皮膚練厚一點吧！至於有能力參選的人，看來，也只限於那些大人物而已。

自由與恐懼

每一個人似乎都有一樣令他害怕的事物，人們近來把這種情形稱之為「恐懼」。如果我坦承說出害怕的東西，實在顯得很蠢，但不瞞各位，我最怕的就是螃蟹[1]。我當然曉得「螃蟹」這兩個漢字該怎麼寫，此處故意以片假名標示，是因為我連看到「螃蟹」這兩個字，都會聯想到螃蟹的模樣，並嚇得幾乎要昏過去。

民間相傳，每個人害怕的東西都不相同，是因為大人將嬰兒出生後剪下的臍帶埋進土裡，而第一個從上面經過的動物，將成為那個嬰兒一輩子害怕的東西。我不曉得鄉下是否還保有埋臍帶的風俗習慣，可至少在東京是沒有的。住在東京的人多半把它收在衣櫃的抽屜裡，而最常出沒在衣櫃上的動物要算老鼠了。也因此，不少人都很怕老鼠。可是依照這個推論，我怕螃蟹又該怎麼解釋呢？我並不是在海邊出生的呀！

我雖然害怕螃蟹，但非常嗜吃蟹肉，不管是清蒸螃蟹或罐頭蟹肉，我都吃得津津有味。不過，如果不小心瞥見貼在罐頭上的螃蟹圖樣，我就要昏倒了。不管那圖案畫

1 原文的「螃蟹」皆以片假名拼音方式呈現，此處為便於閱讀，仍以漢字譯出。

得有多麼美味，只要瞧見那豔紅的帝王蟹，在湛藍大海上舉螯橫行的模樣，連我自己都能感到臉上血色盡失。於是，我會忙不迭地把標籤揭下來撕破扔掉，只享用罐頭裡的美味佳餚。

更令我百思不得其解的是，我也很愛吃和螃蟹長得很近似的蝦子，即使是連殼乾燒直接上桌，也照樣大快朵頤，可唯獨生吃一項容我敬謝不敏。

大家害怕的東西因人而異，有些人害怕的事物實在不可思議，比如三船敏郎很怕看到石燈台，某人怕吃野薑，也有人怕見棉被上的圓點紋飾等等。但有的人只是嘴上嚷著「我好怕呀、我嚇死啦」，其實不可把他的話當真。甚至有人編出那則「我怕豆餡小包」[2]的著名笑話，來形容人言不可盡信呢。

為什麼人類會有害怕這些無聊事物的特質呢？事實上，不僅是人類，就連吸血鬼也會怕大蒜、陽光和十字架，而日本的鬼只要看到冬青樹葉就會逃之夭夭了。

任誰都對「至尊強者」感覺不是滋味。一位能擊退鬼怪的大英雄，可能看到小蝸牛就嚇得發抖，這才讓人覺得人生的別有況味。因為至少在這件事上，多數不怕蝸牛的普通人，得以感到自己比英雄更為優越，而英雄也能透過這種不傷大雅的小事，得以較為貼近凡人。

從這個角度看來，希特勒會落入悲慘的下場，正因為他肆無忌憚。假如至少他會害怕蛞蝓的話，或許納粹統治能夠千秋萬世。

如果只害怕具有巨大殺傷力的東西，例如氫彈、原子彈、戰爭等等，這樣的人很容易理直氣壯表達自己的恐懼。因為氫彈和戰爭這些事物確實是恐懼的代名詞，沒有人能否認這些事物所帶來的恐懼。因此，這樣的恐懼顯得理所當然。但是，若有人害怕的是蝸牛、螃蟹或雞肉料理，那就很難講出個道理了。也因此，害怕蛞蝓的人，由於自己和別人都想不透為什麼會害怕蛞蝓，所以無法把這種恐懼予以正當化。如果有人問了他：

「氫彈和蛞蝓，你比較怕哪一種？」

他應該會毫不遲疑地回答：

「蛞蝓比較恐怖。」

這個回答，一定會被氫彈試爆的反對人士罵到臭頭，也會淪為世人的笑柄，但這是他忠於本心的答案。

比起此刻會否有氫彈掉下來的不確定，當然是眼前的蛞蝓可怕多了！而這才是我

2 這則笑話的大意是，一群年輕人聊談大家害怕的東西，其中一人說他最怕的是豆餡小包。其他人想作弄他，便去買來許多豆餡小包，趁他睡覺時堆放在他的枕邊，並躲在房門外等著看他出糗。沒想到那人醒來，邊嚷著：我好怕呀、我嚇死啦，同時把一顆顆豆餡小包往嘴裡塞，吃得開心極了。發現上當的朋友們衝進來質問他到底真正怕的是什麼？他好整以暇地回答：我現在最怕的是一杯好茶呢。

們居住的世界的真實樣貌，並且無論是英雄或凡人，都逃不開這個定律的約束。若是世間的各種恐懼，全都能以邏輯解釋得有憑有據，那麼全世界的人所恐懼的事物就會完全一樣，這麼一來，不管是氫彈、原子彈或戰爭，也就會立刻從這世上消失了。然而，歷史從不曾朝這個方向演進。人們最害怕的應該是「死亡」才對，可是大家對死亡的恐懼程度卻不盡相同。當公寓裡某個臨終病人的住戶，在面對死亡的恐懼下忘記了其他一切時，住在他隔壁的健康年輕人，卻成天提心吊膽地害怕蟑螂。

照這樣推論，或許「不合邏輯的恐懼」，才是人類最健康的心態。不會有人在父親剛過世不久就跑去看鬼怪電影，只有未面臨死亡恐懼的傢伙，才會坐在電影院裡欣賞鬼怪電影。

當一個人害怕的是蝸牛或螃蟹這些微不足道的小東西時，那種完全與眾不同的恐懼並非來自模仿，而是他的自由意識所做出的選擇。害怕死亡、氫彈或戰爭，屬於被動式的恐懼，唯恐己方的自由將會遭到龐大力量的扼殺；相較之下，當我們害怕的對象是螃蟹、蜘蛛、老鼠和蟑螂時，是屬於主動性的恐懼，那是我們自願害怕的。

我試著對自己害怕螃蟹、恐懼螃蟹的心態做了一番深入的自我剖析，最後歸納出來的結論是，這是我為了保有自由意識所付出的代價。人類一方面渴望自由，於此同時亦擔心其為百分之百的全然自由；也就是說，人類雖然想要自由，又希望能對其中的一小部分予以牽制。假如是氫彈或戰爭這種具有極大殺傷力的東西，則人們的一切自由都會受到侵犯；若是雞肉料理或蛞蝓的話，就只有一小部分的自由遭到剝奪而已。因此，我們傾向主動挑選螃蟹或蛞蝓這些無關緊要的東西，作為害怕、恐懼之標的。

由此看來，害怕這些小事的重要性委實不容小覷。人類為了生存下去，還是應當要害怕那些無足輕重的事物比較好，由於每個人感到恐懼的總量大致相同，要是把恐懼多數用在無聊的事物上，就得以免去對死亡、氫彈和戰爭的恐懼，繼而從這鋪天蓋地的恐懼中，確保住個人的自由。

中國古代周朝的杞國人，終日惶惶不安地擔心幾時天空會塌下來，根本無心工作，這就是「杞人憂天」或「杞憂」的典故。杞國人把自己徹底出賣給了恐懼。他們在尋找能使自己的恐懼正當化的標的時，發現了頭頂上的那一片天——萬一這玩意兒塌下來了，那還得了，大夥不就同歸於盡了嗎？當他們鎖定這項標的之後，自己的恐懼得以名正言順，不怕的只有傻子而已，誰都不能譏笑「別人的恐懼」。其結果就是舉國上下無心工作，該國因而走上了滅亡之途。

人類就是基於這樣的理由，而具有渴求恐懼的不可思議心態。當人民的恐懼來自於政治層面時，這種政治稱為「恐怖政治」。到了這個時候，國民的一切自由盡皆被政治家們給鯨吞蠶食了。

應當盡量設法被人抓住「尾巴」

有一種人擅長顧左右而言他，絕不會被人揪住尾巴。

「你昨天過得挺開心的吧！」

「你說的開心是指什麼？」

「我昨天不是先走一步，把頗受女人青睞的你單獨留在酒吧裡嗎？」

「哈哈哈，原來你說的開心是指『玩女人』呀？老實說，我活到這麼大，還不諳男女之事呢！」

這種情形叫做「裝蒜」。女人裝蒜還有她可愛之處，換成男人裝蒜的話，可就惹人討厭了。

毋庸贅言，不讓人抓住把柄的重要關鍵在於：絕不可說出真心話。而不要吐出真心話的妙策，就是拚命吹捧別人，因為我們很少會發自本心地讚美別人。

一般而言，女人遠比男人更不容易被掐住弱點。這與其說是女人的優點，不如說是她的缺點，原因留到後面再談。女人對於不能輕易洩漏的親密關係，其口風之緊可說是所向無敵。比方有一男一女在交談：

「妳什麼時候要和A先生結婚啊？」

「你在說什麼呀？我要和A先生結婚？別開玩笑了，我只不過和A先生見過兩、三次面，而且都是在大庭廣眾之下，根本沒好好聊過天，頂多算是見過幾面而已吧。」

「是嗎？可是大家盛傳你們要結婚了呢，所謂無風不起浪呀！」

「可偏偏這年頭多得是捕風捉影呀。不過，我要是拚命否認，反而會惹來懷疑呢。不如隨便大家去猜測我和A先生的關係算了。」

「妳還真會打煙幕戰！如果妳和A先生沒什麼的話，應該可以說幾句他的壞話來聽聽吧？」

「可我沒事說人壞話做什麼？既然不是我喜歡的對象，也不是我在意的人，這壞話是要從何說起呢？我看還不如來說說你的壞話好了。你年紀輕輕，卻滿嘴齒垢，髒得令人作嘔。像你這種男人，恐怕很難得到女人的青睞喔。」

不知怎地，矛頭竟然轉向了發問的男人。不過，在這則例子中的女士個性還算直率。還有另一種陰柔的應對方式是，隱藏起自己的尾巴，只拚命拍對方的馬屁。舉例來說：

「您是說自在黨的光川先生嗎？沒有人比他更豪爽、更獨樹一格的了。您又問飛山先生嗎？像他這樣融合理性與藝術家的直覺於一身的奇才，在政壇真是難得一見呀。」

「您問的是松林電影的山中先生嗎？我一直非常敬佩他。他對演藝事業的熱情，以及獎掖後進的圓融風範，真可說是『人如其藝』。」

只要這樣回答，就能贏得眾人稱讚你從不口出惡言，並且讓人無暇注意到你的缺點。

不過，我可不想變成這種一輩子都得煞費心機的人。

依我之見，不會被抓住尾巴的人，可以分成陰性和陽性兩種：陰性的是看似道貌岸然的大好人，陽性的是貌如難以捉摸的東方豪傑，可我認為這兩種人的本性相去不多，同樣都是非常懦弱的人。女人之所以不容易被人抓到尾巴，可說是她將弱者的自我防禦本能發揮到極致的表現，也可看成是她身為被愛者的柔弱膽怯。愛人者可以毫無顧忌地放手去愛，但被愛者若想永遠被愛，就必須永遠保有一絲神祕感，亦即非得藏起自己的尾巴不可。人們很難去愛一件完全摸清了底細的東西。

但是，我在這篇講座裡想極力闡述的是：應當盡量設法被人抓住尾巴。滿心不願意讓人揪住尾巴的人，不可能得到真正的朋友、真正的幫手，以及真正的伴侶。這世間有條不成文的定律，當人們進入社會以後，傾吐祕密或互訴祕密是彼此信賴的最佳證明。祕密也就是每個人的尾巴，也恰恰是在這個冷酷嚴峻的社會中，拿來釣到溫情友誼的上好餌食。即便是大灑鈔票也絕對釣不到的友情之魚，在改換成傾吐祕密的手法以後，就能輕輕鬆鬆讓對方上鉤。「尾巴」正是買取友誼和信賴時，最強勢的貨幣。

你不妨仔細聽聽小職員平常上酒館時，邊喝邊聊的話題。他們談的不外乎互相抱怨，或是彼此家庭的隱私。這些話題儘管灰暗，卻最適合在小酌兩杯時，用來昇華出美麗而純粹的友情。而且在他聆聽完對方的傾訴以後，還會安慰地拍拍對方的肩膀說道：

「真難為你把這些事說出來了。不過，這些話告訴我無妨，可絕不能說給其他傢伙聽，否則你一定要吃虧的。聽好囉，只有我才是唯一值得信任的。以後不管有任何事，你都儘管向我傾訴吧！」

這番話讓人感到，友情是多麼高貴、為他人保密是多麼自豪呀！連一毛錢都不必花，卻能使人高興得要命。假如對方是個情感比較豐富的人，在聽完後應該會緊緊握住他的手而潸然淚下呢。

人類的「尾巴」蓬蓬鬆鬆的，比貓的尾巴還要柔軟，猶如貂毛的滑順觸感，又有安哥拉兔毛的舒柔溫暖，讓抓住尾巴的人為之狂喜，更能同時滿足他的好奇心，讓他有些感傷，也令他感到自傲。這才是人類社會中，比賄賂更受用的美味佳餚。

所以人類不能輸給狐狸，至少也該擁有九條尾巴才行，第一條給A君、第二條給B先生、第三條給C夫人，依此類推。你必須先弄清楚對方的感性程度，再投其所好，露出相對應的濕尾巴或乾尾巴，讓他抓住。

比如A君聽了你少年時候偷竊成癖的自白，知道你迄今仍因罪惡感而常做惡夢，於是他基於人道主義而同情你，甚至尊敬你的率真人性。由於A君是熱愛文學的青年，你讓他握住第一條尾巴是明智之舉。

接著是B先生聽了你飽受後母欺侮的往事，非常佩服你現在勇敢面對人生的態度，因此聘你當他的祕書。因為你曉得B先生小時候也曾經受過後母的虐待，讓他抓住第二條尾巴是上上之策。

至於C夫人在聽了你含淚坦承自己曾為了一名有夫之婦殉情未遂，直到今天依然深愛著她的故事以後，感動得讚嘆你真是個有情人，並向你保證她絕不會對任何人洩露你的祕密。可她一轉身，就趕著與她五、六個閨中密友分享這個祕辛，你從此一躍而成為許多女子的偶像，滿足了她們對性愛的好奇。你讓喜歡腥羶話題的C夫人揪住第三條尾巴，真是再聰明不過了。

不過，千萬別讓任何人抓住你的第九條尾巴喔！因為，只有第九條尾巴知道一個天大的祕密：前面八條尾巴全都是假的。

刀刃三昧

根據刑事學上的統計曲線圖，每逢夏天，重大犯罪發生的累計件數就會急遽攀升。像我這種熱愛夏天的人，每當看到國外城市有人因難忍酷暑而自殺的新聞，不僅不會同情，還很懷疑這些人到底在想什麼？同樣地，我也對那些託稱因時值炎夏而血氣衝腦砍砍殺殺的人，實在搞不太懂他們的心態；唯一想得到的理由是，他們的腦筋大概不太好吧。

但以我來說，會聯想到殺人等血腥之事的季節，多半還是在夏天。比如西班牙的鬥牛季節只安排在夏天裡。西班牙這個被稱作「位於歐洲的非洲」國家，唯有其盛夏時的熾烈陽光，方能把鬥牛場照得黑白分明，也才能讓猛牛與鬥牛士的鮮血，迸灑在滾燙發亮的沙地上，否則就無法讓人感受到那股奔放的狂熱了。在瑟縮寒冬裡舉行的鬥牛賽，光是想像就覺得愚蠢極了。

之前，石原慎太郎曾情緒激動地描述，他在沙烏地阿拉伯親眼目睹投石處死的情景。受刑的男子被埋進土裡，只露出孤伶伶的頭部，其他人則拿起石塊朝其頭部用力擲砸，直到男子死亡為止。這種殘酷的景象，其背景非得搭上阿拉伯的灼熱陽光才行。

我曾造訪過墨西哥的尤卡坦地區，當時也是亞熱帶的炎夏季節，烈日把一切燒灼得滾亮。我站在那座以活人獻祭著稱的金字塔前，在腦中勾勒出當時腥稠的大量鮮血沿著階梯流淌下來的畫面，一股快意剎時如電流般貫穿了我的身軀。

這所有的一切，全都是由夏天及血液、冰冷的刀刃與沸騰的熱血所誘發出的幻影。相較之下，那些偵探小說和推理小說裡的智慧型凶手的殺人場面，簡直成了貧血、蒼白與萎靡的代名詞了。

所謂「盛況空前」的高潮氣氛，似乎多半出現在見血的時刻。不僅西班牙的鬥牛如此，日本的祭典高潮，也同樣從吵架引發鬥毆開始，非得等到有人流血了才收場。這大概出自於人類原始的欲望。到了現代，只在那些笨人的身上，還完整保有這種原始本能，並且被夏天的熱力催發出來。

夏天的熱度不僅讓人們想要赤裸身子，好像也逼得人們脫去了理性的外衣，連深埋在內心底層的欲望也被逼蒸出來了，於是，「刀刃三昧」就開始發揮作用了。「三昧」出自於梵語的Samādhi，意指「將心集中在單一意念上，並且摒除其他雜念」。這個語彙用在這裡實在妙不可言，因為每到夏天，就會出現很多一心只懸在利刃上，其他什麼事都不管的人。

每天翻開報紙的社會版，映入眼簾的不是殺人就是傷人的報導。這雖然和風鈴的叮噹聲，以及小販叫賣金魚的聲音一樣，頗有夏日風情；可我就是不懂，為什麼只因為夏天到來、只因為天氣炎熱，有人就是無法克制那股衝動？

如果再繼續推想，那些人在秋、冬、春的其他三個季節裡，就懂得敦親睦鄰、懂得在搬新家以後要送麵條給鄰居[1]、懂得細膩考慮人情義理，這更使我一頭霧水了。依照邏輯推論，難道他們是以刀刃三昧的心態，和鄰居往來的嗎？可看起來又不像。這麼看來，這世上和我這種冷血動物不同，只要一點點溫度就足以令他血液沸騰的人，出乎意料的多。

我之所以同情這些人，並不是因為他們為了細故傷人而不得不入獄，也不是因為他們只能在牢裡身歷其境地唱著〈東京少年感化院藍調之歌〉。而是這些人生來就忠於自己的本心，卻無法憑著自己體內的原始本能去盡情享受。

一直以來，我深信文明人最大的樂趣，就是享受自己體內的原始本能。可是「他們」沒有細細體會的餘裕，便已陷入刀刃三昧的迷思，以致於尚未品到妙味，就已先嘗到苦果，也因此付出了昂貴的代價。

直到江戶末期以前，日本人一直是隨心所欲享受原始本能的高級文明人，比方在戲劇裡大量使用假血，或以殘疾人的缺陷作為賣點的表演等等。各式各色的文明產物，在蠢蛋官員的腦袋瓜裡全被扣上了「野蠻」的帽子。這種膚淺的文明開化思維餘

1 日本人搬遷到新家以後，在向左鄰右舍打招呼時會致送麵條作為見面禮。

毒仍然殘留至今，繼續荼毒著現代的日本人，並且剝奪了所有能夠享受到原始本能的機會。舉個例子，像拳擊和摔角都屬於為了讓文明人享受原始的本能，而創造出來的文明傑出產物。所幸這些運動是舶來品，才得以延續迄今。要是拳擊是日本自古流傳的運動，必定立刻會被貼上「野蠻」的標籤，並且慘遭明治政府發配邊疆了吧。

現在的日本人所信仰的傳統道德，除了精髓要旨以外，其他的絕大部分，都只是由東京衛生局所編撰出來的概念罷了。說得明白點，就是表面上要求市民打掃周遭環境，大力倡導「別讓外國人笑我們髒」，背地裡卻把髒臭的東西全都堆在圍牆的內側，然後扔進河裡，最後再若無其事地抹淨嘴巴的雙面態度。

聽說奧運即將在東京舉辦，於是官員們這才慌張地絞盡腦汁，到底該怎麼把糞桶藏起來？從明治時代以來，這種窘態屢見不鮮，到今天也沒見進步。

在這種情況下，日本人光是應付層出疊現的「衛生局式的問題」就已精疲力竭，根本無暇顧及隱藏在我們體內，源自江戶時代文明的特色——「享受原始本能」的奢侈要求。現代人總有個錯誤觀念，以為要捨棄一切原始的欲望，才夠資格當文明人，再加上官員們和主婦聯盟以及家長會團體的推波助瀾，導致日本文化逐步失去了野性的魅力，而街頭巷尾的重大犯罪卻隨之日漸增加。

可是，當夏天來臨時，驕陽的熾熱迅即把這些文明的虛假糖衣曬融了。於是，一部分人隨即受到體內的原始本能支配，就讓報紙社會版變得熱鬧起來了。

事態演變至此，為了讓在丸之內[2]上班的所有職員都能享受到刀刃三昧的滋味，或許可以模仿江戶時代，特准平民唯獨在夏天時能夠配刀出勤[3]。

如此一來，在尖峰時段的電車裡，插在職員們西裝腰際的村正刀和正宗刀，便會在推擠之下不時碰擊發出鏗鏘聲。光是這個清脆的聲響，就足以讓人們品味到無可比擬的夏日情趣。

當路上有這麼多人身上都配著日本刀來來往往，那些街頭混混的小刀就再也發揮不了恐嚇的作用。大家對刀器已經司空見慣，只當它是妝點夏日景色的物品而已。

當工會的會長摸著刀，撂下了狠話：

「如果今天依然談判破裂，我就要把那傢伙斜劈成兩半！」

於此同時，公司的總經理也會撫著他的虎徹名刀說道：

「如果今天的團體交涉不成功，我可要把那傢伙砍死！」

本講座的讀者都是聰明人，自然不會去親身體驗真正的刀刃三昧。可是，依我之見，若想證明日本人是真正的文明人，政府就該再次允許讓大家配上日本刀，或許可以使刑事學的夏季統計曲線圖，上面的重大犯罪的累計件數條然下降。畢竟，罪犯也是很愛惜自己的生命的。

2 位於東京車站和東京御苑之間，聚集許多日本與外商大公司，為日本有名的商業辦公區。
3 日本自古只有武士可以配刀。到了江戶時代，特許部分平民也可配刀，以彰顯其尊貴的身分。

妖怪的季節

六月，我在歌舞伎座後台的走廊上，遇見了某位反串的旦角。我一時興起，促狹地對他說：

「你的季節終於來臨囉！」

「大師，您是指梅雨季節嗎？」這位臉上總是掛著淒苦神情的純情旦角，眼露哀怨地反問了我。

「不，我說的是妖怪的季節。」

語畢，這位身材高大的旦角猛然怒火中燒，出手朝我的背部重重地搥了一拳，害我疼了兩三天。

「子不語怪力亂神」之傲岸孤高的孔夫子，和標榜絕不碰觸靈異現象研究的現代科學家們，古者今人，想法竟不謀而合。科學家們深知無法從科學角度全盤推翻這些現象，擔心萬一和該領域沾上邊，恐將損及自己辛苦建立起來的信譽。而且不僅是靈異現象，他們對「飛碟」也同樣抱持避之唯恐不及的心態，只能說科學家們實在太狡猾了。

我和石原慎太郎及黛敏郎三人都是「飛碟研究會」的死忠會員。去年夏天，我們曾和大批會員們聚集在「日活飯店」的樓頂，雙眼緊貼著望遠鏡守候了好幾個小時，就盼著飛碟現身，無奈怎麼等也等不到。

倘若把飛碟歸入怪力亂神之列，恐怕會引發忠實會員們的強烈抗議，我還是另外舉個最近聽來的怪力亂神例子比較妥當。這件事是A君親口告訴我的。他在不知情的狀況下，參加了一場修驗道[1]的修道者聚會。

A君的性格爽朗，擁有柔道三段資格，身上嗅不出一絲精神衰弱的氣息，我認為他的話可信度很高。

某天，A君在澀谷車站前巧遇一位老同學，兩人交換名片之後，A君這才知道老同學目前在知名的貿易公司工作。假如時間已近傍晚，兩人就可找家店把酒言歡，可惜那時才剛過中午不久，於是A君邀他去喝杯咖啡。老同學思忖了半晌，終於開口說道：

「我現在趕著去參加一場很重要的聚會。我信得過你，不如你跟我一起走，先別多問。」

即使A君問他到底是什麼樣的聚會，老同學依然守口如瓶。A君忍不住好奇，便

1 日本的宗教，其教義融合了日本神道和佛教。

跟著老同學上了計程車一同前去。

車子在世田谷一帶轉來繞去，最後終於在一間外觀普通的房屋前停了下來。Ａ君隨著老同學走了進去，裡頭已經有五、六個男人待在寬敞的日式接待廳中了。大家和Ａ君互換了名片，Ａ君發現他們有的是大公司的年輕職員，還有鐵工廠的老闆，看起來都是一般的正常人，這讓Ａ君有些失望。

大家隨意聊談著「我曾在某地遇到了某人」、「我在某處曾經見過你喔」之類的私人話題。Ａ君呆坐在一旁，起先沒太留意他們的談話內容，可聽著聽著，愈來愈覺得不對勁，因為他們似乎並非真的碰過面了。比如一個住在大阪的人和另一個住在東京的人，怎可能會在兩分鐘後到名古屋碰面呢？

這群裡的某個人這樣說道：

「這次要從印度來的那個女人，叫什麼名字呀？」

「她叫莎拉瑪娃古達里吧？」

「沒錯，就是那個莎拉瑪娃古達里，長得還真標緻。不曉得幾歲了呢？」

「嗯，我記得現在應該是兩百六十二歲、還是兩百六十三歲吧。」

Ａ君倏然感到詭異極了。再怎麼想，這都不像是在東京市區裡穿著西裝上班的職員們，會在大白天裡講出來的話。

「Ｙ大師還沒來？」

「Y大師每次都比較晚到。」

大家這會兒又把話題轉到了Y大師身上。沒多久，開始有人嚷著肚子餓，很快地就叫來了蕎麥涼麵，每個人都分到了一份蕎麥麵和沾汁。由於A君也餓了，正想夾起麵條時，原先擺在面前的沾汁瓶，居然憑空消失了！他正覺得奇怪時，坐在長桌另一端的男人突然興奮地大叫：

「太棒了！我又成功啦！沾汁全都跑到我這裡來囉！」

A君定睛一瞧，果真所有的沾汁瓶全都在那個男人的面前，於是大家把沾汁重又分發了一次。A君滿腹狐疑吃完了蕎麥麵，而其他人則邊吃邊聊著高野山的N和尚的事。

「N和尚的獅吼功真不是蓋的！不管是飛在天上的烏鴉或麻雀，只要他朝牠們大吼一聲，就會掉下來了。」

「那還用說，畢竟他在二次大戰期間，曾經以獅吼功震落了兩架B-29轟炸機呀！」

聽到這裡，A君再也忍不住地出言調侃了：

「可以請你們表演這種獅吼功給我看嗎？」

「那有什麼問題！」鐵工廠老闆爽快地答應了，「不過我已經很久沒練了，不曉得是不是還靈光呢。若是拿茶托來示範，應該沒問題吧。」

鐵工廠老闆把茶杯挪到一旁，將茶托放在他的正前方，端正跪座，雙手打手印，嘴裡唸誦起某種咒語。A君瞪大了眼睛，直盯著茶托。鐵工廠老闆的身體逐漸抖動起來，臉色漲得通紅。

突然間，A君眼睜睜地看到茶托陡然飛起，直到撞上了位於房間遠端的紙門高處的木條，才掉落到榻榻米上。A君大感震驚，頓時渾身虛汗如雨下。其實，相傳修驗道的獅吼功可以讓油桐木製的火盆飛出好幾公尺遠，甚至能以一根手指移動一間灰泥倉庫等等，可A君從沒聽過那些事蹟，因此受到的震撼更是不在話下。

A君為了掩飾自己的驚懼，便開口問道：

「為什麼你們不在銀座鬧區展現這種驚人的神力呢？只要表演這種絕技，一定會立刻聲名大噪的！」

話才說完，眾人異口同聲大加反對：

「我們的修行只是個人的潛心研習，絕不是拿出來獻寶用的！」

A君這時已卸下心防，和大家熱烈交談起來。聊了一個小時左右，先是門口傳來了打招呼的聲音，不一會兒，Y大師便走了進來。

面色蒼白、長髮束頂、目光炯然的Y大師，乍看之下與芥川龍之介竟有幾分神似。老同學向Y大師介紹了A君。Y大師凝神打量著A君，不久後開口說道：

「嗯，確實是個不可多得的好青年。不過，剛才讓你見識到難得一見的氣功，你竟然提議『為什麼你們不在銀座鬧區展現這種驚人的神力呢？』真是出言不遜。」

Y大師的神力讓A君瞬時毛骨悚然。因為這句話是他在一個小時前說的，而當時Y大師並不在場。以上所述，請各位不妨當作夏夜奇譚，聽聽便罷。

但是，就我個人的感覺，這世上似乎真有怪力亂神的存在。我曾在工作過度投入時，忽然覺得自己彷彿成了怪力亂神的俘虜。然而，一個人若無法以理性來了解世間萬物，並不表示他理性不足而該感到慚愧。一個真正有理性的人，不會把理性視為洗衣機或電冰箱之類的可以舒適生活的工具，而是會對理性本身所具有的怪力亂神的作用，由衷地感到敬畏。

肉體的無常

某一回，我應邀前往大磯的長堤水上樂園擔任健美比賽的評審。老實說，我今年原先有意角逐日本健美先生，但瞧瞧自己的身材之後明白那是奢望，只配在評審席上晃悠閒逛而已。

在灼熱的豔陽下，肌肉鼓隆的青年們一個個接連走上跳水台，他們抹油的黝黑身軀在陽光下閃閃發亮。眼前這心曠神怡的美景，令人由衷感到夏天果真是屬於男人的季節。當我正忙著評分時，現場播報員手拿小型錄音機走了過來，請教我許多意見之後，竟然很不客氣地問道：

「大師，您很羨慕那樣健美的身材吧？」

我毫不客氣地冷冷回答：

「一點也不。肉體重要的是個性美，在下我的肉體自有個性之美。」

這並不是我酸葡萄的強辯之詞，而是我最近才頓悟出來的道理。以前，我曾經非常羨慕體格魁梧的人。此刻站在我眼前的這些健美先生們，其健壯體魄也絕不是與生俱來的。他們也和我一樣，先是羨慕別人的體格，轉而奮發勤練，最後才練出了一身精實的肌肉。我雖然還算不上練出什麼成果，但我對自己的身體充滿信心，因為我已經挑戰過自己肌肉百分之百的極限了。

對於從羨慕到獲得自信的健身心路歷程，我可說是感同身受，但社會上還有許多人不太了解。

比方在夏暑時節，路上可看到穿著短袖馬球衫的男人，滿不在乎地袒露出一雙宛如竹製抓耙子般的枯瘦手臂。也有人不過三十歲上下就腆著啤酒肚，一邊海飲啤酒，還炫耀地拍打著肥肚皮，擺出一副酒中豪傑的傲態。還有的穿起西裝，把不堪入目的身軀藏掩在西裝底下，只露出俊俏的臉龐，深信只要靠著瀟灑的臉蛋就能吸引女人青睞。

日本男人對肉體的普遍觀點是，只要陽具昂然隆挺，其他的都不成問題。再加上女人們對男人的身材評價，向來沒有一套認定標準，更使得男人自以為是。若是聽到藝伎在宴席上稱讚男客「哇！您的體格真好呀！」她們所吹捧的多半是噸位龐大、肥油纏腰的病態大胖子。

話說回來，我並非主張所有的人都必須擁有媲美健美先生的體格，或是像運動員那樣的頂尖運動天分和柔軟度的身體。不是所有的男性都要會隨心所欲後空翻。但是，如同所有的男性都必須具備適度的精神教養，身體的教養也是不可或缺的。我認為擁有健康與緊實的身材，是一種社會禮儀。社會大眾往往只對缺乏精神教養的年輕人的暴力問題感到憂心，殊不知領導階層的知識菁英欠缺身體教養的情況更是嚴重。

毋庸贅言，肉體總有一天會衰老的。在現今社會中，徒有健壯的軀體根本一毛不值，只有智慧才能轉化為有形的財富。智慧會隨著年齡增長而不斷累積，肉體卻是從三十歲以後一路走下坡。不過，我很看不起那些只重視能換取金錢並歷久不衰的智慧的男人。人生只有這麼一回，為何不多加珍惜短暫無常的身軀，予以鍛鍊雕琢呢？

仔細欣賞壯美的肌肉，那發達碩實的曲線多麼強而有力！我從最能象徵人類存在之虛無的肉體中，看見了人類美麗的一面。人類的精神產物、事業、技術，都比肉體更能長久保存，可是在短暫的一生當中，只看重能夠持久存在的東西，未免太過現實。蔑視肉體，就是輕蔑現世。因此，我總認為基督教的牧師既卑劣又醜陋。他們身上那襲裹覆全身的寬鬆黑色牧師袍，根本不該是男子漢的衣裝，而是精神宦官的衣物。與其如此，乾脆學那骨瘦如柴的耶穌赤身裸體還來得較好。

希臘人確實非常了不起。希臘的喜劇詩人埃庇卡摩斯[1]在其詩作《人生四願》的其中之一，就是祈願能生來享有美麗的身體。希臘人熱愛追求美，必然也希望自身是美的體現者，因而向神起誓要鍛鍊肉體。希臘文的「Gymnastike（體育）」與現今的體育理念不同，是一種為了成就美的宗教行為。

聽說斯巴達青年每十天就必須一絲不掛地接受監督官的檢查。哪怕只要增生一丁點贅肉，監督官就會嚴格地限制飲食。而畢達哥拉斯自訂的戒律之一是絕不允許身上有任何贅肉，並且細心避免身體上出現任何一種缺陷。又如阿爾西比亞德斯[2]年輕時由於擔心吹笛會使嘴巴變形，於是不敢學習笛子，導致不少雅典的青年紛紛群起效尤。

不過，那種古怪的觀念已經無法見容於現代社會了。自從精神分析學這門賣弄玄虛的學問出現以後，知識菁英便都染上了這股習氣，喜歡拿流氓般的粗鄙分析術語來闡述古代民族率真而自然的人性。因此，在一群挺著肥肚的中年紳士裡，當其中一人對自己的肥胖感到羞恥，而開始認真地跳繩或做腹肌運動來減肥時，必然會被其他以墩胖模樣為傲的同伴嘲笑他「真丟人」或是「都到了這年紀，別出洋相了」。

在藝術家與學者的世界裡，執牛耳的多半是些可悲的孱弱肉體，於是弟子們也都爭相模仿仙風道骨的模樣，人人都是病懨懨的，臉色蠟黃，成天埋在原文書堆裡苦讀。如果你問我，通曉五千個法文單字，和擁有厚達一百一十公分的胸圍相較，何者比較厲害，我認為很難分出高下，但普羅大眾當然是取前者為勝吧。就如同世俗的妻子總喜歡向人做些無聊的炫耀：

「我先生最近要升課長了！」或者「我家的房子和汽車都是自有的。」

可我從不曾聽過有哪位妻子自豪地說道：

1 Epicharmus（540BC-450BC），希臘喜劇作家，哲學家。
2 Alcibiades（450BC-404BC），雅典的政治家與軍事家。

「我先生的胸圍有一百一十公分喔！」或是「我先生的上臂臂圍有三十八公分喔！」

這就是女人大錯特錯之處！男人的行動取決於女人的喜好。由於女人希望自己的男人加官晉祿，以致於男人寧願拚命升上課長、買汽車，也懶得健身增加十公分胸圍。結果女人反倒失去一個完美的男人。

男人的肉體是無法永遠精實壯碩的。健美的身軀只能憑靠自己孤獨勤練，它既換不了銅板，又沒有社會價值，任誰都不會多瞧一眼……充其量只能參加健美比賽，讓人品頭論足而已。在現代社會裡，肌肉發達不過是可憐又滑稽的東西。可也因為如此，我才會對積極鍛鍊出強健的體魄不遺餘力。

應當讓人等待

拳王巴斯卡魯・貝雷斯[1]在比賽時慣用的戰術是故意讓對手不耐久候而焦急心慌，以擾亂其預備好的應戰節奏。他在世界爭霸賽中也採用了同樣的策略，使得與之對戰的米倉選手等得煩躁心急，真是可憐。

但在人際關係中有一道極為冷酷的法則——占上風的總是缺乏熱情或較不熱情的那一方。人生是無法單憑「熱情和幹勁」就能度過的。有多少男人對人生懷抱著滿腔熱情，以為只要有熱情就能克服萬難，到頭來卻多是淪為敗者的例證！

宇野千代[2]女士在《新潮》雜誌上有個日記連載專欄，其中一篇記敘了一段有趣內容，她寫到：一個被男人甩掉後仍然糾纏不休的女人，常以為自己只在戀愛時才有這種舉動，其實這就是她的本性。今天即便換做是在事業上出現了危機，她大概也會像談戀愛時那樣，到了最後關頭仍要做無謂的掙扎吧。

我常在百貨公司的門口或是車站前，看到許多人站著等人。讀者中若有人閒來

1 Pascual Nicolás Pérez（1926-1977），出身於阿根廷的世界蠅量級拳王。

2 宇野千代（1897-1996），日本小說家。

無事，不妨混進其中，算一算他們分別等了多久。如果有一個女人等了超過二十分鐘仍未離開的話，那她多半已經和理當赴約的男人有了肉體關係；相反地，若是男人等了二十分鐘以上還沒走，就可以認定他和應該來碰面的女人尚未發生肉體關係。當然，這是非常籠統的推測，可以說，在還沒有肉體關係之前，通常是女方占優勢；等發生肉體關係以後，換成男方較吃香了。性別的優勢與劣勢在等候的耐心程度上展現無遺。在這些人之中，也可能有的是約好要拿回出借的相機，卻遲遲不見對方前來歸還，因而心焦難耐的。該還的人不急，而出借的人急得像熱鍋螞蟻，在這種情況下，孰勝孰敗，態勢分明，等待的人必然是輸家。所以，我最討厭等人，但人生可無法盡如人意。

熱情是件諷刺的事。熱情的人總要吃虧的。比方，一個男人愛上了某個女人，由於追求得太猛烈，使得女方感到有些厭煩。男方也不是個傻子，絞盡腦汁想要挽回頹勢。他刻意在下一次約會的時候，讓女方等了二、三十分鐘。這法子簡單極了。可對女方來說，這個男人以前總是死纏爛打的，這回卻讓她等了超過二十分鐘以上，似乎有意疏離她。這感覺就像是以前總是吃到撐得打飽嗝，突然餓到前胸貼後背，開始覺得不安起來，接著轉念一想：「莫非，我真的喜歡他嗎？」

如果男方就在這時現身的話，應該能夠一舉逆轉劣勢，勝券在握了。可惜的是，這樣的男人說什麼也絕對不可能讓心愛的女人等上二十分鐘。結果，女方沒給他好臉色看已算客氣了，要是膽敢讓她等上三十分鐘，恐怕會讓她更加怒火沖天。

假如你是個單身男子，在某天傍晚換上高級帥氣的西裝，口袋裡裝滿數不清的獎金，活力充沛、神采飛揚，在出門前自信滿滿地打定主意：

「好！今晚一定要釣上個漂亮的妞兒！」

可偏偏在那樣的晚上就絕不會有女孩上鉤，原因是你身上發出了想要求得豔遇的訊息。

相反地，如果哪天你身無分文，還因為前天喝太多宿醉，胃不舒服，沒食欲也沒性欲，腦袋瓜連愛情這檔子事都懶得去想，只是隨便到街上蹓躂閒晃，這時候往往會有很好的女孩送上門來。理由很簡單，因為你根本不在意。

人生萬事皆是如此。聽說，推銷員的祕訣在於要有「不想賣」的心態。人們不想購買被強迫推銷的東西，因為人類出於本能，對於失敗者和失敗者推銷的東西不感興趣。

「想要的得不到，不要的來一堆」是人生中常有的際遇。即使你想要反其道而行，但是人終究是貪戀私欲的，實在無法拋棄自己所愛的東西，其結果就是進退失據落得兩頭空。

人生包括各種面向，情場上的常勝軍，可能在事業上再三受挫；而情場上的失意者，或許因此發憤圖強而事業有成。在世俗定義的成功中，最為求之而不可得的就屬于連・索黑爾[3]這種俊美又充滿野心的男人吧。這種人雖可憑藉俊美的外貌縱橫情場，但在男性社群裡卻容易遭嫉而被排擠；在受到排擠後會激發出更大的野心，然而野心愈大，距離成功反而愈是遙遠。

但是，人生最弔詭的是，勝者就是一無所獲。因為人們總不覺得自己擁有的東西有什麼價值，而滿心只想追求尚未到手的東西。情場的贏家在得到愛情以後頓感空虛，不禁心想：「哎！就算我會被所有女人甩了，也想當個大官呀！」而大企業家心裡想的是：「哎！就算我會失去十億的財產和土地，也想像那些英俊的年輕人那般廣受所有女人青睞，那該有多幸福呀。」

於是，我開始思考，那些在人生各領域被視為頂尖成功者、頂尖勝利者的，究竟是什麼類型的男人呢？結論是，他在社會中扮演的是被動的角色。

當女人主動接近他，他一點興趣也沒有，這讓女人發了急，愛上了他。他沒別的辦法，抱著「雖然現在不餓，當成點心嘗嘗也好」的心態和女人交往。當女人愈是愛他，他愈不動心，這使得他在愛情上收穫豐碩，在情場獲得壓倒性的勝利。但是，他呼吸到的只有朦朧模糊、毫無刺激氣味的空氣，真正品嘗到香醇的愛情美酒的，卻是那個失敗的女人。也就是說，勝者從頭到尾都不知道愛情到底是什麼滋味。

沒有欲望才會得到一切。不管是汽車、洋房、錢財、地位，都不是他要的，反而會一件件自動變成他的。因為你不追求金錢，所以錢財進了他的口袋；愈是不貪財，反而愈賺愈多。但是，坐擁滿屋子不想要的東西，實在很無聊。再加上也不想把這些錢捐做社會福利用途，因此財產根本沒辦法減少。

到了這個地步，絕對的勝利者已經淪為絕對的失敗者，實在是人生的一大諷刺。他在全然放空的心態下，像個機器人似的得勝而已。這就像是抱著一點也不想贏的心態走進賭場，結果不管賭什麼都贏大錢，頓時成了大富翁，可這實在談不上是勝利，也算不得是成功。

讓人等待的人，雖是勝利者，也是成功者，卻未必是幸福的人。那些在車站前等待的人們，由於自身有所欠缺，反倒最能展現出幸福的樣貌吧。

3 Julien Sorel，小說《紅與黑》的男主角。

切莫以人為鑑

古有明訓：「以人為鑑」。大家都知道這句話的意思，就是當我們看到別人的不當或不良行為，應該反省自己如果有同樣的缺點，必須立刻改正過來。這句訓示非常有道理。

先跳開話題。兩三天前的晚上，突然有個朋友慌慌張張衝進了我家，邊擦汗邊告訴我：

「我剛在路上看到嚇死人的東西啦！」

任誰聽到這樣的話，都會以為他看到鬼了吧。

後來才知道，那天晚上十點左右，他在路上遇到的是一位妙齡女子。那女子穿著不曉得算是內裡襯衣還是睡袍之類的一襲透明薄紗，身上除了內褲以外簡直一覽無遺，她就以這副打扮走在大街上。畢竟她還是有些擔心讓人瞧見了難為情，於是沿著路邊縮著身子偷偷摸摸逃也似地跑走了。最合理的推論應該是，她到附近鄰居家借浴室洗澡後，在回家的路上不巧被人撞見，使得目擊者大為吃驚吧。

說到這裡，我回想起去年某個夏夜十一時許，我也曾在新宿看到不可思議的情景。

當時，我應該是走在新宿第一劇場的後巷裡，由於側邊架有天橋，橋下略顯陰暗，但還沒到人車杳然的深夜時分。當時，也出現了兩個妙齡女子，兩人都足蹬木屐，宛如出現在〈牡丹燈籠〉那個鬼怪故事裡趿著木屐的鬼魂般，只要靠近生人，就會踩出喀拉喀拉的聲響。她們穿著性感睡衣，下擺只到大腿根部。這也是馬路上難得一見的奇景。也許她們只是天真地認為，既然買了當時最流行的性感睡衣，就該穿出來讓大家欣賞吧。

回到「以人為鑑」的主題上。這句格言想來是出現在太平盛世之際，在現在的時代潮流中早已過時了。不管是瞧見身上只穿著內褲和罩著薄紗走在夜路上的女子，或是看到裹著一襲性感睡衣在街上散步的女子，那種感覺簡直就像深夜時分突然在路上遇到外星人！光憑人類目前的智慧，實在無法解析這些女孩的腦袋瓜裡到底裝了些什麼。在今天，即便想要「以人為鑑」，其根底思維也完全凌駕在同儕意識之上。

如今，已不再是過去的那個時代了。

因此這句格言應該訂正為「切莫以人為鑑」，才能適用於現代。

「那個人都敢做那種打扮了，我穿成這樣根本算不上什麼。」

這才是修正之後的新格言所代表的精神。

此處所體現的是，切勿安逸於既定的規範之中，而應當親自開創出新秩序的積極意志。在這關鍵的時刻，得以借鏡的是那些永遠走在最極端、最不依循社會常軌的人們。這就是不按牌理出牌的人，能在現代社會中獲致成功的理由。

「那傢伙竟敢朝皇太子的馬車扔石頭，真了不起呀！這麼說來，只是朝國營電車的窗戶丟石頭的我，還差得遠呢！」

「聽說那女人居然對背叛她的男人臉上潑灑硫酸！和她比起來，我只是去了拋棄我的男人的結婚典禮，把蕃茄醬淋在結婚蛋糕上，實在算不上什麼！」

把所有類型的犯罪行為，甚至是極端偏激的犯罪行為，全都當成範本準則，藉此正當化自己的輕微錯誤舉止，已經成為現代的潮流。所幸並非每個人都是吃下熊心豹膽的天才罪犯，多半只把別人的惡形惡狀，當成自我聊慰的事例罷了。

我總覺得，不宜一概否定這種風潮。比如義大利在文藝復興時期，這股潮流也曾風行一時。即便是驚天動地的嚴重罪行，也是人類能量的產物，應當致上崇高的敬意才是。王侯之間下毒除敵的歷史一再重演，而天才往往也正是大惡棍。「向善的規範」與「向惡的規範」同時並存於這個世界中。不見得都像一些冥頑不靈的老學究們，只要一聽到「惡」字，就當即聯想到會造成社會的不安啦、破壞社會的秩序啦等等。有時候，「惡」反而是整頓社會秩序的重要力量。

「既然那傢伙都敢幹那種事，我豈會輸他呢！」這想法代表的是積極的意志，總比認為：「如果他做了那種事，那我什麼也不要做。」要來得像樣些。

舉個最近談論的例子。有些家長會的媽媽們以及文部省[1]的官員們近來大肆抨擊部分電影與電視節目，認定這些正是誘發青少年犯罪的最大幫凶。可是青少年喜歡使壞甚至殺人，其實是出自於無從扼抑的人性。其中只有極少數人真的變成罪犯，其餘的大多數都是「沒能成為罪犯的人」或者「不再犯罪的人」。這是成為遵守社會規範的大人的必經之路，只是大人們不是忘了，就是故意噤口不提。這世上沒有任何一齣電視劇是從頭到尾絕無摻雜絲毫醜惡成分或負面態度的，即使是古早的童話故事，也必定會有壞人登場，遑論格林童話裡的故事情節，更是殘忍無比。

從這層意義而言，就算電影和電視節目為了兒童而除惡務盡，但兒童絕不可能滿足於「潔淨的家庭溫馨劇」。他們必定會想方設法，偷跑去看暴徒逞凶鬥狠的影片。

站在教育的角度看來，現在的兒童比起我們當年要來得幸福多了。因為他們從小就有機會學習如何與邪惡周旋。

只要他們從小就常在電影和電視上看到壞人，即可對邪惡的事物產生抵抗力，等到長大進入社會以後，就不會對成人社會的醜惡面感到那麼驚訝，也得以及早體認到像「月光假面騎士」[2]在影集裡那般純粹的正義感，在真實生活中其實是沒有施力點的。因此，我反對家長會的訴求，認為應當讓兒童觀賞更多壞人必勝的電影和電視節

1 相當於台灣的教育部。

目，而且也應該讓兒童自己探討該如何對付邪惡。

考克多[3]曾經描寫過在法國某一所中學的宿舍裡，老師對一群抱怨某同學舉止驕縱的學生們說：「你們應當養成自己處理問題的習慣才行。」

翌日早晨，人們發現了一具被吊死的屍體，死者正是那個驕縱的學生。這是孩子們聽從大人抽象的人生訓誡，將自己罪行予以正當化的諷刺例子。

假如當時，大人告訴小孩：「他真是不像話呀！大家把他吊死吧！」

如此一來，會有什麼樣的結局呢？我認為，那些孩子們可能會由此體悟到自己「作惡」能力的極限，喚醒其理性的一面，因而不至於犯下殺人罪孽。倘若孩子認為只要完全遵循大人的道德觀，就不必對自己的行為負責，說不定某一天會突然發狂起來殺人。不論是小孩子或是青少年，其實都有這種傾向。

2 該影集名稱直譯為《月光假面》（Moonlight Mask），是日本第一部自製的面具騎士英雄系列影集，主角是一位以布巾蒙頭覆面、於額上綴有新月標誌的神祕英雄，騎乘拉風的機車四處行俠仗義。於一九五八至一九五九年間播映，紅極一時。

3 Jean Cocteau（1889-1963），法國詩人、作家、畫家。

受到催眠的社會

有一本書叫做《搜尋布萊蒂墨菲》[1]，其內容令人匪夷所思。書中內容描述一位平凡的美國企業家，在偶然間學會催眠術以後，便時常對某朋友的太太施展催眠，竟使她逐漸恢復了前世的記憶，最後終於回溯到她前一世的完整記憶，並且驚訝地發現，她曾是十九世紀初住在愛爾蘭某個小鎮上的一位婦女。

縱使這本書的可信度不高，但是假如書裡說的都是真的，我們或許可以將催眠術這種科學方法，應用在探究超越自然與科學無法解釋的奇妙領域，並且證明佛教輪迴教義的真實性。

假如人類可以自由操控其他人的意志，想必會很有意思。不論是政治或是藝術，其終極目標同樣都是享受操控人心的樂趣。可是這種「遊戲」也有其應遵循的規則，必須在對方完全保持理智的情況下，加以操控對方的想法與感受。如此，方能充分顯示出政治與藝術的磊落、刺激、堅持等面向。絕不能像某本小說裡所寫的，讓女人服

1 一九五六年出版，由美國人Morey Bernstein所撰寫的*The Search for Bridey Murphy*，當時為風靡全美的暢銷書。

下安眠藥後強占了她，這種違反規則的行徑絕不是正派的「遊戲」。就「操控人心得到的樂趣」這點來說，催眠術應當和莫札特的音樂、印象派的畫作、議會政治等等事物沒什麼差別，然而催眠術之所以顯得格外可疑，正是由於人們高度懷疑它違反了前述的「遊戲規則」所致。

究竟是誰認定，真有所謂的「人類的理性」這種東西呢？我想，大概是康德先生[2]決定的吧。較為合理的推測應當是，先有古典的理性思維，接著根據這層基本概念制定規則，之後才有違反規則的情況。假如我們認為人類根本沒有理性，那麼催眠術的可信度也就不會再遭到質疑了。因為，自從進入二十世紀以後，人類似乎對理性的信仰開始產生懷疑，否則一個有理性的人，為何會被納粹巧佞的宣傳神話所誆騙，繼而幹下屠殺猶太人的髮指行徑呢？恐怕沒有人能夠說出一個正確的答案。

設若是個有理性的人，亦未被灌下安眠藥，卻受人蠱惑煽動而隨之起舞，那麼理性實在很不可靠呀！這等於在完全清醒的狀態下卻被人訛騙宰割，那真不曉得這種人的眼睛長到哪兒去了！既然腦袋是清醒的，竟還任人擺布，倒不如在被催眠的情況下意志受到掌控，心裡來得舒坦一些。這麼一來，事後也不必擔心自己會被究責。在這種情況下，催眠就不會被一概認定為「違反遊戲規則」的作為了。

或許在深層的意義上，催眠術一時蔚為流行，就是因為碰巧搭上這股現代潮流吧。

不僅如此，包括施術者與受催眠者，雙方在潛意識裡都希望能藉此逃避責任，這也和現代人的想法不謀而合。在現代人的心底一隅，總是隱藏著只想聽話照做、不想自己擔責，形同自願被奴化的渴望。況且，只要有人揚手在自己面前數著「一、二、三、四……」，立時就能進入夢鄉，並且隨著對方的指揮而行動，如此，人們不必經由政治或藝術等等麻煩的技術與程序，便可達到相同的境地。這在忙碌又不想費事的現代人看來，可真是徹底符合他們的需求！

據說，近來電視媒體已經研發出一種置入「看不見的廣告」的行銷技術了。它能以人類的眼睛無法辨識的極快速度，在節目中一次次反覆播放「一定要買三島香皂！」、「三島牌巧克力最好吃！」之類的文字訊息，致使聚精會神收看夜間棒球賽的觀眾在不自覺下，將「三島香皂」和「三島牌巧克力」烙印在腦海中。等到這些觀眾明天經過雜貨店或糕餅鋪的時候，便會很自然地停下腳步，開口向老闆說聲：「我要買三島香皂。」

以上這種情況就是在主動意識清醒的狀態下，潛意識卻遭到操控的實例，委實駭人聽聞。當人們的理性信仰一旦潰散瓦解，便無法分辨出，處於主動意識下的自己，以及潛意識下的自己，究竟有什麼差異？

2 Immanuel Kant（1724-1804），知名的德國哲學家。

聽說有一種病叫做電波病。這些患者抱怨即使在晚上睡覺時，電視和收音機的電波仍然持續貫穿他們的身體，使他們根本睡不安穩。實際上，我們每一個人、每一天都生活在肉眼看不見的電波之中，再加上每分每秒也都受到宇宙輻射的照射，對電波根本防不勝防。只要一下雨，雨水中就含有大量看不見的輻射能。說不定在你喝的牛奶裡面，就含有輻射能。不僅如此，還有更多看不到的細菌以及數不盡的東西都可能對人體造成危害。假如大家都能用肉眼看到這些物體，能夠以感官意識到這些物體，大概全世界的人都要發瘋了吧！

也因此，現在可說是個「受到催眠的時代」。

有人認為，這一切都是由於傳播媒體所造成的。但若是沒有一群**自願**被催眠的閱聽大眾，傳播媒體根本無法發揮其強大的影響力。比方傳播媒體瘋狂地拚命播放「美智！美智！[3]」的暱稱，使得一個原本平凡無奇的名字，頓時變成一個只要民眾聽到就會雀躍欣喜的咒語。傳播媒體的高明之處就在於絕不採取高壓命令的手段，更沒忘記在傳達訊息時，仿效催眠大師那溫文敦厚的獨特嗓音，輕柔甜美又小心翼翼地說道：

「如果不需要的話，請切掉開關；假如不想要的話，不買這本雜誌或這份報紙也無妨喔。我們只是在對願意主動伸手打開開關、願意主動購買報紙和雜誌的人說話而已。」

綜合上述情況，可以很清楚地發現，獨裁政治和恐怖政治早就過時了。想要以高壓手段命令民眾，必須耗費極大的心力，更需要龐大的警力和眾多祕密警察負責執行。倒不如運用輕柔的「洗腦」技巧，讓民眾在不知不覺間順從接受更有效率，也能促使洗腦的技術日益精進，而所謂的「遊戲規則」，亦隨之成為過氣的陳舊語詞了。

可我這人偏偏個性乖僻，既不願接受催眠，也不願意對別人施行催眠！在不知情的狀況下受到催眠實在令人不舒服，而且在現有的技術下，倘若要以某種方式對任何人施展催眠術，就必須要把個人特質盡量模糊化才行。

我立刻聯想到，人類最應該向貓看齊。因為再沒有比貓更冷淡、更無情、更任性，並且絕不任由人類擺弄的動物了！牠恐怕也是最不容易被催眠成功的動物吧。因此，我也想要模仿貓，盡量讓自己變得冷淡、薄情、麻木不仁、自主獨立……。而且，只在想吃魚的時候，才願意發出撒嬌的喵喵聲。

3 日本平成皇后（1934-），一九五九年與皇太子明仁親王結婚，其婚前的名字是正田美智子，傳播媒體當時將皇太子妃暱稱為「美智」。

惡毒的話語

在戲劇裡，經常採用搬弄讒言和背地造謠，作為整齣戲最關鍵的轉捩點。在莎士比亞的名劇之一《奧賽羅》中，就是描寫奧賽羅聽信了伊阿古的讒言，竟然親手殺死了深愛的妻子苔絲狄蒙娜。劇中利用了妻子的手帕，作為其紅杏出牆的證據，這也就是誘發奧賽羅猜忌的直接動機。可是，這個物證其實根本不足以證明什麼。假如那條手帕不曾像浸泡在毒香水裡那般，沾染上伊阿古的惡毒壞話，縱使是善妒的奧賽羅也不會輕信妻子的不貞吧。因此，真正發揮強大威力的，畢竟還是那惡毒的言語。

如同古時候的言靈信仰[1]，語言確實暗藏著驚人的力量。語言所能發揮的力量可說是千奇百怪。比方在報紙上，以最大號的字級印上「池田內閣大幅改組」的標題，並不會使一般民眾感到震撼。您不妨試著讀一讀這幾個字：「池・田・內・閣・大・幅・改・組」，這一串音節既空洞又沒分量，唸過就忘了，恐怕連當咒語都沒資格吧。

假如換做是一個朋友在你耳畔壓低了聲音，告訴你：

「喂，你留神一點！聽說這回的裁員，課長打算開除你喔！」

相信你聽到這段話所受到的驚嚇，絕對比看到方才報上的標題時還要大上幾百倍！

一般說來，報紙上的報導皆是以事實為前提，而且既然印出了斗大的標題，肯定絕對是有憑有據；相比之下，朋友的話可能沒有任何依據，更或許是故意戲弄你的，可造成的震撼效果卻不只千百倍！這麼看來，話語和事實，或者說和現實狀況之間的相關度，並不如想像中那麼高。

話語能夠當下爆發出怪獸般的迅猛力量，是由於它直搗我們的內心深處，況且還是從與事件無關的第三者轉述得知的。

「A先生說你是個色瞇瞇的傢伙呢！」分明沒有任何確證，可光是別人這樣描述，你一定立刻對A滿腹恨意了。

「你對B小姐一片癡情，可那女人除了你以外，還跟另外兩個男人交往呢！」倘若你現在喜歡的是B小姐，這種話簡直就是一劑劇毒。

「聽說○○工業的股票快要變成壁紙囉。」這類耳語總在不經意間導致嚴重的後果。

流言蜚語的傳播速度與影響力，比任何廣播電台播報的新聞更快更大的理由就在

1 古代日本人相信語言具有神奇的力量，說出口的話語便會達到其代表的功效。

於其「話語的本質」。也就是說，流言蜚語多半不是基於事實，而是建構在我們心裡的期待與不安之上，因而成為這些情緒的抒發管道。這就是話語擁有的靈力之中，最具代表性的一種。

比方說出「這是事實！」這種自吹自擂的話語，似乎沒什麼力道，其作用就和「這是真的！」這種慣用的發語詞相去不遠，無法在一開始就引人注意。這時，就必須仰靠「毒語」的力量來發揮絕妙的功效。

舉個例子，「最近謠傳C社長快要下台了」就要比「根據確實的消息來源指出，C社長快要下台了」更會讓當事人嚇出一身冷汗。

仔細想想，人類社會只能透過語言這種跛扈的生命體的靈力相互溝通。人們便是沉浸在語言所營造出來的幻想氛圍裡，努力克服溝通過程中產生的重重誤會與障礙，而辛苦地生活下去的群體。正因為我是小說家，所以比誰都明白語言的毒效。

幾乎每部小說都會聲明「以上情節純屬虛構」。儘管如此，不，應該說正因為這樣，才得以把有毒的語言注入讀者的體內。甚至可以說，閱讀小說的樂趣就在於，作者與讀者間已達成某種默契，讀者曉得這並不會造成身體上的實質傷害，因而同意作者把語言裡的毒素盡量施打到其體內。

有些行事直莽的男人，常會脫口說出失禮的話。比方：

「你的鼻子還真扁呀！直到我見到你老爸時才恍然大悟，你這塌鼻子可是其來有自呀。不過，你老爸的鼻子，還比你長得像樣些。」

「聽說你每天出門前都只能向太太領到一百圓？這正是現在最流行的『百圓丈夫』呀。你不覺得身為男人，這樣很沒面子嗎？」

「你家真是髒得要命！簡直跟貧民窟沒什麼兩樣嘛！就算想說場面話稱讚幾句，也根本讓人開不了口，真佩服你竟然還住得下去。家裡該不會還長了一堆臭蟲吧？」

「你的孩子一個個長得都跟南瓜一樣醜呀！就算男人講究的不是長相，可難看到那種地步，等他長大想交女朋友的時候，一定會恨死你這個老爸！」

遇上這種有話直說的男人，大家不僅覺得他沒有惡意，更喜歡他的心直口快。這是因為我們受到當面的批評時，能夠立刻武裝起來護衛自尊，對於不中聽的話一笑置之即可。說得更確切些，面對面直接受到批評的人，還能保有其自我的主體性，所以那些壞話的毒效較少，殺傷力較低。

可若是從第三者口中聽到了別人批評自己的壞話，比方：

「那傢伙到處宣傳你的鼻子塌得要命！」

這時，我們完全喪失主體性，無法抵抗防禦，只能任由別人嘲諷，因此心裡五味雜陳，很不是滋味。

「**我竟然是大家背地裡的笑柄**！」在這種情況下，可憐的自己慘遭眾人孤立，一籌莫展。想到這裡，不禁火冒三丈。

這時候的「我」，是什麼樣貌的呢？主體性徹底被剝奪，在社會中像顆小石子般任人隨意蹬踢的「我」，究竟是什麼樣貌的呢？是否這才是自己一無是處、最不想面對的赤裸裸的真面目呢？

推演到這裡，我們恐怕要修正開篇時的立論，認為話語和事實或現實狀況之間的相關度不高。甚至可以說，告密、惡意中傷、毫無憑據的謠言……這些話語才是能夠真正殘酷地揭露出我們不願意面對的自我真實樣貌。伊阿古對奧賽羅密告苔絲狄蒙娜的不貞，根本是憑空捏造的。然而伊阿古惡毒的密告所精準逼露出來的，不是苔絲狄蒙娜，而是高潔的奧賽羅那軟弱的人性與真實的面目。

應當隱匿結婚生子的身分

有位男影星在走紅前已經正式結婚，兒子也上幼稚園了。可是電影公司擔心當家小生的已婚身分恐將導致人氣下滑，下令他對外宣稱仍是單身，於是他一直不敢對外介紹妻兒，連在公眾場所中，兒子也只能稱他「哥哥」而不是「爸爸」。

很難想像在這個時代還有這麼離譜的事情。過了一段時間，孩子在幼稚園同學的面前也感到彆扭，不解地問說：「為什麼不可以叫爸爸呢？」

終於在一個夏日，男影星在海邊被大批影迷們團團圍住時，孩子天真地朝他大喊：

「爸爸！」

這一聲呼喚，讓男影星領悟到陪伴孩子長大比什麼都重要，於是下定決心極力說服公司高層，最後終於公開舉行結婚典禮，向外界介紹妻兒，而父子倆再也不必顧忌旁人的眼光，得以大大方方以父子相稱。

這個故事真是賺人熱淚。

我不禁聯想到，若是讓那些分明已是三個小孩的父親，卻在銀座或新宿的酒吧裡大言不慚地回答：「你問我結婚了沒嗎？我還是單身漢呢！」藉以喬裝未婚的傢伙聽到了這段故事，不知道他們臉上會出現什麼樣的表情？

我有個朋友，女兒都已經上大學了，在外面還裝出一副單身男子的模樣四處玩樂。可他的偽裝功夫一流，就連有人在他時常光顧的酒吧揭穿他的真面目告訴別人：「那傢伙早就結婚生子了。」竟然沒人相信！

儘管同樣施展佯裝單身的演技，但是這樣的男人和前述的男影星，卻處於截然迥異的情境之中。

男影星必須緊張地從早到晚，一刻不得鬆懈地對所有社會大眾使出混身解數，其演技不容出現絲毫破綻。這是一場他和整個社會的殊死戰，而友軍只有妻子和小孩而已。在這場殘酷的戰爭中，就連無辜的小孩也被迫不斷精進其不自然的演技。難怪男影星一心想求解脫，盡早公開宣布：

「我才不是單身呢！我已經有妻兒了！」

可是，在飲酒作樂的場合裡假冒單身的人可就不同了。這些人不必犧牲家人，輕鬆愉快地一人出飾兩角，既能在家享受一家之主的權威，又能在酒館裡享受單身男人的自在，可謂集天下之樂事於一身。只要沒犯下詐欺結婚的嚴重罪行，他可以在毫無精神壓力下保有其雙重身分，永遠開懷樂逍遙。

就算是禿子一個，只要是單身漢，在女人看來便有某種想像空間，因此單身男子的好處自是數說不盡。拿我來說，結婚以後收到女書迷的來信數量驟減，讓我感到沮喪極了。

不過，我認為那些有妻有子卻裝作光棍的男人最是厚顏無恥，令人憎惡。最理想的男人是，光憑其一派神采瀟灑的氣度，何必在意他有無妻兒，連女人也不會刻意問他「你有小孩了嗎？」要想擁有這樣的風範實在不容易，這不是光靠演技就能裝出來的。

承蒙多管閒事的媒體之賜，我們這些搖筆桿的一旦結婚生子，根本別想瞞過世人。然而，我們仍想保有男人的孤獨感。

同為男人，每當我看到失去了孤獨感的男人時，總忍不住升起滿腔的憤懣。這種孤獨感是男性尊嚴的根源，倘若失去了它，甚至可以說不配當個男人。不管是有十個小孩、或者三個太太，不，就是這樣的男人才更應該散發出孤獨的氣息。說得簡白一些，就是要有著名西部片裡的男主角「西恩」[1]的那股千山獨行的孤獨感。這樣形容，大家應該比較容易了解。

只要是男人，或多或少都應具有陡峭孤峰般的特質才行。在井上靖[2]先生的小說

1 此處應指一九五三年出品的美國電影《原野奇俠》（Shane）。牛仔西恩為新來的牧場趕走壞人，隨後情不自禁地愛上了牧場的女主人。他在除掉另一個大惡棍以後，為免引來事端，便瀟灑地騎馬離去。牧場的小男孩在目送他遠去時大喊：「西恩，回來吧！」成為本片的經典鏡頭。

中，男主角經常備受女人青睞。世間的平凡男子都應當擁有孤獨，即使沒法像故事男主角那般英雄式的孤高，至少也得具有看似滑稽的孤傲。

近來有愈來愈多年輕爸爸喜歡炫耀自己的小孩，真是讓人反胃。或許是在美國人的影響下，他們也學起美式作風，動不動就把小孩的照片拿給人看。每當我看到這種情景時，總被惹出一肚子火，難道這些男人寧願拋開男性的尊嚴，一頭栽進柴米油鹽的俗事中嗎？覺得「自己的小孩很可愛」是屬於最私密猥褻的情感，不能拿出來現給別人看的。甚至可以說，倘若是猥褻的情感，也許還能暗暗和同好分享，可是「對於小孩的情感」完全屬於私領域的個人情感，根本不可以尋求他人的同理感受。

到了現代，男人的孤獨感或許可以演繹成在工作上的孤獨感。在古代，男人把妻子留在山洞裡獨自出外狩獵，在山野中漂泊時的那份孤寂，到了現今，就成了從事各種職業時的孤獨感。

不論是新聞記者、公司職員、相撲力士、拳擊家、單口相聲家等等，當從事各式職業的男人埋首工作時，他不再是「喬裝的單身漢」，而是回歸至「本質上的單身者」。坐在舞台上的單口相聲家如此，在擂臺上流血格鬥的拳擊家也是如此。相較之下，那些「酒館裡的單身漢」根本是最差勁的。如果還有女人受到那種男人的欺騙，那可是女人自己的錯。

在這件事情上，女人也有其可議之處。她們從利弊得失的角度掂量男人，只留意那些法律上的單身男子，結果反倒受騙落得兩頭空。她們就是不願意認同方才提到的男人本質上的單身心態，實在讓人傷腦筋。假如對方男子是其他人，她們只關心他是否符合法律定義的單身身分；設若是自己的丈夫，她們便極力親自抹去丈夫的單身心態。甚至會以逼問丈夫「你不愛我了嗎？」作為恐嚇的手段。

結婚也好，生子也罷，男人終歸是男人。事實上，我更想大聲疾呼的是，希望女人能更加寬待已經結婚生子的男人，讓他在心底保有「孤獨」的一隅。

話說回來，我此刻雖說了這樣的大話，可就在不久前，有一對朋友夫妻剛邀過我去酒館談天。就在打算告辭時，我竟在一群美女面前一時嘴快說出：

「家裡還有小寶寶在等著我，我得先回去了。」

這種掩飾難為情的拙劣手段，簡直是讓男性尊嚴蕩然無存了。

2 井上靖（1907-1991），日本小說家。

應當發牢騷

人生在世，如果總是抱持「您說得極是」的態度，不僅沒有半點好處，還會老是吃虧。

「這是上級的指示，只好聽命照辦。」

「我有自知之明，受到這種待遇也只能認了吧。」

「所謂人微言輕。不管我說什麼，也不會有人搭理我吧。」若是持有這種想法的人，終其一生都會吃虧，甚至還會落得被諷為「爛好人」的下場。

已故的演員喜多村綠郎[1]被起了個綽號「嘮叨綠」。他能夠成為那麼大牌的演員，其才華自是不在話下，而凡事堅持完美的要求態度，亦必然是這個綽號的來由。

可是，發牢騷是人類與生俱來的本性。一個不嘮叨的人，大抵是經過了人生經歷的淬鍊。會吵的孩子或許能討到糖吃，若是討不到好處也沒什麼損失，這可說是人的本性，從嬰兒身上可以得到最有力的證明。小嬰兒想要喝奶的時候，就會不顧一切放聲嚎哭，在沒達成目的之前絕不會停下來。他的腦中絕不會有「反正不會有人理我」或「像我這種個性的人，別人才不會給我奶喝」的念頭。這種毫不反省的索求態度，正是人類求生意志的體現。

在人類世界中，有的是稚弱的嬰兒，無法僅憑自己求生，只能透過狂哭嘶喊以求得別人的幫助。依此推論，有力量的成人應當不必叨念求援，可以自己完成一切。但是，仔細觀察社會實態，愈是有力量的傢伙愈是愛發牢騷，而且收效愈豐。

「力量」也分成很多種。

「哼，看我不狠狠揍他才怪！」

這種無故找碴的傢伙，多半是對自己肉體的原始力氣頗具自信的混混。在他撂話之後，當然可以達成某些目的，可也不會是天大的獲益。因為在現代社會裡，掄拳頭要力氣起不了什麼作用。

一個人必須先握有權力與社會地位，才具有發牢騷的資格。

當然，光有這兩項條件還不足以無往不利。比如，異性的相處也是一種角力過程，有十足信心自己深深被愛的人，才有本錢向對方嘮叨。想要握有這種發言權，就必須要有其他的力量作為後盾。除了權力與社會地位以外，又譬如工會之所以能向公司提出要求，就是因為集結了團體的力量。回到方才的例子，嬰兒之所以敢哭鬧，或

1 喜多村綠郎（1871-1961），日本新式舞台劇演員，擅長反串女角。

許是因為他在本能上確信大家都非常珍視他吧。

我們試想，一個沒有力量的人卻有滿肚子怨言的情況。比方一個新進員工向課長抱怨，「如果不幫我加薪的話，我就不想做事！」或是「我的辦公桌太破舊了，根本沒辦法工作。若是不幫我買張新桌子，從明天起我就不來上班了！」課長聽完，應該會回他一句「請便！」並且當場把他開除吧。

又比如，小老鼠去找大貓交涉，「以後請別再發出奇怪的喵喵聲、四處兜轉晃悠，好嗎？如果您還一意孤行，從明天起，我就要每天在天花板上開運動會喔！」想必不等小老鼠說完，大貓已經一口把牠吞下肚了。

再舉個例子。沒沒無名的小說家帶著稿件來到雜誌社，還嚷嚷著：「你們到底什麼時候才要看我的稿子啊？如果你們不看的話，我可要把稿子帶回去啦！」想必雜誌社還巴不得他快點回去呢。

不自量力而大聲小氣的人，不但撈不到好處，也只會讓人看笑話。

可如果不計較後果，有時得以透過發牢騷的方式確知自己力量的極限，並且讓對方再次見識到我們擁有的力量，這種欣喜可說是無價的。這就像一個有力氣的人，如果不偶爾找人打架，就不知道自己的腕力有無退步一樣；假如不適度發牢騷，就無法得知自己的力量還能發揮多大的功效。因此，發牢騷不僅是對自身的無形財產的量測方法，在面臨勢均力敵的對手時，也是一種展現氣勢的果敢挑戰。但仍應當精準擇選發牢騷的時機，才能夠勝券在握。

例如說，你撰寫的劇本即將被某劇團搬上舞台，再過四、五天就要開場了。到了這個節骨眼，這才發現該劇團完全不尊重原作，擅自竄改演員的配比與情節的編排。如果你想向他們抗議的話，應該暫時按兵不動，靜觀事態的發展，先在心裡盤算著，「瞧你們那放肆張狂的嘴臉。好啊，我就多看你們耍一陣子猴戲，到時候再好好欣賞你們哭喪著臉的模樣！」並且暗自享受著自己有辦法讓人陷入困窘的刺激快感。

一般說來，令人陷入難堪困境的力量，要比讓人得到幸福快樂的力量，其效果更昭彰顯明。

等到時機成熟的時刻來臨，你就發表聲明：

「不准上演！劇作家很不滿意，要撤回劇本。」

劇團一定立刻陷入混亂。原本沒放在眼裡的劇作家，頓時成了他們大批人馬輪番登門賠罪的對象。你若是想要多享受一會兒這種樂趣，就不能太早點頭接受。隱身在震怒面容下的愉悅，藏躲在憤慨神情下的快樂，掩飾在撂出狠語下的開心，這世上再也沒有比這更令人快活的事了！這時倘若你浮現笑容可就穿幫了，得擺出凶顏正色才能享受到真正的樂趣。直到你認為給他們吃夠苦頭的時候，再適時表示同意，就可以完美收場了。從此以後，他們會對你多予敬畏，而你的權威也得以藉此建立起來。

「我非常憤怒！」

當你能夠對眾人拋出這句話時，才能體會到成年人真正的愉悅，享受到擁有力量者的快樂。「憤怒的年輕人」（Angry Young Man）[2] 風潮，也只是羨慕成年人的這種快樂而加以模仿而已。通常沒有人會把「年輕人」的憤怒當成一回事的。

把視角拉回到日本的政界。儘管國內社會對於一連串你來我往的撂話政爭感到憂心忡忡，可悲的是，從二戰結束後迄今，我還未曾看過能在國際政治舞台上撂下豪語而大快人心的大人物。在戰前，松岡洋右[3] 曾經演出過退出國際聯盟的撂話大劇，可那僅僅是仗著軍方勢力做靠山，像個街頭混混鬥狠逞凶罷了。應該要像印度的尼赫魯[4] 那樣，充分發揮印度人的狡猾與難纏，才稱得上是伺機謀求國家利益的專家。他透過高明的利索手段，不必花費多大力氣，就能達到宣揚自身的高潔，與確認自己實力的雙重效果。

我不曉得現在的日本算是三等國家或是四等國家，可是，在國際間別老是採用「謹小慎微」的外交手段，偶爾也該發個牢騷吧。唯有透過這種方式，才能確認自己擁有多少實力。

2 一九五〇至六〇年代，英國的文學與電影界掀起一波探討勞工階級年輕人苦無人生出路的浪潮。
3 松岡洋右（1880-1946），日本外交官。
4 Jawaharlal Nehru（1889-1964），印度獨立後第一任總理。

何謂「吃得開」

這陣子常聽到男人們談論「吃得開」和「吃不開」的話題，弄得我一頭霧水，這到底是怎麼回事呢？

或許這樣說，聽起來宛如秋風蕭瑟的落寞，可我真的已經有好長一段時間，不曾有受到青睞的記憶了。假如陪酒女郎的奉承諂媚也算是「受到青睞」，只要每天晚上多帶些錢上酒吧，管你禿頭還是缺牙，都能輕而易舉受到陪酒女郎的歡迎，可這算什麼呢？文人在演講時說些討女孩歡心的話而博得了滿堂彩，這就叫做「吃得開」嗎？稍微有點名氣，被女孩們稱為「大師」甚至央求簽名，這就叫做「吃得開」嗎？這些都沒有任何實質意義，就好比經過鰻魚鋪的門前，聞到了陣陣鰻魚的燒烤香味而已。

說到這裡，我發現女人很少說「吃得開」這句話。「吃得開」這個字眼顯現的是男人特有的卑劣性格與自我陶醉的做大夢。女人比男人更重視實際的利得，不會因為受到幾句恭維，就樂得暈陶陶的。

不過，也因為女人聰明機靈，摸透了男人「喜歡受到青睞」的心態，非常清楚男人是吹捧不得的，哪怕只是稍微誇他領帶的花色好看，也會立刻高興得分不清東西南北了。相反地，女人經常受到奉承，所以光是幾句恭維話，還不足以讓她心花怒放。

可男人就不同了。要是有人曾告訴他：「你長得有點像亞蘭德倫呢。」他就會高興得邀集朋友一起去看亞蘭德倫主演的影片，滿心期待詢問友人：「怎麼樣？你不覺得那個演員和某人長得有點像呀？」其實，他長得比較像冷面笑匠鮑伯霍伯哩！

像這種沾沾自喜到處吃得開的人，多半不曾分析過自己究竟是為什麼、又是在什麼情況下吃得開的？在女人看來，也許只是覺得他像小丑般有趣而鼓掌叫好而已；或許因為他家財萬貫、一擲千金，想從他身上撈些好處而已；抑或是認為他是個不危險又容易上鉤的對象，才會施展媚功而已；也可能看準他是個安全可靠的結婚對象，所以說些場面話恭維一番而已。

那些老是把「吃得開」幾個字掛在嘴上的人，往往是極度缺乏自信，自卑感很重的男人。倘若他不藉由「吃得開」的自我催眠，就沒有信心去談戀愛。因此，「吃得開」的想法對他來說等於談戀愛的必備要件，只要他一旦相信自己吃得開，就能產生信心，不論對方的條件高低，他都敢放手去追。這種男人總是炫耀自己從年頭到年尾都大受青睞，其實這些話都是說給他自己聽的。如果他不催眠自己是個「吃得開的男人」，根本無法捱受住那股孤獨寂寞。

這種懦弱的爛好人，偏偏出奇的多。所以，女人對付男人的武器，不能只靠美色和肉體，還得加上讓男人深信自己「吃得開」的巧妙訛詐手段這項強大的武力。

「自從上次和你見過面以後，我已經夢到你三次了。我到底是怎麼了呢？」

女人只要說這句話就夠了。只要這句不花上半毛錢的話，就足以讓男人認定自己「吃得開」。這世上再沒有更容易的事了。或許有人覺得光用話語讓他以為自己受歡迎恐怕還不夠，這倒不必擔心，因為男人沒有其他的方法能夠佐證自己「吃得開」了。

一個女人若是有許多男士拜倒在石榴裙下，情況可就大不相同了。男人會爭相送她花啦、送首飾啦、送貂皮大衣啦，他們的目的明確，營造出緊張刺激的強大氣勢。可男人即便廣受歡迎，也絕不會得到這種待遇。而且，在閒聊中開口閉口都離不了「吃得開」、「吃不開」話題的反倒是男人，真是讓人瞠目結舌。

這類「吃得開」的話題聽來刺耳，可我前些日子從一位女士那裡，聽到了一段頗具風雅的經歷。

故事發生在她單獨前往義大利西西里島巴勒摩（Palermo）旅行的期間。西西里島的男人看到女人單身旅行，無不爭相大獻殷勤。不管她上哪裡，總覺得會引來大批虎視眈眈的狼群，害她無心觀光，乾脆待在旅館那花果香氣濃馥的庭院裡，一個人坐在椅子上發呆。

不多時，一位衣裝考究但步履蹣跚的老先生走了過來，摘下帽子向她問好，還特地找來旅館的服務生幫忙介紹。服務生告訴她：「這位R先生應該是全義大利最年高德劭的知名律師，今年已經高齡一百了。」

日本女士聞言十分吃驚，還未及回過神來，老紳士已經坐在她身旁的椅子上，開口對她說：

「我從很久以前就一直很希望有機會和美麗的日本女子聊聊天。」

接下來，他開始談起西西里島的明媚風光、地中海醉人的湛藍等等。等到話題暫告一段落時，這位年已百歲的老紳士凝望著藍天，忽地嘆了口氣說道：

「可是，這世上最美麗的，應該是愛情吧！」

日本女士頓時傻眼，還沒能擠出話來，已先瞥見老紳士伸出他那滿布皺紋的手，顫巍巍地伸了過來，想要握住她的手，於是她便慌張地站起身來逃開了。

這段驚險記的確算得上「吃得開」。畢竟，能讓百歲老翁燃起熊熊的愛火，並不是隨處可見的豔遇呢！

我也想起了往昔算得上是受歡迎的幾段回憶。但是其中的一樁，實在沒法感到開心。

那一天，我和三位女士在一起隨意聊談。其中一位女士雖然長相秀麗，但是神態高傲，不給我好臉色看，我也對她視而不見。

聊了一會兒以後，其他兩位女士有事暫時離開，只剩下我和那位沒好臉色的女士還坐在原處。在略顯尷尬的氣氛之中，我將手擱在桌上，望向其他地方。

沒料到，那位女士冷不防伸出手，以塗著腥紅蔻丹的尖長指甲使勁刮劃過我的手背，一陣突如其來的劇痛令我跳了起來。待我定睛一瞧，她臉上甚至沒露出絲毫笑意，只一派氣定神閒地看向一旁。

就在這時，另兩位女士好巧不巧地談笑著回到座位上，害我來不及質問她。事後仔細推敲，或許這算是另類「青睞」吧！

最遺憾的是，我想不起來最近幾時有過「吃得開」的經驗了。

從假牙到「我」

近來有位朋友剛裝了五顆塑膠假牙，逢人就要咧開大口炫耀一番。我們這群朋友看了以後紛紛調侃他：

「這有什麼好拿出來獻寶的？」

「簡直和白磁磚一樣嘛！」

「要不要在那排磁磚畫上富士山的風景畫[1]呀？」

說到這裡，我想起曾在紐約遇見一個年輕人，他自稱是法蘭克辛那屈的表弟。他得意洋洋地告訴我，他的鼻子受傷以後變得歪七扭八的，後來去了拉斯維加斯動了整型手術，把一塊塑膠墊植入鼻梁裡了。

人們為什麼總愛把這種事情拿出來炫耀呢？

他們的外貌或許確實變得比較美觀，然而塑膠是沒有生命的物質，完全不屬於我們這些活體的一分子。可若經過仔細思考就會發現，通常我們引以自豪的東西，多半都是沒有生命的物質，不是真正生命體的一部分。有錢人喜歡炫耀財富、豪宅、一九六二年款的新車，體積小一點的比方鈕扣、瑞士製造的手錶等等。簡言之，他們炫耀的都是「沒有生命的物質」。而擁有這些「沒有生命的物質」的人，自認為比沒有這些東西的人要來得氣派好看，其實就和炫耀假牙的人沒有兩樣。

我在腦中勾勒著文明世界未來的樣貌。

人類的器官組織漸次被美觀的人工替代品置換掉，而整型手術也會成為歷史名詞，不論是皮膚、內臟、骨骼等等，全身上下的任何部位只要損壞了，統統可以像裝假牙般隨心所欲立即汰換。比方在美國，齒列不整齊的男性會被人看不起，所以有許多人會趁年輕時把一口亂牙全都換成假牙。到了未來，只要對天生的身體感到不滿意的部位，就可以像裝假牙那樣全都換掉。到了那個時代，「身體髮膚，受之父母，不敢毀傷，孝之始也」之類的古訓，將會淪為當代人的笑柄。

到了最後，說不定人類全身上下包括大腦在內，或許也都能用塑膠製品置換。當出生時的那副肉體徹底報銷的時候，一個嶄新的人工軀體就此誕生。於是，再也沒有「死亡」。在置換一項項代用品之際，人類已經在不知不覺中獲得了永生。屆時，所謂的「死亡」便不再像現在的生物般一旦死去就很快腐爛淌水，而是像一只壞掉的鐘被扔到垃圾場裡一樣，依舊保有其生前的樣態，永遠靜靜地躺在原地而已。

1 日本公共澡堂浴池間的壁面幾乎都是貼砌磁磚的，並且多半會在磁磚牆面上彩繪富士山的風景畫。

就在我胡思亂想之際，又有另一個疑問閃過了腦海：所謂的「我」，到底包括了哪些範圍？而「一個人」，究竟涵蓋了哪些部分？

首先來探討一下「我」這個人物。

一般來說，能夠被明確指稱「這就是我」的是自己的肉體。可是，肉體會隨著細胞的新陳代謝，每隔幾年就會完全蛻變更新。當我修剪變長的頭髮和指甲以後，被剪掉的頭髮和指甲已不再是我身體的一部分。依此推論，裝在我嘴裡的金假牙或塑膠假牙，和被剪掉以後成為無生命物質的頭髮和指甲，實在不容易清楚定義二者的差異。再比方我排出的尿液，和在我胃裡的胃液，這兩種液體的不同之處，也很難說得明白。

既然如此，那麼真正的「我」，是否指的就是我的思想？這就根本無從捉摸了。我的思想是在各種影響之下凝聚而成的，而且是無時無刻都在改變的。此刻才在思索「希臘悲劇」，下一秒已經在想「中式包子到底好吃在肉餡，還是麵皮？」一切思想都是支離破碎的；至於完整無缺的部分，僅只是被社會強迫填塞進來的普通低俗「常識」，況且，肯定沒有任何一個人會說「我就是由常識組合而成的生命體」。

當一個人在寫小說或論文時，其目的在於希望能讓人們了解其思想，因此也會盡量將其思想彙整成一致的型態呈現出來；但是最終完成的，只是由印滿鉛字的紙張裝訂而成的書籍，可總不能將封存在紙張上的思想當成了「我」吧？

再接著舉目四顧，我身上穿的內褲、內衣、運動衫、長褲、皮帶、襪子、鞋子，以及使用的鞋拔，再延伸到幾套西裝、毛衣、夾克，乃至於住家、存摺等等，雖然都是屬於我的物品，卻不能說成「夾克就是我」。

儘管妻兒都是我最親密的家人，但他們各有其獨立的人格，和我並不是相同的個體。

經過這番哲學思考演繹之後發現，在「我的……」的表述中，其從屬的概念委實曖昧不清。

直到此刻我才明白，在財產歸屬觀念裡的「所有權」，是多麼薄弱的意象。

我從這裡得到的結論是，人生僅能藉由「我擁有這個東西」的聲明而得到了滿足。從定義已趨模糊的「我」所延伸出「我擁有這個東西」的概念，至少在奴隸制度已不存在的今天，若想擁有某些東西，也只能擁有身邊的「無生命物質」，而該物質不必和我本身是同一物體。

推論到這裡，很明確地，開篇時所提到的假牙是「屬於我的所有物」。

我認為，與生俱來的身體部位不應該更換，可若只是所屬物，倒不介意努力改善。如果天生的牙齒蛀蝕了，可以換成假牙，看起來還比原本的牙齒更為美觀呢。

於是，我就此將「假牙」的概念納入了自己的人生觀之中。雖然它只是不具太大價值的「無生命物質」，可若要問，人類能否以人工方式製造出超越「無生命物質」之上的物體，還真得打上個大問號。畢竟，稻米和玫瑰花的生長，並非是人類無中生有的，人類只是幫大自然加把勁而已。

人類或許從出生的剎那，便開始將不確定是否存在的「我」，像放射線般不斷射向四周的「無生命物質」之中，於是「我」的濃度逐漸減少、消失、衰退。其後，再藉由「擁有」那些被烙印了「我」的「無生命物質」以日益壯大自己。

換言之，英雄偉人也不過是由假牙之類的身外之物所堆砌而成的，即令如此，他們還是比那些掉齒缺牙又沒補上的男人，顯得氣宇軒昂體面多了。

痴呆症和紅襯衫

不好意思，我又把讀者來函當作講座的題材了。我某次上電視節目高談大論，過了幾天就收到一張未署名只留下「服務於X大學精神科」的明信片。我已經好久沒收到如此令人拍案叫絕的讀者投書了！才疏學淺如我，必須恭敬聆聽這天籟般的訓示才是。

這位讀者寫了一手好字，推測應當是高知識分子。明信片的內容如下：

從你今天早上在電視上大放厥詞（誇大妄想）地談論紅襯衫，以及你家的畸形設計看來，你可能遺傳到很嚴重的痴呆症了吧！諸如梵谷、米開朗基羅、芥川龍之介等人也都罹患了痴呆症，所以莫札特才會那麼短命，梵谷才會那樣自殺；還有中台達也（三島注：是仲代達矢[1]吧？）和中原淳一[2]的住家也是由精神病患所設計出來的。我看你似乎對自己的成名十分自傲，但精神異常者通常都能出名。比方在德川末年，有

1 日本知名演員（1932-），由於「中台達也」與「仲代達矢」的日語發音相同，投書的讀者可能誤寫成同音字了。

個男人能表演從肚臍眼小解而聲名大噪;在二戰前,在龜戶那裡也有個叫花電車[3]的人遠近馳名。男性的精神狀態愈是異常,在生活倫理上愈是趨近女性,而女性的精神異常者則會趨近於男性。(就「意向性」判斷,)喜歡穿紅襪子、紅襯衫的男人,就和喜歡穿長褲、剪短髮的女人一樣,都是精神病患。

光是來函全文照登,本講座的讀者一定看得滿頭霧水,我來做個說明吧。

我當時在電視節目裡接受約莫十分鐘的訪問。口無遮攔且態度輕浮的主持人令我極為惱火,於是我始終擺著一張臭臉,毫無顧忌大放厥詞:「大家都想穿紅襯衫,只是怕引人側目所以才不敢穿出去,可我才不在乎,照穿不誤!」

投書人指責我的言詞浮誇,還對出現在鏡頭裡我家的設計格局挑剔找碴。我想,他自稱「服務於X大學精神科」根本是胡謅的。我既是小說家,對精神病理學多少有些涉獵,很清楚即便是新近如雨後春筍般冒出來的那些名不見經傳的大學,也絕不會聘用這種不具精神疾病正確知識的人吧。

這類投書的內容,代表今日的某種社會族群的意見。這也是為什麼我會把它特別拿到「不道德教育講座」裡的原因。

因為來函的內容乍看之下,幾乎是一份精神病的診斷書,實則在字裡行間發洩其道德批判。來函者若不是精神異常,就是一位嚴苛的道德家。在現代社會中,這兩者的外顯樣貌是十分神似的。話說回來，敝人在下也算是其中的代表人物。來函者或許自以為視我為敵，而在其潛意識中，把我當成了其同類夥伴的代表。

人為什麼要投書呢？因為孤單。為了試圖將其孤單的想法，包裝成社會大眾的意見，通常使用的手法就是投書。只要看看報紙上的某夫人專欄信箱，就很容易明白了。

投書者為什麼會感到孤單呢？因為他心裡充斥著不滿。換做是其他人看到了我上節目，頂多只會不屑地冷笑道：

「那傢伙又在胡說一通了。他老是把『每一個人都想』掛在嘴上，可我就不曾動過想穿紅襯衫的念頭呀！哎，由他去吧，當他又在胡說八道就好了。」

可是，投書者卻會把它當成一回事，深感不以為然，沒辦法像其他人一樣一笑置之。但他又無法當面反駁，這令他更加地憤慨。

為什麼投書者會義憤填胸呢？因為他是道德家。他喜歡用最嚴苛的道德標準，把雞毛蒜皮的事全拿來用放大鏡檢視。他認為應該身穿傳統的黑色和服，正襟危坐在陰暗日式房屋的榻榻米上，那才是日本人應有的樣貌。他堅決認定，那些愛穿紅襪子和紅襯衫的「堂堂大男人」簡直是娘娘腔，不可原諒。

不過，如果這些現象發生在從前，他根本無須把這些「非我族類」喚作是瘋子或

2 中原淳一（1913-1983），日本插畫家。

3 「花電車」一詞在大正時代是指在妓院裡由女子以性器官做猥褻的表演。

痴呆症病患。只要正色撂下一句：「男子漢大丈夫，成何體統！」就能取代千言萬語了。

例如，乃木將軍[4]便堅持這樣的態度。他認為男人塗抹髮油是不道德的舉止，無法忍受。在他的時代，對這種「標新立異」的行徑，僅需揚起道德的大旗，便能堂而皇之地予以抨擊、甚或禁止。

然而到了「現在」，瞧瞧，成了一個什麼樣的時代！男人滿不在乎地穿著紅襪子和紅襯衫，滿腦子只想著該如何打扮；而女人竟然穿上了長褲，毫不吝惜地把烏黑的秀髮剪成亂七八糟的短髮。

儘管那些生不逢時的現代道德家振臂疾呼：

「一個大男人打扮成那副德行像什麼樣子！難道不覺得愧對武士精神嗎！」

「女人家非得嚴守大和撫子的婦德才成！」

無奈的是，他們得到的回應只有嗤之以鼻，更形孤軍無援。這下該怎麼辦才好呢？

道德家們絞盡腦汁終於靈光一閃，宣布了那些人的罪狀：

「你是瘋子！」

「你有痴呆症！」

這樣就算宣判終結了。

現代社會的特性是，想法背馳的兩群人互把對方看做是瘋子。美國看蘇聯是瘋子，蘇聯看美國也是瘋子；不過，最近東西方的兩大瘋人代表竟能和和氣氣地舉行會談，天真地討論彼此的病情。只能說，時代真是愈來愈進步了。

道德家再也不能一本正經，抑或自以為是地躲在道德的保護傘下了。天可憐見，道德家高視闊步的時代早已遠颺，只得在唯一一條小徑上踽踽而行了。

那條路就是，向全天下宣示，自己是瘋子、自己患有痴呆症！

誰是深諳此道的箇中翹楚呢？很慚愧，不才在下我實在提不起如此破釜沉舟的勇氣，頂多只敢在電視上擺臭臉耍嘴皮罷了。

真正堂堂邁向這條道路的，正是人稱「跳舞之神」的北村薩育[5]女士（為求慎重起見，先聲明我不是該教的信徒，也無意在此宣教）。她在有樂町的鬧區帶領著群眾，舞得渾然忘我、陷入狂喜，其毫不造作的舞姿，充分展現出當代道德家最正直豪邁的氣度。

---

4 乃木希典（1849-1912），日本陸軍上將，曾任台灣總督。

5 北村薩育（1900-1967），出生於夏威夷，一九二〇年嫁入日本農家，一九四五年自創「天照皇大神宮教（又稱舞踊的宗教）」。

贗品橫行的時代

前陣子，據說有些千圓偽鈔在市面流通。就在那段時間的某一天，我在車站的售票處掏出了幾乎會割傷手的簇新千圓大鈔，想要買一張搭到有樂町的二十圓車票。站務員打量我一眼，高舉著千圓鈔票對光端詳了半晌，再以指甲彈了鈔面確認，這才總算找零給我。

聽朋友說，那一陣子他曾在某家百貨公司買東西時，聽到了接二連三的重複廣播：

「麻煩剛才在四樓進口商品賣場，以千圓鈔票購買紅色條紋領帶的貴賓，請盡快到四樓賣場一趟。」

朋友聽到了廣播後先是暗笑賣場又收到假鈔了，忍俊不禁正要噴笑出聲時，轉念一想，忽然擔心起自己的錢包裡會不會也摻進了偽鈔？

不僅日幣有假鈔，美元偽鈔似乎也開始層見疊出。以前即便是黑市交易，也不曾出現過偽鈔，近年來這類情況卻屢見不鮮，國外機場的航管人員甚至還數度從我國的議員先生的肚圍裡找到美元偽鈔，實在令人哭笑不得。

但是，最近不僅出現了偽鈔，連其他領域的仿冒品也同樣滿天飛。

不久前的新聞報導指出，曾經刊載於某家婦女雜誌上的一部獲獎文學作品，遭人發現抄襲自福克納的文章，因而被取消了獲獎資格。早前，在宣布這位美麗的女作家獲獎的時候，許多男士蜂擁而來向她求婚；當她被取消得獎資格了以後，求婚者也跟著消聲匿跡了。當我聽到這則文壇花邊新聞時，不禁驚訝於現代社會的翻臉無情。

最新的知名偽作事件發生在皇宮裡的和歌新年會上，而某位文壇新人女作家也被認為有剽竊之嫌。

畫壇也流傳著一則小道消息，某男子宣稱自己已為某位西洋畫巨匠捉刀代畫數十年，但是被指稱的畫家自始至終皆不曾承認或否認。畫壇人士紛紛懷疑，說不定這是那位擅長自我宣傳的巨匠刻意編導的一齣廣告戲碼。

至於假冒身分的情況更是不勝枚舉。就拿我來說吧，冒充我的人數已經數不清了。聽說冒充者A到京都旅遊時出手闊綽，受歡迎程度比我本人何止數倍！而冒充者B因偷竊被捕，被送進位於小菅的東京看守所以後，隱去自己的本名，吹牛自己的筆名是三島由紀夫，甚至還指導監獄裡同人雜誌的短歌寫作，實在令人瞠目結舌。

即便有人把我參加某座談會的新聞報導給他看，他依然面不改色，不慌不忙地解釋：

「由於我還在服刑，老媽為了顧全我的顏面，特地代替我出席。至於拿給記者刊登的是舊照片，所以不太像我現在的長相。」

只要一想到，此刻正有人躲在這廣大世界的某個角落，費盡心思地印刷假鈔、繪製名畫珍玩的贗品、以及冒充名人，不禁感到莞爾。他們的行為確實不應該，可那股打從一開始就沒想當「本尊」的氣魄，實在詼諧得令我忍俊不住。

首先，「本尊」不會發生露餡的窘況，實在沒意思。在劍俠電影裡經常看到水戶黃門[1]扮作市井老頭，或是諸侯的少主佯裝賣魚郎，為了受欺壓的百姓而表明身分的精采橋段，到了民主平權的今天，這樣的「本尊」再也沒有刻意隱去尊貴位階的必要。現在最常看到的通常是電影裡的警察，混進販毒集團裡當臥底，直到案件偵破以後才恢復其原本的身分。

再者，「本尊」即使被發現其隱匿的身分，頂多恢復原貌，回歸到其原先的生活之中，可假冒者就不同了。在以假冒者為主角的故事裡，高潮點就是其遭到揭穿的片段，而且一旦被拆穿了以後，他便一無所有了。

毋庸贅言，製造贗品和假冒他人的一切努力，雖然都是覬覦金錢和女色，但其中還透顯著一種非關政治與功利的動機，或者說是純真的想法。假如這些人想要走捷徑，世上還有其他各種能更快速攫獲暴利的惡劣手段。

儘管假冒者有時也會自我陶醉一番，但他在多數時間都很清楚自己是冒充的，不過社會上都把他當成是另一個身分的人。這等於戲弄了社會，於此同時也譏笑了社會所認定的真品價值，可說是世上最有趣的事了！

換個角度來看，本尊拚命按住社會貼在他身上的真品標籤的執念，和假冒者沒有兩樣。唯一不同的，或許只有他未曾懷疑過「自己說不定是假冒的」吧。況且，他完全不必擔心自己隨時可能會被拆穿西洋鏡，這麼一來就少了心驚膽戰的刺激，真是無聊透頂極了。

除了談「人」，我們再來說說「物」的部分吧。

比方你在不知情的狀況下，收到了一張萬圓假鈔。

如果你是印製假鈔的歹徒，一定躍躍欲試，充滿鬥志地誓言要成功花掉這張萬圓假鈔。但你根本毫不知情，深信這張萬圓鈔的價值，於是很自在地拿它去買東西，而店家也完全信任你，把它當成真鈔收了下來。

這張鈔票原本只是區區一張紙片，只有紙張本身的價值而已，卻在社會群體的認許之下，被賦予了一萬圓的價值。而無憂無慮的你，從不曾懷疑過這種社會認許的合理性，把這張偽造的紙片當成真鈔使用，以為自己一直活在貨真價實的世界裡。

萬一你在付錢時被店家識破並當場告知：「不好意思，這是偽鈔。」你在第一時

---

1 德川光圀（1628-1701），德川家康之孫，水戶藩第二代藩主。日本常以其晚年帶著兩個隨從四處雲遊，並且一路行俠仗義的事跡作為單元連續劇的題材。

間想到自己不知在何時被騙走了一萬圓真鈔，頓時氣得面紅耳赤；可下一瞬間又陡然害怕起來，唯恐自己該不會被誤認為假鈔組織的歹徒了吧。

從這一刻起，原本友善的世界驟然充斥著敵意，你原本深信不移的社會認許也剎時崩潰瓦解了。你既不是印製偽鈔的歹徒，也不是明知這是偽鈔而故意使用的壞人，卻從此由貨真價實的天堂，墜落到混充假冒的地獄裡了。

當然，等到事情真相大白以後，就能當即還給你走在陽光大道上的清白身分。不過，這次被贗品矇騙的可怕體驗，應該會在你心頭留下了烙印。你在不自覺中所嘗到從貨真價實的天堂，墜落到混充假冒的地獄的經驗，實在是千金難換的寶貴體驗。

贗品和假冒者還有另一種效用，能將看似安定的社會、安穩的價值體系頓時徹底粉碎！所以這個贗品橫流的時代，可說是正在進行一場不流血而帶著微笑的幽默革命。然而，這場革命恐將猶如泡沫般，在轉瞬間消散無蹤吧。

「作風」與「作樣」

聽人家說，如果味噌帶有嗆味，就不算頂級的味噌。同理可推，看似小說家的小說家，就不是個妙筆生花的小說家；而看似政治家的政治家，也不會是高瞻遠矚的政治家。

我認識一位在《街頭錄音》[1]節目專責採訪的播音員。他是個好人，可惜私底下和朋友交談時的措辭用語，每每難以戒掉廣播人的職業口吻。比方他和我聊天時會這麼說：「話說……三島先生，容我冒昧就教……」這時，我總愛促狹地訓他一頓：「喂，現在可不是在上《街頭錄音》哩！何況你年紀這麼輕，別動不動就來一句『話說……』呀！」他被我這頓搶白後頓時垂頭喪氣，委實讓人同情。

從前的藝術家，都必須具有藝術家的氣質作風與穿著裝扮。在「作風」和「作樣」之間有著天壤之別，可又極易混淆。身為軍人，當然必須有「軍人作風」，要是成了「軍人作樣」，那可讓人吃不消了。況且在拚命裝腔作勢之際，倘若一個沒拿捏好，就

1 NHK從一九四六年開始放送的廣播節目。節目中播放一般民眾對時事看法的街頭採訪錄音，成為日後政論節目的雛形。

會淪為矯揉造作的醜態。

理髮師傅理當具備理髮師傅的作風，若是被人批評為「根本不像個理髮師傅」，這個人多半是沉迷於賭單車賽，把生意全扔到一邊了。

這世上有千萬種行業，從業者都會染上職業的習氣。怎麼樣也適應不了A行業的人，或許在B行業裡得以如魚得水。通常在還沒有定型之前進入某一行，就會日漸適應，亦即逐漸融入那個行當的作風。比方聽到人家稱讚自己：「你終於像個記者囉！」那種感覺也挺不賴的。

我實在難以理解，本該是無拘無束的人類，在被稱讚露顯出職業習氣時，為何會感到開心？細究起來，其欣喜的理由是自己已經被認定為社會的一員，並在社會上得到安身立命的一隅。除此之外，也因為自己符合了傳統社會的道德規範，亦即「男人要有男子漢的架勢」、「女人家就該有女人的溫婉嫻淑」、「武士必須具有武士的風骨」。人們從小就被要求，在成長過程中的每一個階段，都必須依循符合社會規範的道德標竿。我們常聽到有人這樣訓誡：

「小寶，要像個男子漢，不可以哭哭喔！」

「中學生就該必須謹守中學生的本分。」

即便是在今日「女兒當自強，男兒有柔情」的時代，想必也不會有父母對孩子說：

「嗯，小寶，你盡量哭沒關係，男孩就該這樣娘娘腔。」

「中學生應該像個大學生那樣，叼著菸摟著女孩耍帥。」

意思就是說，理髮師傅不能像個新聞記者，而政治家也不可以像個小說家。

這種道德標準的用意在於避免人們不謹守行規分際，宛如多頭馬車般危險奔馳。比方，記者端出記者的傲慢，說話霸道無禮；而軍人也擺出軍人的派頭，就算只是喝碗紅豆湯圓也一副趾高氣昂的模樣。到這種地步，就落入單口相聲與漫畫裡慣常勾勒的刻板職業模樣了。

倘若一個人的人格完全受到其職業的支配，一切言行舉止也都沾染了該行當的習氣，變得拿腔作勢，那就像是和尚的自命清高，與味噌的嗆味同樣讓人不敢領教。

有些女星偏愛裝出大明星的派頭，無時無刻都要擠出百媚千嬌的風姿，就連與人道別時一聲很普通的「再見」，她也非講成意有所指般，弄得人家會錯了意。又比方在交談對話，一句再平凡不過的「我不曉得耶」，她也故意矯造斷句，彷彿說台詞般拖長了語調：「那種事……人家……怎會明白呢……」聽得大家渾身都起雞皮疙瘩。

近來的懷舊電影，塑造出了最具刻板典型的小說家——衣著髒皺邋遢，長髮披散且鬍鬚未剃，氣色蒼白又雙頰凹陷，形容枯槁憔悴。他在寫稿時總是把一隻手擱在桌面，連連唉聲嘆氣，才寫了一個字便不滿地把整張稿紙揉成一團扔掉，寫不到幾張就撕，撕了以後再寫，撕撕寫寫之間還懊惱地拚命搔抓著頭髮，頭皮屑應聲如雪花般片片飄落。事實上，現在哪還有這種小說家呢！

可是，世界潮流逐漸趨向一致化，色彩樣式全都制式畫一，大家住在同樣的房子裡，吃著相同的食物，於是「裝模作樣」的類型，也隨之浮現出價值了。

比如在泉鏡花[2]的小說裡經常出現滿口盤查用語的警察問道：

「噢，您叫葛木吧，這是您的姓吧？是您的姓氏沒錯吧？那麼大名是什麼呢？」

「如果方便，是否可請您隨同我們到局裡走一趟？不過，您或許會覺得這有損您的紳士名譽。」

如今上哪兒都找不到這樣的警察了，可要是街上突然出現了這樣的警察，該是多麼有趣的事呀！

照這麼看來，這種「作樣」的人，委實具有其明確的存在價值。井伏鱒二[3]在小說中把各行業的人描摹得活靈活現，旅社掌櫃和骨董鋪掌櫃的那股派頭，讓整部作品洋溢著難以言喻的詼諧氛圍。

說到這裡，我也該迎合一下世俗而改頭換面，擺出小說家的刻板模樣，例如在廉價酒館裡對陪酒女郎深情地說：

「妳是我的瑪麗亞！妳正是波提切利筆下的聖母瑪麗亞呀！妳身上散發著聖潔的光輝！」

不過這些話實在太難為情了，都還沒說出口，我自己倒先打了個寒顫。話說回來，現在還有女孩在聽到這番恭維之後，會因此而動心的嗎？

有口臭的人自己多半不會察覺到，所以能在毫不知情的情況下，不感羞愧地到處噴散其口臭，這正是「作樣」的本質，也是其詼諧之處。但是，小說家標榜的就是其個人的思維，因而或許是最不容易「裝腔作樣」的行業，也因此，這一行暗藏著社會的不安定因子。

在「裝腔作樣」浮濫的現在，這種模式已經擴散到其他面向了。

我曾聽過某個朋友這樣描述他喜歡的女孩，

「那女孩像個男人婆似的，就是這點最吸引我呀！」

或許再過不久，就會出現女孩對著當警察的男朋友說：

「我最愛的就是你身上那股小偷味兒！」

2 泉鏡花（1873-1939），日本小說家，代表作為《婦系圖》等。
3 井伏鱒二（1898-1993），日本小說家，代表作包括《山椒魚》、《黑雨》等。

年輕和青春

提到青春和年輕，現在往往讓人聯想到在深夜時分如風馳電掣般呼嘯而過的飆車族，還有在避暑勝地糾眾打架的的混混太保，或是身邊帶著十來個男朋友的女孩，以及朝著搖滾歌手瘋狂吶喊的年輕人等等。

不過，這些都只是大人的誤會。深澤七郎就曾在小說《東京的王子們》[1]裡，描寫了鄉村搖滾歌迷徹底排斥暴力行為的樣貌。這部名作完全呈現出心靈之美，大人們不讀可惜。

大抵說來，我認同這種揮霍年輕的方式，但於此同時，也調皮地盤算著，假如完全去除這些年輕人視為大敵的「貧窮」和「閒得發慌」這兩項特色，他們會變成什麼模樣呢？

說「貧窮」，未免有些誇張了，暫且修正為「缺零花」或「沒錢用」吧。假如此刻馬上從全日本的年輕人身上抹去前述的兩大特色，儘管他們的年齡不變，卻勢必與目前賦予這個族群的年輕與青春的定義截然迥異吧。

我試著回想自己的青少年時代。那是一段平淡無奇的時光，沒有任何值得拿出來炫耀的事蹟，但幸運的是我與「貧窮」和「閒得發慌」完全無緣。我雖不是有錢人家的少爺，也只有少得可憐的零用錢，但畢竟當時戰火未艾，即便想花錢也沒東西可買，既沒有款式時髦的毛衣，也無帥氣的皮夾克；不能到處旅行，亦沒有休閒娛樂；別說是上舞廳了，就連喝咖啡的小店也沒有；更別提上餐館打牙祭，抑或享用一顆十圓的壽司了。唯一能隨心購買的只有舊書而已。在當時的艱困環境下，貧窮也算不上是吃苦了。

接著來說說「空閒」。我在少年時期熱愛文學，放學回家以後只管拚命寫蹩腳的小說。當時滿腦子認定，「再過不久，我就要被抓去當兵了，得趁現在趕快寫下萬古流芳的偉大傑作才行！」因此一心急著趕快寫作，根本沒有一分一秒可以閒著浪費。何況當時沒有任何娛樂，不會有外界的誘惑來分散心思。所以，我的少年時代不曾有過無聊得發慌的時刻。

除此之外，還有一件事，讓我回想起來發現自己當年確實是個青澀小伙子。少年時的我冒著滿臉青春痘，看起來醜得要命，因此我拚命裝出練達老成的樣子，這也是年輕人的特性之一。假如我現在到附近的高中演講，擺出一副了解青年人想法的模樣對他們說：

1 深澤七郎（1914-1987），日本小說家，出道代表作為《楢山小調》。《東京的王子們》為其一九五九年的短篇小說集。

「你們對飆車族和鄉村搖滾族有什麼看法？我對他們大大地認同……」

不待我說完，必定會引發台下的騷動與抗議聲浪，

「我們只聽古典音樂呢！」

「那些飆車族太膚淺了！」

「我正在讀羅曼．羅蘭的書！」

「請別把所有的高中生都當作在混日子的！大人們總愛戴著有色眼鏡看我們！」

然而我很清楚，只要給他們勇氣與機會，他們真正喜歡的其實是騎摩托車和聽鄉村搖滾樂，只是此刻將這些夢想悄悄地埋在心裡罷了。

畢竟他們正值羞恥心與虛榮心同樣強烈的時期，不管是想要成為飆車族，抑或反對飆車族，都是出於虛榮與不願服輸的競爭意識。況且飆車族有句出處不明的座右銘：

「唯有飆到極限的剎那，才能夠忘卻一切煩惱。」

現在再把話題稍微拉回我可憐的青春時期。我是直到過了二十五歲，才終於驚覺我對年輕的詮釋、對自己青春年華的度過方式，全盤皆錯。用力活著才是最重要的，閱讀是等而次之的事。年輕小伙子把自己關在書房裡與蠹蟲為伍根本是錯的，應該要徜徉在藍天的懷抱才對。於是，我下定決心要重活一次青春！

不過，這樣的青春，不覺得有些虛情假意嗎？世上根本沒有所謂「得到悔悟的青春」，更沒有「我知道當年做錯了的青春」這回事。

可我明知如此，偏還狡猾地說服自己，也刻意做給別人看：我不過是比別人晚些出發罷了，人生的二度青春才是真正的青春。再加上那時候我已經賺了不少錢，不必再向父母伸手討零花了。於是我終於得以享受到一般人的青春歲月，而且是什麼苦頭也沒吃到的輕鬆愉快的青春時光，直到某一年總算達到了黃金顛峰，我歡喜地笑瞇了眼睛回顧那一年的種種美好記憶。比起十來歲時的陰鬱歲月，我更加珍惜多姿多彩的二度青春，但是也感受到些許良心的苛責。因為我非常明白，那是誑騙自己的青春。

這幾年來透過運動，我竟意外得到與正值青春的少年們接觸的諸多機會。他們最先引起我注意的是太過空閒和零用錢不夠花。當然，這是相對性的問題，在現今社會裡，如果想要瘋狂玩樂，不管有再多錢都不夠揮霍的。

我大致列舉一些他們常說的話，這就是青春的真實樣貌：

「喂，我好無聊喔。」

「不會去找些事情來打發時間，笨啊！」

「你吃過飯沒？」

「吃啦。」

「先不管吃飯的事了。我七點約了三個小妞在X咖啡廳碰面。」

「啤酒一杯要一百五十圓，再加上小妞的部分，光兩個人就要花上五百了，還有小費……」

「別去那裡，太貴了啦。」

「你的襯衫是上阿美橫町買的吧？花了多少？」

「又要考試了？不是才剛考完嗎？」

「到底該怎麼殺時間啊？」

「這個星期六，你的車可以借我一下嗎？」

「那傢伙打麻將竟然贏了我三千塊！可惡！」

「閒著發慌啊……」

這些年輕人把他們視為大敵的空閒（閒得發慌）和貧窮（零用錢不夠），全都歸咎於社會與政治的問題。可政治家早就備妥萬全的答辯了，

「噢，真那麼閒得沒事幹嗎？乾脆像從前那樣，恢復全民皆兵的制度吧！」

或者「瞧瞧中共的青年們在做什麼！你們也要用自己的雙手來改革這個社會呀！」

至於社會面向又有什麼說詞呢？

我想起在《西城故事》[2]這齣戲劇中，有群年輕的混混們合唱了一首幽默的歌[3]以示對社會的抗議，歌詞的大意是這樣的：「我們完全不必為自己幹下的壞事負責，因為那是這個社會的過錯。我們只是生病了，我們生的是心理學上的病，是社會學上

的病呀！」這時候整個社會除了心驚膽戰，還能做些什麼呢？

不論如何，我還是認同青春和年輕，前提是那完全是個人的病症，不是社會或政治所造成的。即便消弭了無聊與不夠花用，也絕對無法根除全世界的青春這種疾病。我的陰鬱青春歲月就是最好的例子。

2 一九五七年在美國紐約百老匯上映的歌舞劇，於一九六一年搬上大銀幕。故事內容改編自《羅密歐與茱麗葉》，但將時代背景改為當時紐約的移民社區。劇中探討了種族歧視、青少年犯罪、文化隔閡等種種社會問題。

3 歌名為〈去你的！克拉基警官〉（*Gee, Officer Krupke*）。

應當交換情人

很久以前，谷崎潤一郎[1]和佐藤春夫[2]的換妻事件曾經轟動一時[3]，到了社會關係愈趨複雜的今天，反而很少聽聞這類事情。依此判斷，現代社會的表象儘管混亂，但人人都依循常軌且謹守分際，就像是一顆過期的脆殼糕餅，雖然外殼已經潮軟了，裡頭的紅豆內餡依然扎實完好。

可是，似乎有不少年輕人喜歡隨性交換男女朋友。從以前，不良少年就常會輪流交換女友，而許多被輪替的女孩都有精神障礙，她們很驚喜自己竟會受到這麼多男生的喜愛。這麼一來，恰好是天下太平。

真正的戀愛是挑戰自我極限，把情人放大投影到內在自我裡面，與對方愈加難分難捨，一點也不可能冒出想要交換情人的心念。如果動了這種念頭，就像是把玩膩的玩具拿去和朋友交換，絕不能留戀不捨，必須斷得乾脆俐落才行。

男人總有種難以療癒的多愁善感，那就是想要擁有一處屬於自己停泊的港灣。在他浪跡天涯海角，直到困倦欲返的時候，唯一的依歸便是回到故鄉的港口，亦即古人所吟詠的：

斜陽隱入海，
垂淚思鄉情。

不過到了現代，這種彌足珍貴的感傷不但花錢，也愈趨罕見，更會惹來麻煩。現在的年輕人根本不願意在單身貴族沒有負擔的戀愛中，摻入正宮與小妾相互爭寵的老掉牙煩惱。更何況只要離開一個月，不，只要一個星期，就不會有人在故鄉的港口守候了。

現代人的愛情可以看做是一下子就不新鮮的食物。好比壽司，如果捏完不立刻享用，就變得不好吃了；而且如果你不立刻送進嘴裡，馬上就會被別的客人吃掉了。

哪裡是心靈的依歸之處？早就沒有那種地方了；回去永遠等你歸來的家？家裡只有惹人心煩的老爸老媽、以及說些似是而非道理的老哥老姊。現在的年輕人都有常去消磨時間的咖啡廳，可那種地方還不足以成為心靈的港口。連一處精神的停泊港都沒有，卻夢想著自己的女友成為心靈的故鄉、港灣、依歸之處，這種多愁善感未免太過

1 谷崎潤一郎（1886-1965），日本唯美派小說家，代表作為《痴人之愛》、《春琴抄》、《細雪》等。
2 佐藤春夫（1892-1964），日本作家與詩人。
3 谷崎潤一郎於婚後和妻子親戚的女子相戀。佐藤春夫自身與妻子的關係冷淡，因同情而愛上了谷崎夫人。谷崎與佐藤於是各自離婚，佐藤與原谷崎夫人結婚，三人並以聯名方式發表了公開聲明。

時了。

當一個男人即將入監服刑前，常看到他的情婦對他說：「我會永遠等你的，我會一直、一直等到你出來！」其實，任誰在那個節骨眼上都會這樣說。男人進去以後，其貞操即受到牢籠的緊緊守護；在獄外的女人，則以自由之身靜候著男人的歸來，這似乎是女人所期望的。等到一年過去、兩年過去，女人往往把當初的誓言忘得一乾二淨了。

但是，在監獄裡的男人卻永遠記得女人的那段誓言，因為她是他的港灣，是他心靈的依歸。不過，這多半會成為必然遭到背叛的一場幻夢。男人必須承認，唯有他此刻蹲的牢房，才是他真正的港灣，真正的依歸之處。

現今社會的男女關係，和這種情形有異曲同工之妙。當每個人都認定只有自己的孤獨，才是自己最後依歸的故鄉港口，這時，交換情人也就算不上什麼了。

常聽到一句俗諺：「家花哪有野花香」。菊池寬所寫的某齣戲劇裡，有段台詞敘述的是演員坐在舞台的草坪上，總以為旁邊的草地比較嫩綠舒適，因此不斷換位置坐，可不管換到哪裡，坐起來的感覺都一樣。

有些人老是覺得朋友的女友比較好，這種人最適合交換情人了。他不在乎心靈的依歸與港灣，眼睛只忙著在新鮮東西之間逡巡物色。他忠實奉行性愛主義，從不回顧過去，也不曾多愁善感。

純粹性愛主義的本質，多半是以孤獨為先導，其終極樣貌是登徒子，至於中間的過渡形態，則是交換情人的行徑。

日本的「外遇」觀念和它相去不遠。所謂的外遇，是指擁有一處心靈的依歸與港灣為前提，而又對另一個女人動了心，這才叫做「外遇」。外遇的性愛本質是不透明、不健全的。不論是電影還是小說，只要是在日本以情色為賣點的劇情，總脫離不了這種不健全的偷窺癖好，就是受到了這種傳統外遇觀念的影響。

只要翻閱江戶時代的言情小說就能了解，日本人在男女情愛關係上，都是模仿夫妻的相處方式。而那些心念浮動、眼珠子滴溜溜打轉的登徒子常遭到鄙夷，被喚做「掃帚」。日本人即使在談情說愛的時候，仍然不忘尋求能夠靠岸的港灣，這股多愁善感於是只能轉而向外發展，成了外遇。

法國新浪潮電影的開山之作《表兄弟》[4]，生動地描述一個女孩和男友的表弟有了肌膚之親，並且很快地搬進去和他們兩人同住。當愛情已逝以後，就很乾脆地搬走。之後，她受邀參加派對，又大模大樣地前往赴宴。這個女孩滿不在乎地和精神所愛的男人、以及肉體所愛的男人，同住在一個屋簷下。她對性愛主義法則奉行不悖，更明白自己的孤獨寂寞。這段愛情糾葛從孤獨出發，最後回到孤獨收場，明快俐落，

4 Les Cousins，一九五九年出品。

令人佩服。

可是，當對方只愛上自己的心靈，卻對自己的肉體不感興趣時，這種無奈有時會導致悲劇的發生。在紀德的小說《窄門》中，描繪的是只在心靈層面得到愛意的女子阿麗莎的煩惱，而《表兄弟》裡敘述的則是分別只得到精神之愛與肉體之愛的兩個男人的苦悶。既然我們無法改變對方的想法，因此當對方只愛自己的心靈，而自己只愛對方的肉體時，怎麼樣也兜不攏，徒增雙方的困擾。在《表兄弟》中來自鄉下年輕人，就是陷在這樣的苦惱中，最後反而荒唐地死去。仔細想想，如果兩人的需求不同，早早換個對象不就皆大歡喜了嗎？他若能找到一個只愛他肉體的女人，並在真正心愛的女孩面前故意炫耀這段親密關係的話，心愛的女孩應該會改變心意，轉而愛上他。

在青春期談戀愛的共同特徵是精神與肉體的解離。事實上，僅需改變不同類型者的排列組合即可，換言之，讓追求精神之愛的男女在一起，把渴望肉體之愛的男女湊一對，就是解決這個問題的最佳妙策了。進一步來說，戀愛就像一場撲克牌遊戲，這恐怕是現代衛生學上的重大發現了。

虎頭蛇尾則前功盡棄

常聽到這麼一句話「結果好，一切都好」，但這裡是不道德教育講座，因此這句話在這裡是行不通的。剛開講時，講座的架構體例尚稱妥貼完整，可愈到後來，似乎有倒施逆行之勢，竟成了道德講座了！看來，我身上果真有外曾祖父的遺傳。小時候，我曾在背地裡批評教授孔子《論語》的外曾祖父是「讀《論語》卻不懂《論語》」，但若反觀我自己，是否「未讀《論語》卻懂得《論語》」？倒也不盡然。

大體而言，日本不像西方有嚴苛的道德規範。日本人在本質上近似於植物，儘管現在舉國上下都在模仿動物，可是嗜血動物所訂出的國家規範，實在不適用於植物身上。比方你告誡植物，「不能伸出爪子殺害柔弱的兔子」，一來，植物根本沒有爪子；況且，就拿高麗菜來說吧，你有辦法叫一顆高麗菜去宰了一隻活蹦亂跳的兔子嗎？就算讓我這個搗蛋鬼出馬，開課教導植物「如何以利爪殺死兔子」，辦不到的事依舊是辦不到。不管是訓誡植物「不准殺」，或者是唆使植物「殺了牠」，很明顯地，其結果都是一樣的。

然而，現在的日本已經孕育出各類珍奇異種了。不僅培育出肉食性植物，也有植物和動物雜交生出的下一代，還有很多分不清是植物還動物的細菌和病原體，甚至冒出了突變的動物。像是飆車族，本質上其實是植物，就像是一顆高麗菜騎著摩托車奔馳，可是摩托車會撞死的不僅是兔子，就連人類也無法倖免於難！

如果把飆車族和從前的武士做個比較，將會得到很有趣的結果。摩托車和武士刀都可作為凶器使用，這兩種族群的差異，就在於能否明確辨別這是凶器。往昔的武士深諳鋒刀可殺人，於是把動物性的血腥殺意盡皆付託在利刃上，其本人則潛心涵養植物性的道德，將殺死人的責任全都歸咎到武士刀上面。這就是為何出現會自動殺人的「妖刀村正」[1]之鄉野傳奇的理由。

反觀現代人，不管是飆車族還是混混太保，甚至是無故割人大腿的歹徒，都不可能假託其他物體而脫罪。我這麼說並非主張重建軍備，何況即便我鼓勵建軍，難道我們就能名正言順把殺意全都推託到原子彈，甚或更具象徵性的發射氫彈的那顆偌小又冰冷的白色按鈕上嗎？自從納粹時代以來，殺人行為的前提已未必是蘊生殺意了。

不過，我相信即便是植物也藏有殺機，或許比動物還要陰毒而深沉，巨大且強烈。儘管人們基於植物性的道德，對此深知明瞭，可如同前言提及的，在各類珍奇異種爭相鬥妍之下，光憑植物性的道德規範已是一籌莫展了。這時儘管有些腦筋不大靈光的官員和教師們試圖建立各式新道德規範，但是他們所面對的敵手根本「毫無殺意」，抑或是「沒有認知到何謂殺意」，因此那些道德規範根本派不上用場。到了這地步，就連軍人敕諭這種完全立基於殺意之上的植物性道德所發出最後一道閃爍的光芒，亦已全然隱沒，再也無法發亮了。

基督教之所以擁有如此強大的勢力，很明顯要完全歸功於殉教者的犧牲，換言之，即是由於「會被迫害致死」所激發出的道德威力。共產主義也同樣根源於這種「殺人」的道德，亦即「革命」的道德，才得以擴張壯大。

到了今天，是否真如大江健三郎所言，唯一遺留下來的只有「自殺」的道德呢？現代社會的犯罪，確實和自殺很相似；現代社會的殺意，追根究柢，的確都可追溯到「對自己的殺意」。當然，遠自希臘時代開始，就已經發展出一套自殺哲學了。

只是，或許我比較膽小，沒辦法認同這套邏輯。假如真有勇氣去自殺，倒不如選擇殺人或被殺來得像樣多了。這就是為何要有其他人的存在、也是為何要有這世界存在的意義呀！在所有的人際關係之中，不論是父子、兄弟、夫妻、情侶、朋友，終究都潛藏著殺意，重要的是，每個人都必須徹底體認到這無可迴避的殺意。自殺的終極形態是，除了自己以外的所有人類盡皆滅絕，只剩下束手無策的獨自一人，這時唯有走上自殺一途；哪怕這世上還有另一個人存在，就多了殺人或被殺的選擇，這不但是

1 伊勢國的村正家族鑄造出許多名刀，皆以村正命名。相傳德川家歷代數人都曾死傷於村正刀之下，日後更流傳不少村正刀自動傷人的怪譚。

活在世上的幸福，也是生命的意義所在。這就是我給大家的「教育聖諭」。

在《不道德教育講座》中，曾經闡述了諸多形式的「惡」，或者近似「惡」的事物；也出現過許多類型的「惡徒」，或近似「惡徒」的人。這就像報紙的社會版，怙惡之事當然格外容易吸引民眾的目光。如果我們在電車上看到一個可愛的女學生，正目不轉睛地耽讀一部有十五個人陸續慘遭殺害的推理小說，有誰不會感到毛骨悚然嗎？麻煩的是，為何邪惡的事物看起來總是那麼美麗呢？

值得安慰的是，邪惡的事物看起來美麗，是因為我們是隔了一段距離來看它的。倘若我們陷身於罪惡的泥淖之中，絕對不可能會認為它很美麗。或許，邪惡狀似美麗的原因，是神祇即將現身在我們面前的前兆。隨著時代的進步，人類的身邊不斷出現各種邪惡，但是，邪惡的事物不可能以原本猙獰的樣貌出現，除非我們戴上「能夠看見善美的眼鏡」方能看得見，這就像孩子們喜歡的神奇魔法書，必須戴上紅綠鏡片的3D眼鏡，書頁上原本模糊的輪廓，才會有清晰的圖案映現出來。這不是我個人的觀點，而是以我的方式闡釋古羅馬哲學家普羅提諾[2]的論述。

離別的時刻終於到來了。

夜晚的街上，傳來了擾人的「愛的鐘聲」，正催促著流連忘返的人兒快些回家。各位該是時候起身走出這處昏暗的酒館，回去您明亮溫馨的家了。

儘管敝店所販賣的調酒名稱，每一杯都令人咋舌，可我賣的絕不是劣酒。目前還不曾有人喝了我的酒以後控告我害他失明，可見酒裡並未摻入甲醇。不過，即便是品質優良的好酒，但只要調酒師的手藝精妙，也能調製出這惡魔般撩人的滋味。

說到這裡，我也睏了，小店也準備打烊了。接下來是我獨自啜飲甲醇美酒的時間。我的眼睛構造與各位不同，無須擔心因區區的甲醇而失明。

好了，向各位道聲晚安。

---

2 Plotinus（204-270），古羅馬帝國時期的哲學家。

不道德教育講座

作　　者　三島由紀夫
譯　　者　邱振瑞
主　　編　郭峰吾

總 編 輯　李映慧
執 行 長　陳旭華（steve@bookrep.com.tw）

出　　版　大牌出版／遠足文化事業股份有限公司
發　　行　遠足文化事業股份有限公司（讀書共和國出版集團）
地　　址　23141新北市新店區民權路108-2號9樓
電　　話　+886- 2- 2218 1417
郵撥帳號　19504465遠足文化事業股份有限公司

封面設計　BIANCO TSAI
印　　製　中原造像股份有限公司
法律顧問　華洋法律事務所 蘇文生律師

定　　價　420元
初　　版　2012年2月
五　　版　2024年8月

電子書E-ISBN
978-626-7491-60-7（EPUB）
978-626-7491-59-1（PDF）

國家圖書館出版品預行編目（CIP）資料

不道德教育講座 / 三島由紀夫 著 ; 邱振瑞 譯 -- 五版 . -- 新北市：大牌出版 ,
遠足文化事業股份有限公司 , 2024.08
376 面 ; 14.8×21 公分
譯自：不道徳教育講座
ISBN 978-626-7491-62-1 (平裝)

861.67　　　　113011297